CORINNE MICHAELS

volte para mim

Traduzido por Patrícia Tavares

1ª Edição

2022

Direção Editorial:	**Arte de Capa:**
Anastacia Cabo	Sommer Stein, Perfect Pear Creative
Gerente Editorial:	**Adaptação de Capa:**
Solange Arten	Bianca Santana
Tradução:	**Diagramação e preparação de texto:**
Patrícia Tavares	Carol Dias
Revisão final:	**Ícones de diagramação:**
Equipe The Gift Box	rawpixel.com

Copyright © Corinne Michaels, 2020
Copyright © The Gift Box, 2022

Todos os direitos reservados.
Nenhuma parte do conteúdo desse livro poderá ser reproduzida em qualquer meio ou forma – impresso, digital, áudio ou visual – sem a expressa autorização da editora sob penas criminais e ações civis.
Esta é uma obra de ficção. Nomes, personagens, lugares e acontecimentos descritos são produtos da imaginação da autora. Qualquer semelhança com nomes, datas ou acontecimentos reais é mera coincidência.

Este livro segue as regras da Nova Ortografia da Língua Portuguesa.

CIP-BRASIL. CATALOGAÇÃO NA PUBLICAÇÃO
SINDICATO NACIONAL DOS EDITORES DE LIVROS, RJ
Meri Gleice Rodrigues de Souza - Bibliotecária - CRB-7/6439

M569v

Michaels, Corinne
　Volte para mim / Corinne Michaels ; tradução Patrícia Tavares. - 1. ed. - Rio de Janeiro : The Gift Box, 2022.
　276 p. (Irmãos Arrowood ; 1)

Tradução de: Come back for me
ISBN 978-65-5636-162-8

　1. Romance americano. I. Tavares, Patrícia. II. Título. III. Série.

22-76910　　CDD: 813
　　　　　　　CDU: 82-31(73)

DEDICATÓRIA
Para Melissa Saneholtz, obrigada por sua amizade infinita, risos e amor.

Capítulo um

Connor

— Arrowood! Acorde, porra! — Alguém dá um soco no meu braço e pulo da cadeira. Olho ao redor em busca de qualquer perigo iminente, mas apenas encontro meu amigo, Liam, ao meu lado no avião.

— Cara, você, com certeza, gosta de falar enquanto dorme.

Esfrego a mão no rosto, tentando limpar as teias de aranha.

— Não tenho ideia sobre o que estava sonhando.

— Uma mulher.

Ótimo. Só Deus sabe o que eu disse.

— Improvável.

— Cara, você estava mesmo falando enquanto dormia. — Sua voz fica mais aguda. — Oh, Connor, você é tão sexy. Sim, desse jeito. — Então, ele retorna sua voz ao normal. — Só estou dizendo que ela estava muito animada.

Sei exatamente com o que estava sonhando — um anjo. Uma linda mulher com cabelo castanho-escuro e os olhos mais azuis que já vi. Não importa que eu tenha passado apenas uma noite com ela há oito anos, eu me lembro perfeitamente dela.

O jeito que ela sorriu e torceu o dedo para que eu a seguisse. Como minhas pernas se moviam sem que meu cérebro lhes desse permissão. Foi como se ela tivesse sido enviada lá de cima para me salvar.

Na noite em que meu pai ficou tão bêbado, que me deu um soco quando eu saía pela porta para o acampamento, prometendo nunca mais voltar.

Ela era perfeita e eu nem sei o seu nome.

Dou uma cotovelada nele, sabendo que não há uma chance sequer de que estou prestes a confessar nada disso.

— Graças a Deus você é casado. Nenhuma mulher seria estúpida o suficiente para ir atrás de você agora. Suas imitações são péssimas e você é um idiota.

Ele sorri, sem dúvida pensando em sua esposa. Alguns caras têm tudo — Liam Dempsey é um deles. Ele tem uma bela mulher para quem voltar, filhos, amigos, e teve uma daquelas infâncias perfeitas.

Basicamente, a vida dele é o oposto da minha.

A única coisa que tenho que vale a pena são meus irmãos.

— Do que você está falando? Há uma razão para eles me chamarem de Dreamboat e você de Arrow. Eu sou um baita sonho.

— Aqui vamos nós, porra. Eles me chamam assim por causa do meu sobrenome, idiota.

Liam ri e dá de ombros.

— Talvez, mas o meu é por causa da minha personalidade brilhante.

Apesar de ser um total idiota, vou sentir falta dele. Vou sentir falta de toda minha equipe. Odeio que esta tenha sido minha última missão e não farei mais parte desta irmandade. Eu adoro ser um Seal.

— Felizmente, você é tão vaidoso que verei seu brilho em qualquer lugar que eu estiver.

— Alguma ideia de onde vai ser isso ou o que você vai fazer agora? — Liam pergunta.

Eu me inclino para trás na cadeira muito desconfortável deste avião C-5 e respiro fundo.

— Não tenho nenhuma ideia.

— Fico feliz em ver que você está no auge de sua vida. Você precisa se recompor, Arrowood. A vida não vai te dar merda nenhuma.

Liam tem sido o líder da minha equipe nas duas últimas missões e é como um irmão mais velho para mim, mas agora, gostaria de não receber lições de moral. Tenho três irmãos mais velhos que já fazem isso o suficiente.

Embora, eu acho que é isso que a equipe Seal é... irmandade. Irmãos que fariam qualquer coisa um pelo outro, incluindo ajudar durante uma grande transição, mesmo que seja uma que já esteja acontecendo há algum tempo. Três anos atrás, eu estava em uma missão. Era um posto de controle de rotina e minha perna foi esmagada quando um carro tentou passar. Fiz algumas cirurgias, tudo parecia bom, mas não estou cicatrizando corretamente. Nesta missão, eu estava em serviço leve, em que fazia basicamente administração. Eu odeio administrar. Queria estar lá fora, garantindo que meus irmãos estivessem seguros. Então o médico me deu a notícia de que seria dispensado.

Não estou mais apto para ser um Seal.

volte *para* mim

E se eu não posso fazer isso, então não quero fazer parte de nada.

— Eu tenho planos.

— Quais? — ele pergunta.

— Acabar com você, por exemplo.

— Você poderia tentar, meu jovem, mas eu não apostaria nisso.

— Se minha perna estivesse cem por cento...

Liam balança a cabeça.

— Eu ainda te mataria. Mas, brincadeiras à parte, você não pode assinar os papéis em duas semanas e não ter ideia do que vai fazer.

Meu irmão mais velho, Declan, encheu meu saco dizendo a mesma coisa quando liguei para ele há um mês. Dec dirige uma grande empresa na cidade de Nova York e disse que estava procurando um novo chefe de segurança, mas eu preferia enfiar minha perna machucada em um processador de carne a trabalhar para ele. Ele é cabeça quente, sabe tudo e não paga bem. Já fiz isso por oito anos, então gostaria de um *upgrade* no departamento financeiro.

Ainda assim, ele tem razão. Só posso sobreviver com as poucas economias que tenho por algum tempo, então vou precisar conseguir um emprego.

— Eu vou dar um jeito — digo a ele.

— Por que não voltar para casa, para a fazenda?

Meus olhos se estreitam e eu guardo a raiva que me preenche com a menção daquele lugar.

— Porque a única maneira de pisar naquela terra é enterrando o homem que mora lá.

Os irmãos Arrowood juraram cuidar um do outro, proteger um ao outro, e foi o que cada um de nós fizemos até que eu pudesse sair. Duas semanas após minha formatura, foi a última vez que pisei naquela fazenda na Pensilvânia. Vou morar na rua antes de voltar para lá.

Ele levanta as mãos.

— Tudo bem, irmão, não precisa me olhar como se estivesse prestes a me cortar ao meio. Eu entendi. Não vai voltar para casa. Só estou preocupado. Vi um monte de caras saírem e lutarem para encarar a vida de civil. Por mais que reclamemos dessa vida, ela se torna a gente, sabe?

Ele tem razão. Inferno, eu também vi isso, mas não estou pronto para que essa seja minha realidade. Eu teria cumprido vinte anos com um sorriso porque a Marinha salvou minha vida. Acabaria na prisão se não tivesse me alistado. Então, quando eu estava dentro, fui selecionado para Seal e me recusei a ser outra coisa. Agora, não é mais minha escolha.

— Não tenho certeza do que mais eu poderia ser neste momento.

— Meu amigo Jackson tem uma empresa que aceita Seals quebrados, tenho certeza que ele tem espaço para mais um.

Eu lhe mostro o dedo do meio.

— Eu vou te mostrar o quebrado.

Antes que possamos entrar em uma briga, os oficiais se aproximam, informando que estamos nos preparando para o pouso e como eles querem que a carga seja descarregada.

O retorno para casa não se assemelha a nada que qualquer pessoa possa compreender. São cheios de emoções, balões, festas, lágrimas de felicidade e muita empolgação. As esposas estão bem-vestidas e as crianças parecem perfeitas e elegantes quando sabemos que suas vidas nos últimos nove meses foram tudo menos isso. Você vê as famílias tão animadas para ver seu ente querido que poderiam subir umas nas outras.

E então, há como nos sentimos.

Nossos nervos são diferentes. Estamos prontos para voltar para casa e ver as pessoas que amamos, mas, ao mesmo tempo, sabemos que não será fácil. Amar um homem que está se preparando para partir de novo não deve ser simples. É por isso que sou grato que amor e casamento nunca estiveram no topo da minha lista de prioridades.

Gosto de saber que não há sacrifício a ser feito para me amar.

O comandante fica quieto, esperando a atenção de todos.

— Patterson e Caldwell irão primeiro, já que tiveram bebês enquanto estávamos fora. Então, o desembarque será feito em ordem alfabética. Após verificar sua saída comigo, pegue seu equipamento e não volte para a base por duas semanas, entendido?

— Sim. — Todos nós respondemos em uníssono.

Ele abaixa a prancheta e olha para todos nós.

— Não me façam ter que explicar para minha esposa por que eu tenho que sair de casa para pagar a fiança de um de vocês, idiotas.

Alguns de nós riem, mas ele não, porque isso aconteceu antes.

Felizmente, não fui eu.

O avião pousa e eu juro que posso sentir a mudança na energia. Por ser em ordem alfabética, serei um dos primeiros a sair, mas nossa equipe está cheia de caras que têm filhos. Vou esperar até eles irem embora, aceitar a bronca do comandante Hansen e seguir meu caminho alegre como os outros solteiros fazem.

O comandante chama meu nome, mas eu continuo parado. Sua voz se eleva novamente.

— Arrowood! — Ele me encara, mas eu dou de ombros. — Jesus, a cada maldita missão, esse estúpido faz isso. Tudo bem, vou chamá-lo duas vezes e, se você não se levantar, será colocado no final da fila. Idiotas. Estou cercado por eles.

— Vejo você em algumas semanas — Liam diz quando seu nome é chamado.

— Eu com certeza venho dizer adeus.

Ele me dá um tapa no peito.

— Faça isso.

Depois que o resto dos nomes são chamados, ouço o meu novamente.

O comandante não parece nem um pouco feliz, mas vejo uma pitada de orgulho escondida atrás de sua carranca.

— Você é um bom homem.

— Essas crianças querem seus pais.

Ele concorda.

— Aqui está sua papelada. Vejo você de volta em quatorze dias.

Eu aceno, pego o papel e vou embora. O sol está brilhando e o ar tem um cheiro limpo. Não há poeira ou sujeira grudada em minha pele enquanto desço as escadas.

— Ei, babaca.

Congelo por um segundo antes de virar para encarar meu irmão — que não deveria estar aqui.

— Sean?

Ele caminha em minha direção com os braços abertos e um sorriso enorme nos lábios.

— É bom ver você inteiro em casa.

Nós nos abraçamos, batendo as mãos nas costas um do outro.

— Que diabos você está fazendo aqui?

— Achei que alguém deveria levá-lo para casa depois de sua última missão.

— Bem, é bom ver você — digo, com um sorriso.

— É bom ver você também, irmãozinho.

Posso ser o mais novo, mas não tenho nada de "zinho". Sean é o mais baixo de nós, porém tem o maior coração. Às vezes, eu gostaria de ser mais parecido com ele.

— Sabe, posso te cortar da bunda à bochecha em cerca de dez segundos. Você vai encarar?

Ele me dá um tapa no ombro.

— Hoje não, estou aqui para outra coisa.

— Sim?

— Sim, nós temos que ir encontrar Declan e Jacob...

Uma faísca de preocupação passa por mim. Não temos exatamente reuniões de família. Na verdade, acho que a última vez que nós quatro estivemos juntos foi no dia em que me formei no campo de treinamento. Meus irmãos e eu temos todos um ano de diferença indo para baixo da linha. Minha pobre mãe teve quatro filhos em quatro anos e depois passou os sete anos seguintes criando quatro meninos que não eram conhecidos por serem crianças fáceis. Nós nos unimos e éramos melhores amigos — em todas as travessuras.

Agora, porém, estamos todos espalhados como o vento e só nos vemos separadamente na maior parte do tempo.

— Onde vamos encontrá-los?

Sean aperta a mandíbula e solta um suspiro pesado.

— Sugarloaf. Nosso pai está morto. É hora de ir para casa.

Connor

— E agora acabou — Declan diz, olhando para o buraco no chão onde o caixão descansa. O cemitério é velho, com algumas lápides que ainda estão quebradas, pela noite da fogueira quando éramos idiotas.

Está quieto e o cheiro de lavoura preenche o ar. Um pouco de esterco, um pouco de fumaça e muitos arrependimentos. Achei que me sentiria melhor agora que ele está morto, mas tudo o que sinto é raiva.

— Não completamente — Sean nos lembra. — Nós ainda temos que descobrir o que fazer com a fazenda e a terra.

— Vamos queimar — sugiro, sem sentimentos. Estar de volta aqui me dá coceira. Mesmo com ele morto, ainda sinto como se ele estivesse observando, julgando e se preparando para levantar os punhos. Inferno, ainda parece que os segredos que guardamos por causa dele estão tentando me sufocar.

— Connor tem razão. Embora, eu fosse me sentir melhor se o velho ainda estivesse dentro quando a incendiarmos — Jacob acrescenta.

Concordo. Meu pai costumava ser um bom homem. Ele amava seus filhos, sua esposa e sua fazenda, dando tudo o que tinha para cada um de nós. Então minha mãe morreu e perdemos ambos os pais.

O homem gentil, divertido e trabalhador que me ensinou a andar de bicicleta e pescar se foi. Em vez disso, ele se tornou um bêbado vazio que usava os punhos para expressar sua raiva.

E cara, ele tinha raiva.

De todos. De tudo. Principalmente dos meus irmãos e eu, por lembrá-lo da mulher que ele amava e que Deus levou cedo demais. Como se não estivéssemos sofrendo a perda da mãe mais maravilhosa que já existiu.

Dec balança a cabeça.

— Esta é a única coisa que o bastardo nos deixou, e vale milhões. É também onde as cinzas da mamãe estão espalhadas. Vamos ser pacientes, como temos feito, e vender. A menos que um de vocês queira?

— De jeito nenhum. — Não quero me envolver com isso. Quero isso fora da minha vida para nunca mais ter que voltar para Sugarloaf.

Todos os outros grunhem em acordo.

— Bem, todos nós vamos ter que nos encontrar com o advogado em algum momento desta semana, e então venderemos essa maldita coisa.

Não tenho dúvidas de que Dec já mexeu os pauzinhos para nos tirar daqui o mais rápido possível. Assim como todos nós, ele tem muito que quer evitar nesta cidade, e não vamos conseguir se ficarmos aqui mais de um dia.

Nós quatro entramos no carro de Sean e voltamos para a casa, mas assim que chegamos à entrada, o carro para.

Os pilares de madeira com a placa acima e nosso sobrenome gravado na madeira estão envelhecidos, mas ainda estão de pé. Tento não me lembrar da voz da minha mãe, mas a memória vem muito forte e muito rápida e eu tenho oito anos de novo.

— Ok, qual é a única verdade sobre uma flecha?

Eu gemo, sua sobrancelha se levanta e ela espera pela resposta.

— Mãe, o novo jogo do Nintendo está em casa e eu quero jogar.

— Então é melhor você me responder, Connor. Qual é a única verdade sobre uma flecha?

Economizei dinheiro do meu último aniversário, mas não foi o suficiente, então tive que pedir dinheiro emprestado a Jacob para o jogo. Ele é tão mau que me obrigou a fazer suas tarefas durante seis meses, mas agora tenho o novo Mario. Tudo o que quero fazer é jogar. Não me importo com a flecha.

Ela estaciona o carro e cruza os braços. Mamãe costumava ser minha pessoa favorita.

— Por que temos que dizer isso todas as vezes? — pergunto.

— Porque é importante. Família é o que importa nessa vida, sem isso você não tem nada. Quando cruzamos esse limite, estamos de volta em casa. Estamos com aqueles que nos amam e aqui, meu doce menino, é onde você sempre pertencerá.

Minha mãe é a melhor pessoa que conheço, e por mais que eu queira meu jogo Nintendo — e eu realmente o quero — quero mais fazê-la feliz. Gosto de fazer mamãe feliz.

— *Você não pode atirar antes de quebrar o arco* — *resmungo, odiando que este seja um fato que ela me faz recitar.*

Ela sorri.

— *Está certo. E por que isso é importante?*

— *Mãããããe* — *eu lamento, porque o jogo está me chamando.*

— *Não, sem reclamar* — *ela insiste.* — *Por que isso é importante?*

— *Porque se você não quebrar o arco, você nunca avançará, e uma flecha foi feita para avançar.*

Seus olhos se enchem de amor e felicidade enquanto ela olha para mim.

— *Isso mesmo, e você foi feito para ir longe. Agora, vamos para a casa para ver se seus irmãos a deixaram de pé.*

— *E eu posso jogar meu jogo.*

Mamãe ri.

— *Sim, e isso, depois de suas tarefas.*

— Eu não posso fazer isso — Sean admite, olhando para a estrada de terra.

Um por um, meus irmãos deixaram este lugar, e cada um deles se revezou voltando até que eu tivesse idade suficiente para ir embora também. Eles me protegeram de uma forma que não pude agradecer na época. Jacob atrasou a ida para a faculdade por um ano para ter certeza de que Sean poderia jogar bola e eu não ficaria tão sozinho com papai. Sean me levava aos jogos, garantindo que eu saísse de casa de vez em quando depois que Jacob foi embora. Declan foi para a faculdade, mas passava os verões na fazenda, para que eu estivesse protegido dos punhos de papai sempre que possível.

Ele parece o mais desconfortável, mas também é o mais obstinado de todos nós.

— Qual é a única verdade sobre uma flecha? — Dec sufoca as palavras e eu fecho meus olhos.

Mãe. O que ela pensaria de nós agora? Ela entenderia porque todos deixamos este lugar? Ela viu o inferno que ele nos fez passar e o que nos tornamos por causa das escolhas dele?

Jacob responde:

— Remover metade da pena fará com que a seta se curve e altere seu curso, e é por isso que permanecer unidos é importante.

— Mamãe ficaria desapontada conosco — comenta Declan. — Sem mulheres, sem filhos, nada além de empregos.

— Nós temos um ao outro — eu falo. — Sempre tivemos, e ela teria desejado isso.

Declan olha pela janela.

— Ela gostaria que tivéssemos mais…

— Sim, mas é difícil ter mais quando você cresce do jeito que crescemos.

A voz de Jacob está baixa e cheia de tristeza.

— Fizemos um pacto. Sem casamentos, sem filhos e nunca levantar os punhos por raiva. Ela teria entendido. E gostaria que ficássemos um ao lado do outro e não fôssemos nada como ele foi no final.

Talvez sim, Deus sabe que isso é o que esperávamos. Gosto de acreditar que, se ela estiver assistindo, entenderia que seus filhos fizeram essa escolha por um motivo. Eu fiquei com ela por menos tempo, mas acho que ela teria respeitado o desejo de proteger os outros.

Se viemos de um homem assim, com certeza está dentro de nós também.

Declan olha para Sean, o irmão que era de longe o mais próximo dela. Ele nunca se perdoou pela noite em que ela morreu.

— Dirija, irmão. É hora de seguir em frente.

Sean bate a mão no volante antes de colocar o carro em movimento e acelerar lentamente no caminho para o inferno.

Nenhum de nós fala. Sei que não consigo reunir um pensamento por tempo suficiente para dizer uma palavra. Existem memórias por toda parte.

A cerca que alinha a calçada onde meus irmãos e eu sentávamos e assistíamos as vacas, sonhando em fugir. A árvore que fica do lado esquerdo da propriedade onde fizemos uma escada com pedaços de madeira para que pudéssemos subir nos galhos, fingindo que estávamos escondidos e seguros.

Papai nunca poderia nos alcançar lá em cima.

Ele sempre estava bêbado demais para subir mais de dois degraus.

À direita, está a pista de arco e flecha onde meus irmãos e eu passamos horas imaginando que éramos Robin Hood ou outros grandes homens que fizeram o que era certo.

Posso ouvir nós quatro discutindo sobre quem atirou melhor, o tempo todo sabendo que foi Sean. O bastardo sempre teve a melhor forma e pontaria.

E então o que uma vez foi minha casa fica à vista.

— É como uma porra de um túnel do tempo — comenta Dec. — Nada mudou.

Ele tem razão. A casa está exatamente como era quando saí. Tem dois andares e uma grande varanda em volta com um balanço. A tinta branca está desbotada e descascando, e as persianas pretas estão faltando em uma das janelas e penduradas em outra. Embora possa ser a mesma estruturalmente, não é a casa de que nós quatro nos lembramos.

Limpo a garganta.

— Só que agora está uma bagunça.

— Eu não acho que o velho fez absolutamente nada depois que partimos — um dos meus irmãos declara atrás de mim.

De maneira nenhuma venderemos esta casa por um valor que valha a pena. Embora ela nunca tenha sido o prêmio, mas sim o terreno. Mais de trezentos hectares de algumas das melhores terras para gado na Pensilvânia. Um riacho sinuoso flui através dela, a grama é excelente para as vacas, e é pitoresca.

— Como ele poderia? — Declan bufa. — Ele não tinha seus burros de carga para cuidar das coisas enquanto estava bêbado.

Eu aceno, sentindo um novo tipo de raiva por ele. Pelo menos ele poderia ter se importado com a fazenda.

— E os animais? — Sean pergunta.

— Precisamos fazer um inventário completo e ver em que diabos estamos nos metendo — eu falo.

Meus irmãos concordam, então dividimos as tarefas. É hora de ver o que mais ele destruiu.

A fazenda está uma bagunça, é tudo o que fico dizendo a mim mesmo. É um pesadelo. Ele não tinha preservado nada além do equipamento de laticínios, que ele teria que manter em funcionamento se quisesse ganhar dinheiro suficiente para comprar sua bebida.

Ainda assim, o fato de ele ter deixado a terra assim é inacreditável. O que poderia ter sido uma herança de dez milhões ou mais, vale metade disso, na melhor das hipóteses. Vai dar muito trabalho para chegar perto do valor pelo qual queremos vender.

Estou caminhando no campo à esquerda do riacho, o lugar onde eu me escondia. A primeira vez que meu pai se enfureceu, eu tinha dez anos, e Declan levou a surra, protegendo todos nós e nos dizendo para correr e nos esconder.

Eu não entendi bem o que tinha acontecido, só que meu irmão, a quem eu amava, gritava para eu correr.

Então eu fui.

Eu corri. Corri com tanta força que não tinha certeza se algum dia pararia. Corri até que meus pulmões lutaram para respirar. Não parei até estar onde pensei que ninguém poderia me encontrar, porque Declan tinha algo em seus olhos que eu nunca tinha visto — medo.

Estou parado aqui, na beira do riacho, olhando para a plataforma que construí na árvore onde passei tantos dias e noites me escondendo do inferno que havia em minha casa.

Que bagunça.

Aqui é o último lugar que quero estar, mas não há mais nada do que eu tenha que me esconder. Não sou mais aquele garotinho assustado, e não há mais monstros se escondendo na casa. No entanto, não posso deixar de sentir um aperto no estômago.

O silêncio é um tanto alto enquanto estou aqui ouvindo o riacho que costumava me embalar para dormir. A fazenda é linda. Não posso deixar de ver os verdes exuberantes e o tom rosa profundo do sol poente no céu, iluminando as nuvens e fazendo com que pareçam algodão-doce.

Eu fecho os olhos, levantando o rosto para o céu e ouvindo o som da minha respiração.

E então um baque vindo de cima faz meus sentidos entrarem em ação.

Eu olho em volta, tentando ver o que foi.

Em seguida, uma fungada.

— Olá? — grito, virando-me para a árvore e a plataforma alta em seus galhos.

Há uma barulheira, o som de pés se arrastando na madeira. Alguém está lá em cima. Tem que ser uma criança, porque um adulto não estaria escondido naquela plataforma. Porém, quem quer que seja, não responde.

— Olá? Eu sei que você está aí — eu digo, um pouco mais suave, porque estou tentando ser menos assustador. — Não precisa ter medo.

Outro movimento e depois um choro claramente causado por dor. Não espero, subo na árvore, usando os degraus de madeira que meus irmãos me ajudaram a construir para que eu sempre pudesse vir aqui.

— Estou subindo. Não tenha medo — instruo, não querendo que quem esteja lá em cima caia do pedaço de madeira.

Chego na plataforma e uma menininha está encolhida no canto. Seus olhos estão arregalados e cheios de medo. Ela não parece muito mais velha do que eu na primeira vez que subi aqui, mas não fico muito próximo de crianças, então não tenho ideia de quantos anos ela realmente tem. Mas sei tudo sobre estar apreensivo e as lágrimas que escorrem pelo rosto dela. Eu costumava usar uma expressão semelhante neste mesmo local.

— Eu não vou te machucar. Você está bem? Eu te ouvi chorar.

Ela acena rapidamente.

— Certo, você está ferida?

Uma lágrima cai por sua bochecha e ela acena outra vez, segurando o braço.

— É o seu braço? — pergunto, sabendo que sim. Quando ela ainda não fala, tento me lembrar como era estar machucado e sozinho, me escondendo em uma árvore. — Eu sou Connor e costumava morar aqui. Este era meu lugar favorito em toda esta fazenda. Qual o seu nome?

Seu lábio treme, e ela parece lutar sobre se ela pode me responder. No final, seus olhos verdes me observam como um falcão e ela aperta os lábios com força, deixando-me saber que não tem intenção de falar comigo.

Subo mais um degrau na escada e me inclino na plataforma.

— Está tudo bem, você não precisa me dizer.

Vou ficar aqui o tempo que for preciso para fazê-la mudar de ideia. Ela se senta, seu cabelo castanho caindo em volta do rosto, e funga antes de empurrá-lo para trás.

— Você é um estranho — diz a menina.

— Eu sou. Você está certa em não falar com estranhos. Ajudaria se eu dissesse que também sou uma espécie de policial da Marinha?

Seus olhos se estreitam, me avaliando.

— Policiais têm uniformes.

Eu sorrio. Que garota inteligente.

— Isso mesmo. Eu uso um, mas não estou trabalhando agora, pois estou na fazenda. Você pode me dizer como machucou o braço?

— Eu caí.

— Como você subiu aqui?

Ela muda um pouco.

— Eu não queria que ninguém me encontrasse.

Meu estômago aperta com um milhão de respostas sobre por que essa garotinha está se escondendo aqui com o braço dolorido, em vez de correr para casa e pedir ajuda. Tenho que me manter sob controle e lembrar que nem todo mundo tem uma vida de merda em casa. Pode ser qualquer coisa.

— Por que não?

Ela mexe o lábio inferior.

— Papai disse que eu não deveria sair de casa e não queria que ele ficasse com raiva. — Então ela limpa o nariz com o braço e outra lágrima cai. — Vim aqui para poder esperar a mamãe voltar para casa.

Eu dou a ela um aceno em compreensão.

— Bem, tenho certeza de que seu pai está preocupado com você. Devíamos levá-la de volta para casa e examinar seu braço.

— Ele vai ficar muito bravo. — Seu lábio treme.

A pobrezinha está apavorada. Pelo seu pai ou porque ela quebrou as regras, não tenho certeza. Não sei quem ela é ou quem é seu pai, mas ela não pode ficar aqui machucada e assustada. Ela vai cair.

— Que tal eu não contar a ele onde te encontrei se ele não perguntar.

Ela me olha com curiosidade.

— Você quer dizer mentir?

— Não, só acho que os amigos guardam segredos, e agora somos amigos, certo?

— Eu acho que sim.

— Bem, amiga, você sabe que meu nome é Connor, mas ainda não sei o seu.

Seus lábios se apertam.

— Eu sou Hadley.

— É um prazer conhecê-la, Hadley. Posso ajudá-la a descer, já que seu braço está machucado?

A cabeça de Hadley balança rapidamente, concordando.

Eu a instruo como chegar perto, e então ela envolve o braço em volta do meu pescoço, segurando com força. Coloco nós dois no chão sem balançá-la muito. Quando chegamos lá, deixo-a de pé e agacho.

Estamos cara a cara, e há algo na maneira como ela olha para mim — como se eu fosse seu salvador — que faz meu coração doer.

— Seu braço está bem?

— Ele dói. — Sua voz é baixa e contém um leve tremor de dor. Ela o move pela frente do corpo, embalando-o bem perto.

— Posso olhar?

Hadley é pequena. Embora, eu não tenha nenhuma ideia sobre a idade dela, ela tem uma altura normal para uma criança, ou eu sou um idiota.

— Ok.

Eu dou uma olhada e há alguns hematomas e está inchado, mas não parece que ela quebrou.

— Bem, não parece terrível, mas acho que precisamos levar você para casa para garantirmos de que não está quebrado. Onde você mora?

Ela aponta para o outro lado do riacho onde fica a fazenda dos Walcott.

— Seu sobrenome é Walcott?

— Sim.

Eu sorrio. É bom saber que eles não venderam a fazenda. Os Walcott eram boas pessoas. Minha mãe e a Sra. Walcott eram amigas íntimas. Quando mamãe morreu, Jeanie nos trazia comida e se certificava de que ainda comíamos torta de vez em quando. Eu a amava e fiquei triste quando ela faleceu. Tim morreu cerca de um mês depois dela, e meu pai dizia que foi de coração partido. Gostaria que meu pai amasse minha mãe o suficiente para morrer juntamente com ela, mas não tive essa sorte.

Não tinha ideia se alguém a comprou ou se a propriedade foi passada para alguém. Eles nunca tiveram filhos, mas parece que ainda está na família.

— Eu vou te acompanhar para casa e me certificar de que você não se machuque novamente. Quer caminhar ou prefere que eu te leve de carro?

Vejo que ela está preocupada, mas de jeito nenhum vou deixar essa criança sair sozinha quando está ferida.

— Podemos caminhar.

— Tudo bem. — Eu me levanto, estendo a mão e sorrio quando ela a pega, sabendo que ganhei um pouco de sua confiança.

Nós caminhamos para a casa dela, nenhum de nós falando muito, mas então a sinto começar a tremer. Lembro-me muito bem de não querer ir para casa porque meus pais ficariam com raiva de mim. Muitas vezes senti a colher de pau na minha pele porque minha mãe disse para voltar antes de escurecer e eu fiquei perambulando, perdido nas vastas terras que pareciam iguais, e um dos meus irmãos teve que vir me encontrar.

— Há quanto tempo você mora aqui? — pergunto, querendo tirar sua atenção de seu castigo iminente.

— Eu cresci aqui.

— Legal, e quantos anos você tem?
— Eu tenho sete.
Ela deve ter se mudado logo depois que eu saí.
— Você mora aqui com seus pais?
— Meu pai administra a fazenda com minha mãe. Ela também é professora.
— Eles parecem pessoas legais.
Hadley desvia o olhar, e esse sentimento me incomoda novamente. Vivi toda a minha vida confiando em meus instintos. Nas forças armadas, é matar ou morrer. Tive que confiar em mim mesmo para saber quando algo era uma ameaça ou não. Algo em seu comportamento levanta bandeiras vermelhas por toda parte.
— Meus pais provavelmente não estão em casa, então você não vai conhecê-los.
Aceno como se eu não visse o que ela está fazendo. Eu cresci inventando desculpas sobre todos os motivos pelos quais meus amigos não puderam vir ou meus professores não deviam telefonar. Meu pai estava dormindo, ele não estava em casa, estava trabalhando ou fora da cidade. Qualquer coisa que eu pudesse dizer para impedir alguém de ver qualquer coisa. De encontrar um motivo para fazer perguntas.
Se esconder não era só para mim, era tudo que eu fazia.
— Bem, se não estiverem, pelo menos vou saber que você chegou em casa com segurança.
— Você acha que posso vir algum dia e subir na sua árvore? Tem degraus e a minha não.
Eu sorrio para ela.
— A qualquer hora, garota. Minha árvore é sua árvore. E se você vier nos próximos dias, posso te mostrar dois outros esconderijos que meus irmãos e eu construímos.
— Sério? Legal! — Hadley se anima.
— Sério.
Entramos na garagem e há alguém no carro. Seu cabelo castanho-escuro cai pelas costas em ondas e ela está tirando um saco de papel do porta-malas. Quando se vira, nossos olhos se encontram e meu coração para.
Seus lábios se separam e as compras caem no chão, esquecidas, quando fico cara a cara com a mulher que tem assombrado meus sonhos.
Meu anjo voltou, só que ela não é minha.

Ellie

Não pode ser.

Isso não pode estar acontecendo.

Já se passaram oito anos desde aquela noite. Oito anos fingindo que era tudo um sonho, porque tinha que ser.

Eu nunca mais o vi. Não importa quantos dias e noites eu procurasse nas multidões ou olhasse para cada motorista — nunca era ele.

Fiquei um pouco grata, porque aquela noite foi uma das mais tristes e incríveis da minha vida. Eu nunca deveria ter me entregado a ele, mas não tinha certeza de para onde minha vida estava indo, e me casar com Kevin era a coisa certa a fazer. Eu só sabia que precisava ser amada e admirada, mesmo que fosse apenas por uma noite. Queria ser abraçada da maneira que esse homem me abraçou enquanto dançávamos.

A outra parte era a agonia porque eu ia me casar no dia seguinte, e Deus me ajude, orei para que nunca mais o visse para assim encontrar uma maneira de me perdoar pelos pecados que cometi.

Eu deveria saber que nunca poderia reparar meus pecados e ser perdoada e ele estar aqui é a prova disso.

— Mamãe! — Hadley corre, seus olhos cheios de terror com as compras no chão.

Merda. Eu as deixei cair.

Eu odeio que ela se preocupe tanto.

— Está tudo bem, querida. Vou pegá-las.

Hadley se vira para o homem quando vê meus olhos se voltarem para ele.

— Connor, esta é minha mãe.

Connor. Eu dei a ele tantos nomes, mas Connor parece adequado. O nome é forte, como o homem.

O tempo não fez nada para diminuir o quão atraente ele é. Seus olhos são de um verde-esmeralda profundo que me faz sentir como se estivesse flutuando. Seu cabelo é mais longo na parte de cima, puxado para o lado, dando-lhe um ar um pouco infantil, mas isso só aumenta seu apelo. Então há seu corpo. Deus, seu corpo é pecaminoso. Sua camisa está agarrada aos braços, e não há como negar os músculos por baixo dela.

Seu peito é mais largo do que eu me lembrava.

E eu me lembro de tudo.

Seu toque, seu cheiro, o som de sua voz ao fazer amor comigo de uma forma que eu não sabia que existia.

Eu precisava dele e da memória daquela noite mais do que ele poderia imaginar. Eu revivi cada momento tantas vezes, agarrando-me àqueles sentimentos pelos quais eu estava desesperada, amando como meu mundo ganhava vida e as cores ficavam mais brilhantes quando eu estava com ele. Ele era como um cometa que incendiou o céu, e a cauda nunca desapareceu para mim.

Mas ele estar aqui? Isso ameaça *tudo* — incluindo a vida da menina que ele está ao lado.

Olho para os dois e me agacho para tentar pegar o que deixei cair.

— E como vocês dois se conhecem?

Ele se aproxima também, curvando-se para ajudar a reunir os itens que estão fora do meu alcance.

— Encontrei Hadley em uma árvore, e acho que o braço dela está bem machucado. Queria ter certeza de que ela chegaria bem em casa.

Imediatamente, minha atenção muda para ela. Não sei como ela o machucou ou se alguém a machucou.

— Você está bem? O que aconteceu?

Ela olha para ele e depois de volta para mim.

— Eu caí.

Fecho os olhos, desejando que isso seja verdade. Kevin pode me machucar, mas ele nunca levantou a mão para Hadley.

— Deixe-me ver.

Ela puxa a manga para cima e eu toco o hematoma que marca sua pele e odeio que pareça inchado.

— Eu preciso que ela seja examinada.

Connor levanta a sacola de comida em seus braços e a entrega.

— Posso ajudar?

Balanço a cabeça rapidamente, negando.

— Não, não. Eu dou conta de tudo. Meu marido está trabalhando na fazenda. Vou colocar isso para dentro e depois levá-la. Obrigada.

volte *para* mim

Não posso deixar Kevin vê-lo. Isso levantará um milhão de perguntas sobre quem ele é, como eu o conheço, porque Hadley não estava em casa onde ela deveria estar e o que aconteceu com seu braço. Minhas emoções estão muito instáveis para lidar com qualquer uma dessas coisas agora.

— Você tem certeza?

— Bastante certeza.

Connor dá um sorriso triste e então toca o topo da cabeça de Hadley.

— Tenha cuidado, certo?

Hadley sorri para ele.

— Você também.

Ele ri.

— Não sou eu que estou ferido.

— Você ainda deve ter cuidado porque é um soldado.

É por isso que não o vi. Ele foi embora, mas claramente está de volta. Só não sei o que isso significa ou se significa alguma coisa. Eu nem sei por que me importo com o que isso significa. Tenho minha vida aqui com Kevin e Hadley.

Não podemos ir embora, mesmo se quiséssemos. Kevin garantiu isso quando me trouxe para cá, longe de qualquer pessoa que eu pudesse conhecer.

Ainda assim, meus lábios se abrem e me vejo perguntando:

— Você é militar?

— Eu sou, por mais algumas semanas, pelo menos. Então vou sair.

Aceno, agradecida por ele sair novamente.

— Bem, obrigada por trazer Hadley para casa.

Ele dá um passo mais perto, fazendo meu pulso disparar. É preciso cada grama de força que tenho para me manter firme.

— De nada…

Minhas entranhas lutam para dizer a ele meu nome. Não quero mentir, mas dar isso a ele é como abrir mão de todas as falsas pretensões. Mas eu devo a ele. Eu devo muito a ele, então paro de lutar contra mim mesma e digo a ele a verdade.

— Ellie.

Connor dá outro passo mais perto, sua voz profunda roçando em mim enquanto diz meu nome muito mais bonito do que já ouvi.

— Ellie. De nada e foi um prazer conhecê-la.

Eu sorrio timidamente.

— Sim, prazer, Connor.

Dizer seu nome parece uma peça do quebra-cabeça se encaixando.

Hadley pega minha mão e subimos os degraus que levam à casa em ruínas que chamamos de lar, deixando-o ali parado nos observando, e eu me pergunto se ele conseguiu ver o que venho ignorando nos últimos sete anos — que Hadley tem os olhos dele.

— Não está quebrado, mas está torcido — diz o Dr. Langford, verificando seu braço. — Segunda entorse nos últimos dois meses.

— Sim, ela é... ela é tão cheia de vida e adora correr e escalar. Não consegue manter seus pés no chão.

Dr. Langford acena com a cabeça.

— Eu tive um pequeno assim. Sempre coberto de hematomas e arranhões. É também a vida na fazenda. Explica por que você também teve um pouco de azar, hein?

Eu concordo.

Odeio mentiras. Odeio tudo isso, mas estou com tanto medo.

Sei que tenho que ir embora porque, embora haja uma fração da verdade de que Hadley é incontrolável e está sempre escalando, eu não fico em casa o tempo todo e não confio em Kevin. Ela jura que foi uma queda, e eu nunca o vi agir fisicamente contra ela, mas posso realmente confiar que um homem que está disposto a liberar sua raiva sobre sua esposa não fará o mesmo com uma criança?

Eu sairia neste exato instante se tivesse um lugar para ir, mas não tenho. Meus pais morreram uma semana antes de eu me casar com Kevin e não tenho dinheiro, nem ajuda, nem família para nos acolher. Quando eu o deixar, isso tem que ser planejado.

Por isso que aceitar o emprego de professora era necessário.

— Agora, você precisa ter mais cuidado e parar de escalar enquanto seu braço cicatriza.

Hadley sorri.

— Eu vou. Eu fiz um novo amigo.

— Você fez?

— O nome dele é Connor. Ele é dono da fazenda ao lado da nossa.

Os olhos do médico se arregalam.

— Connor Arrowood?

Ela dá de ombros.

— Ele disse que era da Marinha e era policial. Ele me carregou com um braço.

— Eu conheço os garotos Arrowood há muito tempo. Bons meninos, tiveram alguns momentos difíceis depois que a mãe morreu.

Claro que ele é um Arrowood. Não me ocorreu que ele deveria ser se estava na fazenda ao lado. Moro aqui há oito anos e a única vez que qualquer um deles foi mencionado foi quando alguém me disse que eles não pisam nesta cidade há quase uma década.

— Há quanto tempo foi isso? — pergunto.

Dr. Langford ergue os olhos, parecendo refletir.

— Foi quando Connor tinha cerca de oito anos. Foi uma pena, o câncer veio e a levou rápido. Eles devem ter voltado porque seu pai faleceu.

— Sim, me senti mal por ter perdido o funeral.

Ele concorda.

— Eu também não estava lá, mas não era um grande fã dele. Quando sua esposa morreu, isso o mudou. Enfim, faz sentido que os meninos viessem enterrá-lo e vender a fazenda.

— Vender? — pergunto.

Ele dá de ombros e começa a colocar uma tipoia em Hadley.

— Claro, eles não vão ficar por aqui por muito tempo, mesmo que o pai tenha morrido. — Ele me lança um olhar que me diz que os "tempos difíceis" que passaram depois que sua mãe morreu foi mais do que tristeza e então continua: — Mesmo assim, você fez um bom amigo, Hadley. Sempre gostei de Connor.

Ela sorri, concordando claramente com a avaliação do médico, e uma parte do meu medo se desvanece. Se ele não estiver por perto, não preciso me preocupar. Ele vai vender tudo, voltar para onde quer que esteja morando, e posso evitar qualquer... perturbação no meu plano de sair daqui.

Embora, agora que sei seu nome, posso consertar as coisas assim que estiver longe daqui. Descobrir com certeza se Hadley é dele.

— Tudo bem, amendoim. Você está pronta. Lembre-se do que eu disse sobre escalar e pegar leve, até que esteja tudo curado. Sem brincadeiras.

— Eu prometo — diz Hadley, com falsa promessa. Essa criança não sabe como ser cuidadosa.

— Bom, agora você pode dar a sua mãe e a mim alguns minutos para conversar? Acho que a Sra. Mueller tem alguns pirulitos lá fora.

Ele não precisa dizer mais nada, pois ela se foi.

— Como você está se sentindo? — ele pergunta com um tom paternal.

— Eu estou bem.

— Ellie, não estou tentando bisbilhotar, mas você tem um hematoma muito feio no braço.

Puxo minha manga para baixo, odiando que ela subiu o suficiente para ele ver as marcas.

— Eu bati na parede quando estava tirando todo o material para a sala de aula. Eu sempre me machuco facilmente.

Fiquei muito boa em evitar atenção médica. A última vez que Kevin agarrou meu pulso, fazendo-o saltar fora da articulação, eu mesma o coloquei de volta e imobilizei. Então, quando ele me fez tropeçar e meu tornozelo torceu, usei um suporte por um mês e tentei ignorar a dor. Não havia como ir para a sala de emergência, então encontrei maneiras de esconder os ferimentos.

No entanto, se ele visse meu lado, nunca acreditaria que sua queda, que eu nem tenho certeza se foi uma queda, é inocente, e essa será a última vez que a vi assim. Não posso deixar ninguém levá-la embora. Vou protegê-la melhor. Farei o que for preciso para garantir que nossa partida seja nos próximos dois meses. Preciso de tempo e provisões.

Seus olhos me estudam e posso ver que ele não está acreditando.

— Sem julgamento aqui, eu quero ajudar.

Ajudar com o quê? Kevin é o dono da fazenda, do carro, da conta bancária e eu não tenho nada. Kevin é controlador, e quando as coisas não acontecem do jeito dele, ele perde a cabeça. Quando formos, teremos que ir para bem longe, onde ele não conseguirá nos encontrar, por mais que tente. E ele vai tentar.

Ele vai querer a filha dele e nunca vai me deixar ir.

Tento dar a ele meu sorriso mais caloroso.

— Não há nada errado, Dr. Langford. Eu prometo.

Ele suspira, deduzindo que não vou dizer mais nada. Não há nada que alguém possa fazer para ajudar.

— Certo, bem, vejo você em breve. Tome cuidado e não hesite em ligar se precisar de alguma coisa.

— Eu prometo, vou fazer isso.

Ele sai, e então Hadley volta correndo para a sala com um bolso cheio de pirulitos e um sorriso no rosto. Ela vai direto para mim, envolvendo os braços em volta da minha cintura, fazendo-me estremecer.

— Desculpe, mamãe! Esqueci que você estava com um hematoma.

Sempre tenho hematomas.

— Está tudo bem, querida.

— Papai ficou bravo de novo? — Os olhos de Hadley estão cheios de preocupação. — Ele não deveria te machucar assim.

Deus, essa não pode ser a vida que mostro a ela.

— Foi um acidente — minto. — Estou bem.

Ela balança a cabeça.

— Não gosto que você tenha outro hematoma.

Eu também não, e é por esse motivo que tenho que fazer isso. Por ela, vou tirá-la da casa dele e protegê-la. Casei com um homem que destruirá a mim e Hadley, a menos que eu possa escapar primeiro. Que é exatamente o que pretendo fazer.

Capítulo 4

Connor

— Há trabalho que precisamos fazer se quisermos vender — digo, pegando a cerveja que Declan trouxe para a mesa.

— Não brinca. — Ele nega com a cabeça. — Pelo menos a terra é boa. Essa é a verdadeira vaca leiteira.

— Trocadilho bem colocado. — Sean sorri, levantando a cerveja.

Idiotas.

Pelo menos meus irmãos e eu estamos de acordo. Nenhum de nós quer esse lugar e todos nós estamos prontos para sair daqui.

Então penso na mulher que mora ao lado, aquela com quem sonhei por oito malditos anos, que agora está casada e tem uma filha.

Não posso ficar por aqui. Vou querer vê-la novamente, para descobrir se tudo que criei em minha mente é verdade.

Jacob se recosta na cadeira e aponta a garrafa para mim. Sua cabeça está raspada graças ao novo papel para o qual foi escalado.

— Você é o único trunfo, Connor.

— Eu?

Jacob é o mais próximo de mim em idade. Ele e eu também somos muito parecidos. Muitas vezes as pessoas pensaram que éramos gêmeos. Ele e eu temos um metro e noventa de altura, cabelos castanho-escuros e olhos verdes. Nós também somos os maiores idiotas dos quatro.

— Sim, você não tem para onde voltar. Sem ofensa, garoto.

Eu realmente odeio que eles ainda me vejam como o irmão mais novo que é ingênuo e precisa desses três babacas para me proteger. Eles não veem que sou a porra de um Seal da Marinha ou que lutei em uma guerra, fui alvejado, atirei em pessoas e poderia destruir todos eles se quisesse.

— Eu tenho coisas o suficiente para fazer.

Sean dá de ombros.

— Você está saindo da Marinha, não tem onde morar e nem emprego.

volte para mim

Quero dizer, talvez você devesse ficar na fazenda até se reerguer.

— Não é uma má ideia — Declan, o traidor, diz.

— Porra, claro que não é!

Isso destruiria completamente meu plano de sair desta porra de cidade. Muitas memórias que trabalhei duro demais para esquecer têm aparecido com suas cabeças feias desde que voltei.

— Tudo o que estamos dizendo é que isso pode lhe dar algo para fazer por enquanto. Sabemos que você é o mais habilidoso de nós — Jacob tenta explicar. — Todos concordamos que há muito trabalho a ser feito, então faz sentido. Mas, e quanto à perna dele?

Eu bufo e bebo a cerveja antes de responder. Estou cheio de raiva e nojo que eles sugeriram que eu ficasse nesta casa. Cada vez que um de meus irmãos partia para viver sua vida, meu pai piorava. Ele bebia mais, socava mais forte e eu odiava tudo nesta cidade um pouco mais.

Meus bons momentos eram quase inexistentes. A única memória que tenho e que guardo é aquela noite com meu anjo.

Mas, como todos os anjos, ela não pertence a este lugar mais do que eu. Ela foi feita para mais, e, com certeza, não é para um ex-Seal quebrado que tem sonhado com uma mulher casada. Ela me disse que queria voar, e foi por isso que nunca dissemos nossos nomes um ao outro.

Ela claramente não voou para longe, no entanto. Na verdade, ela se casou e teve uma criança menos de um ano depois de nossa noite juntos. Claramente, eu mantive essa memória com muito mais força do que ela.

— A perna dele está bem, ele está curado, apenas não apto o suficiente para o serviço — Declan continua.

Não, não estou apto para o serviço e definitivamente não vou ficar aqui.

— Ei, você está ouvindo? — Sean me cutuca.

— Não vocês, idiotas.

Ele solta um suspiro pesado, desviando o olhar.

— Jacob tem razão, a fazenda precisa de trabalho, você precisa de uma vida e todos nós temos responsabilidades.

— Ah, então sou apenas aquele que não tem mais nada para fazer?

— Exatamente — Declan responde.

Agora me lembro por que odeio ficar perto deles três.

— Eu não vou ficar nesta cidade.

Declan coloca sua cerveja na mesa e se vira para mim.

— Por quê? Ele está morto. Ele não pode te machucar.

Não, mas algo mais poderia — a possibilidade de mais.

— Então por que *você* não quer estar aqui? — desafio. — Nós dois sabemos o motivo, e não tem nada a ver com nosso pai.

É uma linda loira que parou em frente ao túmulo do meu pai e saiu antes mesmo que ele pudesse falar com ela.

— Vá se foder, Connor.

— Vá se foder você, Dec. Você quer que eu esteja aqui, lidando com tudo isso, quando não está disposto a fazer a mesma coisa?

— Assim que vendermos a fazenda, nenhum de nós terá que estar aqui novamente. — Sean tenta mediar a situação. — Faz sentido, Connor. Se você ficar, pode trabalhar na limpeza da fazenda. Você não tem planos, enquanto Jacob tem que voltar para Hollywood, Declan precisa voltar para Nova York e eu estou no meio do treinamento de primavera e tenho que voltar para Tampa para me encontrar com a equipe.

Se eu não estivesse com tanta raiva por eles estarem fazendo sentido, eu continuaria lutando. Mas eles estão certos. Não tenho nada para fazer depois de assinar meus papéis de dispensa.

— Vamos vender e conseguir o que pudermos — sugiro.

Sean balança a cabeça.

— Não. Isso é tudo que temos, e não há nenhuma maneira de nós nos desfazermos disso sem nenhuma razão. Não quando um de nós tem tempo e é mais do que capaz de consertar, ao ponto em que poderemos dobrar as ofertas. Não estamos falando de alguns trocados, Connor. Estamos falando de milhões.

Eu gemo e esfrego a nuca.

— Não vou concordar com isso.

Declan dá de ombros como se não se importasse com o mundo.

— Eu não estou preocupado. Ele verá que estamos certos.

— Ou que são um bando de idiotas.

Sean sorri.

— Já sabemos disso.

— Nos encontraremos com o advogado amanhã. — A voz de Declan é firme e autoritária, o que me dá vontade de socá-lo na garganta. — Depois disso, decidiremos o que vamos fazer. Por agora, vamos deixar Connor processar enquanto todos nós bebemos.

Eu os ignoro, odiando que meus irmãos pensem que me conhecem tão bem. A parte engraçada é que minha cabeça não está completamente na fazenda, uma pequena parte dela está na mulher e em sua filha na porta ao lado.

— Que porra você quer dizer com determinação? — A voz de Declan fica ainda mais alta e ele encara o advogado.

O advogado baixinho e rechonchudo enxuga a cabeça careca com um lenço. Adoro quando meus irmãos e eu fazemos as pessoas suarem.

— É muito simples. Basicamente, o testamento afirma que, para que seus filhos Declan, Sean, Jacob e Connor herdem a fazenda Arrowood, eles devem viver lá por um período de seis meses. Uma vez que esse tempo tenha sido cumprido por cada um de seus filhos, seja de uma vez ou em sequência, eles se tornarão os proprietários plenos com autoridade para vender.

Sean ri, sem humor.

— Aquele filho da puta está nos controlando do túmulo!

— Isso é besteira. Tem que haver uma brecha — Declan diz, se levantando. Sua raiva é palpável.

O advogado balança a cabeça.

— Receio que não. Ele foi muito… específico. Se vocês não concordarem, a fazenda será vendida e os lucros serão doados à fundação para ajudar a prevenir o abuso infantil.

— Você está brincando comigo, porra! — exclamo, antes que eu possa me impedir. — O homem que bate em seus quatro filhos regularmente quer doar possíveis dez milhões de dólares para evitar o que fez aos seus próprios filhos?

Jacob coloca a mão no meu braço.

— Ele não vai ganhar.

— Ele ganha de qualquer maneira! — grito. — Se vivermos naquela fazenda esquecida por Deus, estaremos cumprindo suas ordens. Se todos nós formos embora, então todo o dinheiro que é nosso por direito, e não me diga que não merecemos nada depois do inferno que aquele homem nos fez passar, vai para a caridade!

Não consigo pensar direito. Raiva e repulsa se espalham em mim a cada batida do meu coração. De todas as coisas que eu esperava quando entramos neste escritório, receber um fodido ultimato não era uma delas. Não achei que seria forçado a viver por seis meses no único lugar para onde nunca quis voltar.

— Ele acha que não vamos ficar — um dos meus irmãos dispara.

— Eu não vou ficar. Agora não. Não dessa forma. Eu me recuso a fazer isso. Inferno, dê para a caridade, porque essas crianças podem realmente ter a chance que nós não tivemos.

Sean se levanta e começa a andar.

— O que acontece se um irmão se recusar?

O advogado limpa a garganta.

— Então vocês todos perdem.

Jogo as mãos para cima, querendo dar um soco em algo, e então me odeio só de pensar nisso. Nunca levantei meus punhos com raiva. Lutei, claro, mas foi em legítima defesa ou porque não tive escolha. O voto que nós quatro fizemos significa tudo para mim, e nunca vou machucar outra pessoa fisicamente porque não consigo me controlar.

— Quanto tempo temos para decidir? — Declan pergunta, o sempre responsável que, sem dúvida, formou um plano sobre como lidar com isso.

— Três dias para decidir e alguém tem que estar na casa em trinta dias — afirma ele com naturalidade.

Declan se levanta e o resto de nós o segue.

— Nos vemos em três dias com uma decisão.

Capítulo 5

Ellie

— Estou com fome — Kevin balbucia do sofá. — Faça algo para mim.

Fecho os olhos, desejando não responder a ele. Isso só piora. Tenho que esperar meu tempo, ser inteligente e mantê-lo o mais calmo possível.

— Claro, há algo que você gostaria em particular?

Ele me encara, sua raiva já começando a aumentar.

— Comida, Ellie. Eu quero comida.

Minha garganta fica seca e eu me levanto, forçando um sorriso na esperança de acalmá-lo. Assim que entro na cozinha, vejo Hadley à mesa, fazendo seu dever de casa.

— Oi, querida.

— Oi, mamãe.

Eu me agacho ao lado dela, empurrando seu cabelo castanho, que é da mesma cor que o meu, para trás.

— Quero que você vá brincar lá fora ou fique no seu quarto, certo?

Seus olhos verdes me avaliam, pensando o que nenhuma criança de sete anos deveria pensar.

— Papai está com raiva de novo?

Eu concordo.

— Ele está, então quero que você fique fora da vista dele, ok?

Decepção pisca em seu rosto e eu sinto isso em minha alma. Estou a decepcionando. Estou falhando com minha filha em todos os sentidos. Se minha mãe e meu pai estivessem vivos para me ver, eles chorariam. Não sou a garota que eles criaram, mas estou tentando.

— Ok, mamãe. Eu não vou incomodá-lo.

Quando me tornei essa mulher?

Quando decidi que era normal um homem me tratar assim? Foi quando me casei com ele, esperando poder amá-lo o suficiente para mudá-lo? Foi porque meus pais foram mortos uma semana antes do casamento e eu estava desesperada por segurança? Foi quando descobri que estava grávida um mês depois do nosso casamento? É esta a minha punição por mentir durante anos sobre Hadley, suspeitando que ela não seja filha de Kevin?

A onda de culpa é tão intensa que tenho medo de me afogar nela.

Antes de Connor reaparecer, há uma semana, foi uma decisão fácil. Eu estava casada com Kevin. Queria que Hadley fosse nossa filha porque, em alguma parte do meu coração, eu o amava e acreditava que era a maneira de Deus me perdoar por isso. Achei que, se tivéssemos um bebê, tudo ficaria bem. Ele mudaria por causa dessa bela vida que crescia dentro de mim.

E, por um tempo, ele fez. Era como se o cara com quem comecei a namorar na faculdade estivesse de volta.

Ele foi mais gentil, mais atencioso e eu tinha tanta esperança transbordando dentro de mim que não conseguia respirar.

Mas ninguém muda assim. O homem de quem eu só vi de relance no começo parou de se esconder anos atrás. E eu vou ser forte o suficiente para fugir.

Hadley arruma suas coisas e depois segue para a porta dos fundos.

— Posso ver se Connor está em casa?

Eu não posso lidar com isso.

— Não, querida. Connor é um adulto e provavelmente estará ocupado.

— Ele disse que eu poderia ir para a casa da árvore a qualquer hora.

Não tenho certeza de qual casa na árvore ela está falando, mas ela parece muito animada com isso.

— Hadley, você machucou o braço há uma semana... você não pode ficar escalando assim.

— Não dói e não vou escalar.

Não acredito nela, mas, ao mesmo tempo, não posso continuar discutindo com ela ou Kevin vai ficar bravo.

Droga.

— Ok, onde fica essa casa na árvore?

Ela sorri.

— Nas terras dele.

Acho que pedi por isso. Ela é muito inteligente para seu próprio bem.

Olho para minha garotinha um pouco mais perto. Os olhos dela são da mesma cor que os dele. Sempre achei que ela tinha o rosto de Kevin e que seus olhos deviam ser de alguém da minha família ou da dele. Mas quando eu o vi, vi seus olhos, foi como se o universo estivesse me lembrando de que eu nunca soube de verdade. Hadley poderia ser de Connor.

Hadley pressiona as mãos nas minhas bochechas.

— Eu gosto de Connor. Ele é forte e me carregou. Além disso, ele não gritou quando me encontrou como eu pensei que faria.

Não, ele não gritou como seu pai teria feito.

— Hadley, como você machucou seu braço? A história toda, querida. Você não terá problemas, desde que diga a verdade.

Ela desvia o olhar, uma respiração profunda escapando de seus lábios.

— Eu caí. Eu não deveria estar no celeiro. Eu disse ao papai que não subiria no loft, mas queria ver o que as vacas estavam fazendo. Fui lá e, quando ouvi papai, soube que estaria em apuros e não queria deixá-lo bravo de novo. Então, eu pulei para fora, mas caí no braço e corri. Eu sabia que ele ficaria chateado. Ele está sempre bravo.

Luto contra as lágrimas e dou a ela um pequeno sorriso.

— Sinto muito.

— Está tudo bem. Eu sei que ele está cansado.

E é um idiota. Egoísta. Malvado. Está com raiva do mundo. E desconta tudo em mim.

Em vez de dizer tudo para quem parece ser minha única amiga, e que absolutamente nunca deveria ouvir sobre, concordo com a cabeça.

— Por que você não corre lá fora?

Ela se levanta da mesa e sai para a árvore do lado de fora.

Sentar-se sob os galhos do carvalho, à sombra, enquanto pequenos raios de luz caem ao seu redor, é um de seus lugares favoritos. Ela parece tão em paz ali, como se as partes feias do mundo ainda não tivessem manchado sua infância. Eu tenho tentado, Deus sabe que tento dar a ela normalidade e amor, mas quando se trata de Kevin, recebemos isso apenas quando ele acha que merecemos.

Eu me pergunto como teria sido se não estivesse me afogando na dor. Eu teria encontrado outra pessoa? Não teria me casado com Kevin? Será que Hadley e eu estaríamos em outra fazenda, com outro homem que a carregasse quando ela estivesse com medo?

Não, não posso fazer isso. Não posso seguir por um caminho que não está aberto para mim.

Nego com a cabeça e me concentro em conseguir comida para Kevin para que minha realidade não se torne um pesadelo novamente.

Cuidadosamente me certifico de que estou adicionando as coisas certas e de não colocar muita maionese. Isso o irritou uma vez.

— Ellie! — Kevin berra.

Fecho os olhos, rezo para ter feito direito, em seguida, pego o sanduíche, as batatas fritas e um picles cortado em quatro antes de voltar para a sala de estar.

— Aqui, querido — eu digo, com leveza suave em minha voz. Aprendi que quanto mais doce me aproximo dele, menos veneno ele cospe de volta. — Se você quiser outra coisa...

— Isto está bom.

Solto um suspiro pesado internamente e sento ao lado dele. Talvez hoje não seja tão ruim e vamos passar o tempo como a maioria dos outros dias. Kevin nem sempre é mau, o que me manteve completamente complacente por um tempo. Começou aos poucos e me deixou pensando se eu estava imaginando coisas.

Então foi como uma bola de neve, encontrando força e crescendo em tamanho quanto mais rolava, até ficar tão grande que esmagaria qualquer um em seu caminho. Principalmente, eu.

Dias como estes são os mais assustadores. Quando não tenho certeza se vou ter o marido que uma vez quis ou o homem que assombra meus sonhos.

Eu falo? Eu espero? Ando sobre cascas de ovos, com medo de escolher qualquer um.

Kevin dá uma mordida e eu me preparo, esperando seguir o caminho certo.

— Vi que a porta do celeiro foi consertada.

Ele grunhe.

— Parece ótimo.

— Levei horas para colocar no gancho corretamente. Meu tio era um idiota que não sabia distinguir sua bunda de seu cotovelo. Ele não usou as dobradiças certas, então estou surpreso que não tenha caído antes.

Seu tio e sua tia eram pessoas maravilhosas de quem ele herdou a fazenda depois que morreram. Sem eles, teríamos ainda menos do que temos agora. Não que isso seja o que eu sempre quis. Eu tinha sonhos. Alguns que incluíam morar no interior do estado de Nova York, trabalhando em um vinhedo. É por isso que eu estava estudando administração na Penn State.

Mas então tudo mudou.

Meus pais foram mortos na época em que Kevin herdou a fazenda e... aqui estou.

Sou grata pela fazenda, no entanto, pois nos dá renda e estabilidade.

Sem falar que está totalmente quitada, então não herdamos nenhuma dívida com ela. Claro, não vejo um centavo do que ganhamos, porque Kevin não me permite acesso a qualquer coisa.

Não tenho ideia de quão ricos ou pobres somos. É outra maneira de ele me controlar.

Mas agora tenho minha própria renda.

Kevin não tem ideia de que estou sendo paga como professora em tempo integral. Ele acredita que sou voluntária e preciso manter as coisas dessa maneira. Cerca de seis meses atrás, abri uma conta bancária em nome de Hadley.

— Estou feliz que você consertou, no entanto. Tenho certeza de que ajudará a manter o equipamento seguro.

Kevin acena com a cabeça.

— Especialmente agora que o velho Arrowood está morto. Ouvi dizer que seus filhos idiotas estão de volta. Os lavradores só falam sobre isso. Como se eu os pagasse para fofocar o dia todo.

— Tenho certeza de que foi frustrante. Você lida com os trabalhadores muito melhor do que eu jamais poderia. — Eu procuro usar de empatia e elogios. Quanto mais o deixo pensar que estou do lado dele, mais provável é que seu temperamento permaneça calmo.

Ele deixa cair o sanduíche e esvazia o copo ao lado dele. Então se vira para mim, seus olhos fixos nos meus, e vejo que não funcionou.

— Você está zombando de mim?

— Kevin, pare. Você está procurando por algo que não existe.

Sua mandíbula aperta.

— Estou cansado de me sentir julgado por todos.

— Eu não estou te julgando, estou te elogiando. Existe uma diferença. Não quero brigar hoje, então, por favor, não transforme isso em uma briga.

Nunca estive mais grata por Hadley estar lá fora. Se isso aumentar, pelo menos ela não verá.

O fato é que Kevin sempre tem cuidado com onde ataca, cuidado para não deixar marcas onde as pessoas possam ver. E sempre há marcas, mesmo que não sejam visíveis do lado de fora.

Ele só comete erros quando está bêbado demais para se importar, e não está agora.

Os olhos de Kevin se fecham e eu começo a falar novamente.

— Eu estava sendo gentil e sei que você não acredita em mim, mas é verdade. Você é meu marido e posso lhe dizer coisas boas. Você trabalha duro, sustenta esta família.

— Eu não sou bom o suficiente para você, Ellie.

— Não diga isso. Sou eu que não sou boa o suficiente — minto. Eu tenho que mentir.

Suas pálpebras levantam e vejo um homem triste e assustado por trás de tudo.

Isso é o que costumava me afetar. A maneira como ele se desculpava, tão humilhado, que eu o perdoava. Não entendia, mas sorria e permitia que ele continuasse me tratando mal. Kevin é meu marido, ele deveria ser meu protetor, meu mundo, e eu queria isso mais do que qualquer coisa.

Eu era tão ingênua, esperançosa e carente de amor, que aceitei qualquer forma que ele chegasse.

— Não me deixe, baby.

Engulo todas as palavras que quero dizer, a raiva que vive dentro de mim, e tomo uma atitude. Não para minha própria segurança, mas para a garotinha lá fora que vai ouvir através das paredes muito finas se sua voz subir.

Minhas mãos levantam, então estou segurando seu rosto e olho nos olhos de um homem que passei a temer e me ressentir.

— Nunca.

— Bom, porque eu morreria, Ells. Eu morreria se você fosse embora e levasse minha garotinha com você. Eu não seria nada sem você. Eu não sou nada sem você. Sei que estou fodido, mas é porque eu te amo demais. Se você não fosse tão perfeita, eu não tentaria tanto. Deus, você é o meu mundo. — Quando sua testa cai na minha, o cheiro de vodka enche meu nariz enquanto ele respira e agradeço a Deus porque, esta noite, eu fico triste e e com pena de Kevin. Não com ódio e furiosa.

Eu amo minha sala de aula. É um lugar feliz para mim. Decorei a sala este mês com todas as coisas de Shakespeare. Há citações, fotos, uma adaga falsa, um frasco de água e outros itens que tentei conseguir que interessariam aos meninos. Então, há as crianças que são maravilhosas, principalmente porque a professora que substituí era uma mulher horrível. Acho que ela não gostava do trabalho, das crianças, da escola, ou de si mesma... foi ruim. E assim, posso colher os benefícios.

Estou em minha mesa, repassando a peça que vamos estudar, quando ouço uma batida.

— Olá, Ellie, você está adorável hoje — a Sra. Symonds, a diretora, diz, parada na porta.

— Obrigada. Estou animada com o novo material que estamos começando hoje.

Eu também queria me sentir bem. A última semana foi calma e eu precisava disso. Kevin tem trabalhado duro, porque houve algum tipo de aumento em algo e ele está satisfeito com isso, então a casa está tranquila.

Hadley não caiu mais e seu braço está bom, e cada hematoma no meu corpo desapareceu sem que nenhum novo apareça.

Sem mencionar que minha conta bancária cresceu um pouco mais com meu depósito direto hoje, o que significa que estou muito mais perto de ser livre.

Há um motivo para sorrir e se sentir bem.

— O que é que você está ensinando hoje?

— Romeu e Julieta — digo com um sorriso. É uma das minhas obras literárias favoritas. De alguma forma, acho que todo amor é infeliz. Existe uma barreira que cada ser humano deve superar para compartilhar seu coração ou, pelo menos, sua vida com outra pessoa. Por mais que eu ame um bom "felizes para sempre", na vida, isso nem sempre é possível.

— Ahh, o grande Shakespeare. Eu sempre fui mais para a garota Brontë ou Austen.

Eu sorrio.

— Eu também, mas esta é definitivamente divertida de ensinar.

— Concordo.

A Sra. Symonds é uma diretora maravilhosa. Ela é justa, ri com as crianças e tem mão firme. Também acho que ela é parte bruxa ou mágica, já que parece ter olhos em todos os lugares. Nada passa por ela, e embora as crianças pareçam pensar que estão se safando de alguma coisa, nunca é o caso.

Todos nós ouvimos e assistimos, compartilhamos informações e intervimos sempre que necessário.

— Então, como você está se adaptando aqui?

— Eu estou amando. As crianças são maravilhosas e parecem estar animadas para aprender.

Ela concorda.

— Que bom ouvir isso. Sei que a partida da Sra. Williams foi um pouco repentina, mas ela foi um trunfo para nós aqui. Claro, sua atitude era um pouco rude, e ela era rígida quando se tratava de gramática e exigia muito de seus alunos, mas somos um grupo próximo.

A Sra. Williams era um pé no saco, de acordo com todos.

— Ela definitivamente deixou uma boa impressão.

— Como você está se dando com os outros professores?

Não tenho certeza de onde ela quer chegar com isso. A paranoia começa a se construir e eu dou um sorriso hesitante.

— Eles são muito legais.

Ela me olha com curiosidade.

— Sério? Notei que você não parece comer com eles durante o almoço, aconteceu alguma coisa?

E, aparentemente, seus olhos estão em sua equipe também.

— Não, não, nada disso. Todos são ótimos.

Além de estar me isolando para evitar que as pessoas vejam coisas e fofoquem. Esta cidade é pequena. Já é ruim o suficiente eu ter cem alunos dos quais devo esconder minha vida, não preciso adicionar adultos, que são muito mais perceptivos.

Ajuda o fato de Kevin não ser exatamente um membro querido da comunidade. Inferno, ele nem mesmo faz parte dela. Ele fica em nossas terras, nunca vai a uma reunião ou feira. Não vai às compras e só teve um amigo, Nate, mas eles não se falam mais. Ele prefere assim e gosta de me manter o mais próximo possível dessa vida. Com o passar dos anos, as pessoas presumiram que sou tão reservada quanto ele e pararam de realmente tentar me conhecer.

Ela se aproxima, seu sorriso é caloroso e ela me lembra da minha mãe por um momento. Parece que é como ela se sente em relação aos professores e aos alunos. Uma espécie de segunda mãe que quer proteger aqueles que ama.

— Sei que a maioria deles se reúne e trabalha em planos, eu não sabia se havia um motivo para você não fazer parte disso…

— É apenas a minha agenda. Assim que termino aqui, pego Hadley e voltamos para ajudar na fazenda.

A Sra. Symonds me observa com atenção, absorvendo não apenas minhas palavras, mas também minha linguagem corporal.

— Eu posso entender, nós temos uma fazenda também, mas você está aqui há alguns meses agora, e quero ter certeza de que está adaptada.

— Eu realmente estou me adaptando.

Ela se senta na cadeira ao meu lado, sua mão se estende para a minha em um gesto caloroso.

— Sabe, estou sempre aqui para ouvir. Sei que pode ser um grande ajuste trabalhar em tempo integral novamente. Além disso, sei que você mora em Sugarloaf há algum tempo, mas parece que não tem muitos amigos. Se precisar de uma, fico feliz em ouvir.

Agora entendo por que as pessoas contam coisas a ela. Pela primeira vez em muito tempo, quero abrir meu coração. Quero correr para seus braços e chorar, mas amigos não são algo que eu possa manter. Há um momento e um compromisso com a verdade dos quais não posso me dar ao luxo, porém não posso dizer isso a ela.

Dou um sorriso suave.

— Estou feliz aqui e me sinto confortável.

— Ok, bom. — E então a campainha toca, alertando a equipe de que os alunos entrarão. — Bem, essa é a minha deixa. Saiba que, se precisar de alguma coisa, Ellie, estou aqui. Somos uma família e sempre há lugar para você na mesa.

Eu quero chorar, mas não o faço.

— Obrigada, Sarah.

— A qualquer momento. Aproveite a sua tragédia. — Meu coração dispara por um momento, sem saber o que ela quer dizer, e então ela segue em frente. — Você sabe… a sua peça.

— Oh! Dã. Sim. Nós definitivamente aproveitaremos.

Quando ela sai, eu me viro e solto um suspiro pesado, o tempo todo me perguntando se alguém nesta cidade acredita em minhas mentiras.

Capítulo 6

Connor

— Então, você vai voltar para Sugarloaf? — Quinn, outro Seal com quem servi, pergunta.

— Estou indo para o inferno.

Liam ri e levanta sua cerveja.

— Eu te encontro lá, amigo. Inferno, todos nós iremos.

Hoje, estou oficialmente fora da Marinha e voltando para cumprir minha pena de seis meses na maldita Pensilvânia. Já se passaram duas semanas desde que assinei meus papéis de liberação, e há uma parte de mim que está ansiosa para voltar.

Uma parte de mim que encontrou algo que pensei que nunca mais veria.

Quinn concorda.

— Poderia ser pior.

— Sim, como? — pergunto.

— Você poderia estar apaixonado por uma garota que não quer nada com você.

O rosto de Ellie pisca em minha mente porque ela definitivamente não quer nada comigo. Eu não posso nem estar um pouco animado sobre ela estar lá ou finalmente saber quem ela é, porque é casada. Então, não, não poderia ser pior.

Ele continua:

— Não que eu saiba como é, já que estou muito feliz neste momento.

Liam me observa e sorri.

— Oh, eu acho que ele está apaixonado por uma garota que não quer nada com ele. Qual é o nome dela, Arrow? Anjo?

— Foda-se.

Os olhos de Quinn brilham.

— Sério? Como é que nunca ouvi falar desse anjo?

Porque só a permiti nos meus sonhos.
Porque eu sabia que, se ela estivesse ao meu alcance, eu ficaria atormentado.
Porque vocês dois são idiotas que gostam de usar seu conhecimento para fazer piadas estúpidas e não entendem o que aquela noite foi para mim.

— Vocês dois podem chupar meu pau.

Por mais que esses dois me deixem maluco, vou sentir falta disso. A irmandade, a camaradagem que só uma equipe como a nossa constrói. Eu morreria por esses dois e por qualquer outro Seal. Vivemos de acordo com um código que me lembra de como é com meus próprios irmãos.

— Essa oferta não me atrai. E a você, Quinn?

— Não. Estou muito feliz com minha garota.

— Sim. Por agora. — Reviro os olhos.

Um ano atrás, Quinn não estava tão animado quanto agora. Na verdade, acho que nunca tinha visto um homem tão pra baixo. Ainda não tenho certeza de como ele suportou o inferno pelo qual passou.

Também não sei por que concordei em beber com eles. Não tenho ninguém a quem culpar além de mim mesmo por esta conversa. Quando eles estão cada um por si, eles são ruins o suficiente, mas juntos são um maldito tsunami, varrendo tudo em seu caminho.

— Nos diga — a voz de Liam é conspiratória —, você vai encontrá-la?

— Como se eu fosse contar alguma coisa para vocês dois, babacas.

— Ele já fez isso — Quinn diz a Liam, sem olhar para mim. — Está vendo aquele rosto? Ele está assombrado. Provavelmente a viu quando voltou, talvez uma namorada do colégio?

— Eu estou supondo que ela foi a primeira — Liam acrescenta.

— Poderia ser. Quer dizer, ele parece patético. Eu olhei em volta e não havia uma fila de garotas dispostas a largar as calcinhas por ele.

Liam dá de ombros.

— Talvez ele saiba o que fazer com uma mulher? Pode ser isso.

— Estou pensando que é aquela coisa patética. Nenhuma garota quer um homem tão quebrado.

— Eu estou bem aqui! — rosno as palavras para Quinn.

Os dois continuam falando como se eu não tivesse dito nada.

Liam olha para mim e sua voz se enche de diversão.

— Pode ser a atitude. Ele é um pouco hostil.

— Aposto que ela o esnobou porque, olhe para ele, ele não é tão bonito. — Quinn encolhe os ombros.

— Quem quer lidar com um ex-Seal mal-humorado, feio e desempregado? É o pacote completo.

Eu bufo.

— Quem quer lidar com vocês dois? — digo baixinho.

— Bem, acontece que temos duas mulheres lindas em nossas vidas que querem — Quinn responde. — Mas, sério, você a viu?

— Sim, e também vi a filha dela. E ela tem um marido.

Liam solta um assobio.

— Bem, isso definitivamente fode tudo.

— Não brinca.

— Criança fofa? — Quinn pergunta.

— Sim, é. Ela se machucou e se escondeu na minha fazenda. Eu a encontrei e a levei para casa. Não sabia quem era a mãe dela até que fui até lá.

Toda a situação com Hadley ainda me deixa nervoso. Não sei o que é, mas, naquele dia, as coisas que ela disse ainda me incomodam. A questão é que não sei dizer se é porque odeio que Ellie esteja casada ou se meus instintos estão certos sobre a lesão.

— Meu conselho? Fique longe. Não seja aquele cara.

— Não tenho planos de estragar um casamento e uma família, Liam, mas obrigado pelo voto de confiança.

Ele balança a cabeça, negando.

— Eu não acho que ninguém se propõe a fazer isso. Também não acho que você seja um cara mau, Connor, mas acho que coisas acontecem. Já vi linhas serem cruzadas e, se esta mulher significa alguma coisa para você, seu coração vai falar antes da sua cabeça.

— Ou seu pau.

Reviro os olhos. Eles agem como se eu não tivesse tido uma vida inteira com restrições. Eu nunca cruzei uma linha. Fazer isso me deixaria mais perto de ser um idiota como meu pai. Ele era egoísta e fez o que era melhor para si, não se importando com os estragos deixados em seu rastro e esperando que outros o limpassem. Eu nunca serei como ele.

— Obrigado por todos esses conselhos não solicitados. Eu realmente aprecio a confiança que vocês dois demonstraram.

— Não vá por esse lado — Liam diz rapidamente.

Quinn concorda.

— Nós entendemos. Amamos uma mulher além do normal.

Jesus. Eles são um bando de velhinhas.

— Eu não a amo. — Eu não a conheço, porra. — Tudo que sei é que, parece que há um milhão de anos atrás, tivemos uma noite. Uma noite que... por que diabos estou dizendo isso?

Liam ri.

— Porque se foi uma noite ou uma vida inteira, significava algo e você está fodido da cabeça por isso.

Sim, isso significa algo... que vou precisar mergulhar no conserto daquela casa e sair com o mínimo de contato possível. Isso é tudo que pode significar.

***

Estou neste celeiro decadente, no único local em que consigo obter sinal. Eu me movo um centímetro para a direita e perco Declan. Estou aqui há dois dias e odeio este lugar mais do que nunca.

Claro, a casa está silenciosa e ninguém está ameaçando dar um soco em ninguém, mas parece que algo está sempre à espreita. Meus irmãos e eu passamos cinco dias limpando o máximo que podíamos depois do funeral, e Declan concordou, bem, foi forçado a comprar todas as merdas novas.

Eu queria que cada pedaço de meu pai fosse embora. A mobília do quarto em que ele dormia, os sofás, os pratos da cozinha, tudo isso se foi.

Compramos alguns eletrodomésticos novos, já que a velha máquina de lavar não poderia ser consertada se quebrasse, novas camas e móveis. Não me senti mal por gastar o dinheiro de Declan.

Serão dois anos que todos nós precisaremos viver neste inferno, valeu cada centavo.

Agora, preciso começar a consertar tudo para que possamos vender.

— Dec? — digo o nome dele novamente, esperando para ver se me ouve desta vez.

— Eu estou escutando. Quanto dinheiro você precisa?

— Eu preciso de, pelo menos, mais dez mil.

Ouço o suspiro de frustração sair da boca do meu irmão.

— E isso é apenas para o primeiro celeiro?

— Sim.

— Não seria mais barato demoli-lo?

— Dec, não consigo me mover um centímetro ou vou perder você, então vou dizer isso rapidamente. Você me disse para passar meus seis meses trabalhando para consertar as coisas que nos trariam dinheiro. Um novo celeiro, um bom que realmente ajudará um fazendeiro, nos custaria cerca de 60 mil. Então, me mande o dinheiro que preciso para consertar este e me deixe trabalhar. Você terá tudo de volta quando vendermos, de qualquer maneira.

Meu irmão fica em silêncio, e não tenho ideia se ele ouviu algo do meu discurso rápido ou se perdi a conexão, mas eu desligo. Quando me viro, minha alma quase sai para fora do meu corpo.

— Oi, Connor!

— Jesus! — grito, e aperto o peito onde meu coração agora está acelerado. — Hadley, eu não sabia que você estava aí.

— Fico muito quieta quando quero. — Seu sorriso é largo enquanto ela muda seu corpo de um lado para o outro.

— Eu estou vendo — respondo, com uma risada baixa. — Você me lembra como meu irmão Sean costumava se esgueirar por aí para me assustar.

— Quantos irmãos você tem? Sempre quis um irmão. Irmão ou irmã, eu não seria exigente, mas a mamãe diz que sou o suficiente para amar sozinha. Ela também era filha única.

Eu costumava sonhar em ser filho único às vezes. Ter três irmãos mais velhos era um inferno na maior parte do tempo. Quando tínhamos mamãe, a vida era fácil e divertida — principalmente para eles, porque eu era o idiota que ouvia qualquer coisa que me contassem.

Ser aceito pelos meus irmãos era tudo que eu queria. Eles eram legais e tinham todas as informações que eu queria. Eu era o chato quando tinha a idade dela.

Quem foi que pulou de uma árvore para ver se doía quando aterrissasse? Eu.

Quem comeu esterco de vaca porque deixava a pessoa mais forte do que Popeye? Eu.

Quem levou a culpa por quebrar a estatueta da mamãe porque ninguém puniria o bebê dos irmãos? Eu.

Se eu fui punido? Sim.

— Eu tenho três irmãos mais velhos. Declan, Jacob e Sean.

— Uau. Eles estão aqui agora? Eles são tão grandes quanto você? Posso conhecê-los?

Eu rio da admiração em sua voz.

— Não, todos eles voltaram para suas casas enquanto eu fico aqui para trabalhar na fazenda.

Sua cabeça se inclina para o lado.
— Isso é triste. Você vai ficar sozinho.
— Eu gosto de ficar sozinho. Falando sobre isso... o que você está fazendo aqui? Seus pais sabem onde você está?
— Mamãe me disse para sair para brincar, então vim aqui.
Não faz sentido, mas quem sou eu para discutir com uma criança.
— Brincar?
— Eu queria escalar a árvore, mas prometi não escalar mais até que meu braço melhorasse.
— Você foi ao médico?
Hadley acena com entusiasmo.
— Eu fui. Só está machucado e devo usar essa coisa no ombro, mas não gosto, então tiro quando a mamãe não está olhando.
Eu bufo.
— Parece algo que eu faria. Mas você realmente deveria fazer o que sua mãe diz.
— Promete não contar?
Levanto a mão com os dois dedos em um sinal de paz.
— Palavra de escoteiro.
Não que eu fosse um escoteiro ou algo próximo. Inferno, tenho certeza de que não é nem mesmo o jeito que deveria ser.
Hadley se move até onde estou, olhando para a pilha de madeira que está ao lado.
— Você está destruindo o celeiro?
— Não, estou consertando. Vou retirar as peças danificadas antes de colocar todas as novas tábuas.
— Posso assistir?
Hm. Não tenho certeza de qual é o protocolo sobre isso. Ela é uma criança de sete anos que eu só conheci porque ela se machucou na minha árvore.
— Não tenho certeza se seus pais gostariam disso.
Ela encolhe os ombros.
— Papai não se importa, contanto que eu esteja fora do caminho dele.
— E a sua mãe?
Hadley franze os lábios e chuta a sujeira.
— Talvez *você* possa perguntar a ela.
Sim, não existe a mínima possibilidade. Isso não ajudaria em todo o meu plano de evitar Ellie.

— Não acho que seja uma boa ideia.

— Mas somos amigos — ela retruca.

— Somos... — Eu realmente não sei como me livrar disso. — Mas eu tenho que trabalhar muito e não tenho tempo para ir lá agora.

— Por favor, Connor. Não tenho amigos além de você, e prometo que não vou incomodar. Além disso, o que acontece se você se machucar? Quem vai pedir ajuda se você cair?

Hadley cruza os braços sobre o peito, fazendo o beicinho mais bonito de todos os tempos. Jesus, eu sei por que homens adultos não conseguem dizer não às suas filhas.

Elas sabem exatamente como fazer o que querem. Eu costumava ver isso com Aarabelle e Liam. Ela mandava nele — e em todos os outros Seals com os quais entrou em contato — com o dedo mindinho.

— Tenho quase certeza de que vou ficar bem.

— Mas como você *sabe*? — ela desafia.

Como eu me coloco nessas confusões?

— Acho que não sei.

— Veja! — Ela se anima. — Eu posso ajudar. Sou uma grande ajudante. Então, por favor, pergunte à mamãe se posso? Ela vai dizer sim para você. Sempre que um adulto pede, outros adultos não podem dizer não, é a regra. Você sabia que uma vez eu ajudei a consertar uma cerca? Eu fiz tudo sozinha. Vou te ajudar a consertar seu celeiro também!

Esta é uma péssima ideia. Eu sei disso e, no entanto, há uma atração que me diz que posso ver Ellie. Talvez eu possa encontrar um defeito. Algo que a torne menos atraente. Algo que vai me dizer que aquela noite não foi o que eu tinha pensado.

Se eu conseguir fazer com que essa versão da história mude, posso parar de reproduzi-la indefinidamente.

Estou mentindo para mim mesmo. Meu desejo de vê-la não tem nada a ver com a necessidade de encontrar um defeito nela. É apenas ela. A mulher que me salvou naquela noite, quando eu estava no meu pior. Eu quero ver seus olhos azuis me encarando. Quero me lembrar da sensação de seus longos cabelos castanhos em meus dedos. Ela ainda cheira a baunilha?

Sou um idiota por causa disso, mas não consigo me conter.

— Ok, mas se ela disser não, você tem que prometer que vai ouvir.

Hadley grita e envolve seus braços em volta da minha cintura.

— Obrigada, Connor. Você é o melhor amigo que alguém pode ter.

Oh, Deus, essa garota vai quebrar meu coração.

Capítulo 7

Ellie

— Mamãe! — Ouço Hadley gritar do lado de fora e pulo sobre meus pés. Kevin está dormindo e, se ela o acordar, não há como saber como estará seu humor. Ele entrou cerca de trinta minutos atrás, exausto e já com raiva. De alguma forma, consegui fazê-lo desmaiar e há um motivo para as pessoas falarem em não acordar a fera.

Saio correndo porta fora com as mãos levantadas para detê-la, e é quando o vejo. Connor Arrowood está vestindo uma calça jeans justa e uma camisa cinza que gruda em sua pele. Seu cabelo está jogado para o lado como se suas mãos tivessem acabado de correr por ele. E então há a nuca. A linha de sua mandíbula, que o faz parecer o pecado, o sexo e tudo que eu não deveria querer.

Ele me dá um sorriso preguiçoso e se move em minha direção, segurando a mão de Hadley.

— Encontrei essa criança fofa no celeiro e pensei que ela pertencia a você.

Meu coração está disparado, mas tento sorrir.

— Ela com certeza pertence.

— Mamãe, Connor quer te perguntar uma coisa. — Ela olha para ele com alegria brilhando em seus olhos.

Mais uma vez, fico impressionada com as semelhanças entre eles e meu peito dói. Hadley poderia ser biologicamente dele? Se ela for, isso mudaria tudo?

Mudaria. Não teríamos nada nos ligando a Kevin, e talvez ele não procurasse por nós.

Ou talvez piorasse as coisas.

Ele poderia perder o controle e fazer só Deus sabe o quê. Se Hadley ser filha dele é o que a mantém segura, não posso me permitir ver coisas que podem ser fruto da minha imaginação.

— Você queria me perguntar uma coisa? — digo para Connor.

— Bem, Hadley estava na fazenda e queria saber se estava tudo bem se ela ficasse por lá... Não tenho certeza das regras ou se você se sente confortável com isso. Vou consertar o celeiro, a casa e cada centímetro da propriedade pelos próximos seis meses. Hadley foi gentil o suficiente em se oferecer para ajudar e garantir que, se eu caísse ou quebrasse o braço, ela poderia pedir ajuda.

Eu sei que ele está dizendo algo, mas minha mente não consegue processar nada depois do tempo que ele estará aqui.

— Seis meses?

— Essa é a minha sentença aqui na fazenda — Connor diz com um bufo. — Para vender o lugar, cada um dos meus irmãos e eu temos que morar aqui.

Meu estômago embrulha. Seis meses morando na casa ao lado. É muito tempo tentando evitar que minha mente vagueie, e seis meses de Hadley tentando fazer amizade com ele.

Seis meses tentando impedir Kevin de vê-lo.

Quero jogar minhas mãos no ar e gritar de frustração.

Se eu tenho alguma esperança do último acontecimento, preciso manter Hadley longe de Connor. Não por causa de Kevin, mas porque, se ela se apegar a ele, só vai machucá-la quando tivermos que ir embora.

— Uau, isso parece muito trabalho para seis meses e... — olho para minha filha — você tem muito dever de casa e tarefas para fazer.

— Mas... — Seu lábio treme. — Gosto de ajudar e prometo que não vou causar problemas.

— O que diabos está acontecendo aqui? — A voz profunda de Kevin explode quando a porta da frente se abre.

O medo me enche tão rápido que não tenho tempo para controlá-lo. Eu me viro rapidamente.

— Querido, você está acordado?

Ele olha para mim, Hadley, e depois para o homem parado ao lado dela.

— Quem é você?

Hadley corre para a frente.

— Este é Connor, papai. Ele mora ao lado.

Fecho os olhos por um segundo e tento pensar. Preciso fazer Connor ir antes que a raiva de Kevin aumente e eu realmente pague por isso. É tarde demais para evitar sua ira totalmente, então minimizá-la é minha única chance.

volte *para* mim

Os olhos de Kevin sobem de Hadley de volta para Connor.

— Você é um dos irmãos Arrowood.

— Eu sou. — A voz de Connor é mais grave do que a de Kevin, e juro que a testosterona no ar é suficiente para me sufocar. — Presumo que você seja o pai de Hadley? Prazer em conhecê-lo.

— Como você conhece minha filha?

Dou um passo em direção a ele, minha mão em seu peito e um sorriso suave em meus lábios.

— Hadley vagou um pouco longe demais, e Connor foi bom o suficiente para ter certeza de que ela encontrou o caminho de casa.

Kevin dá mais um passo e desce os degraus. Sua mão serpenteia pelas minhas costas e agarra meu ombro.

— Bem, isso foi muito legal da parte dele. Hadley, vá para a parte de trás um minuto. E então você pode verificar os cavalos.

Ela olha para mim e eu lhe dou o sorriso que aperfeiçoei.

— Ok, papai.

— Obrigado, minha doce menina. E não se afaste desta vez.

Hadley se vira, o medo em seus olhos está lá, mas ela sorri para ele.

— Eu não vou.

— Essa é minha garota.

Meu marido é ótimo em iludir. Para quem está assistindo, ele está sendo amoroso e atencioso. Ele sempre foi assim. Ele nunca daria a ninguém espaço para fofocar. Quando saímos em público, ele me adora. Ele toca meu rosto com ternura. Sua mão segura a minha e ele sorri enquanto me observa.

É tão fácil acreditar nas mentiras.

Posso até me deixar levar por elas. Mas eu sei a verdade.

Ainda assim, gostaria que ele me amasse assim o tempo todo. Quero lembrar como suas mãos me tocaram com amor e não com raiva. Meu coração dói pelo homem gentil que se ofereceu para me ajudar e não me diminuir.

É estúpido e eu sei disso. Ele nunca será aquele homem, e é por isso que estou indo embora.

Sua mão desce pelas minhas costas, segurando meu quadril. Há um hematoma recente naquele lado, e oro para que ele não lembre ou encontre uma maneira de usá-lo.

— Parece que devo dizer bem-vindo de volta. Sou Kevin e esta é minha esposa, Ellie.

Os olhos de Connor se estreitam ligeiramente, mas ele dá um passo à frente com a mão estendida. Kevin não tem escolha a não ser me libertar. Eles apertam as mãos e posso ouvir o eco do trovão ao fundo.

— É ótimo conhecer vocês dois. — A mão de Connor se move para mim.

Eu pego, balanço mais brevemente quanto posso, e volto para o meu marido. Eu me movo em direção a ele, tentando me forçar em seu abraço. Kevin envolve seu braço em volta de mim e eu sorrio para ele.

Por favor, deixe isso ser o suficiente.

— Hadley não lhe causou nenhum problema, não é?

— De modo nenhum. Eu pretendia parar aqui quando me mudei no outro dia, mas me desviei. Já faz um tempo que não estou na cidade e não sabia quem ficou com a fazenda Walcott, já que eles não tinham filhos.

Kevin balança a cabeça lentamente.

— Sim, meu tio deixou para mim. Pela primeira vez em mais de quinze anos, somos lucrativos. Sei que seu pai teve uma grande queda alguns anos atrás.

— Não me surpreende — Connor diz sem emoção. — Estou chocado que ainda haja um prédio de pé.

— Com sorte, você se sai melhor do que ele. Duvido que você consiga mudar as coisas, mas quem sabe, certo?

Eu quero bufar com o insulto, mas me contenho. Kevin geralmente não é tão rude na frente de outras pessoas. Ele gosta que todos pensem que ele é maravilhoso. Ou, pelo menos, ele foi assim por um tempo.

Connor ri como se isso não o incomodasse.

— Tenho certeza que vou, Kevin. De qualquer forma, devo voltar ao trabalho. Eu te vejo por aí.

— Obrigado por trazer Hadley para casa — digo, enquanto ele se vira.

A mão de Kevin agarra meu lado, e eu estremeço, o som da sucção do ar pelos meus dentes parece cem vezes mais alto do que é.

A testa de Connor franze quando sua atenção se move para onde os dedos de Kevin estão no hematoma que ele deixou outro dia, que está escondido sob meu vestido.

— Sem problemas — ele diz em uma voz fácil. Seus olhos, no entanto, estão tingidos de um conhecimento calculado que me deixa inquieta. — Eu estarei por perto se você precisar de alguma coisa.

— Estamos bem, mas obrigado.

E com isso, Kevin nos conduz e eu o deixo me levar de volta para a casa. À medida que subimos os degraus, luto contra a vontade de fugir de meu marido. Ele está com raiva e não haverá a gentileza que eu esperava.

A porta bate e ele começa a andar. Vejo o relógio tiquetaquear e minha mente passa por um milhão de cenários, todos eles centrados em maneiras de lidar com sua inevitável perda de controle.

Ele para de se mover depois de quase cinco minutos, seus olhos em mim.

— Você dormiu com ele?

Meu coração dispara e minha boca se abre. De todas as coisas que pensei, esta não era uma delas.

— O quê?

— Você me ouviu, Ellie! Não brinque comigo, porra.

Não tenho ideia de como responder a isso. Ele sabe? Ele viu que Hadley tem os olhos de Connor? Ou estou inventando porque ela tem o nariz de Kevin? Tudo isso é uma loucura. Não tenho ideia se ele está perguntando se dormi com Connor há oito anos ou se dormi com ele ontem.

— Não! Eu não dormi com ele! — grito, e me viro como se ele tivesse me ferido. Sério, eu faço isso para que ele não veja nenhuma mentira em meu rosto. — Como você pode me perguntar isso?

— Eu vi o jeito que ele te olhou! Como se te conhecesse. Como se tivesse tido o que é meu.

Nego com a cabeça e giro de volta para encarar Kevin.

— Você está me acusando de te trair por causa de como um estranho olhou para mim?

Ele balança a cabeça, negando.

— Eu vi.

— Você quer ver, Kevin. Como eu poderia ter dormido com ele quando nunca o conheci antes? Como eu poderia fazer isso conosco quando ele mesmo disse que tinha acabado de chegar aqui! Como?

Eu mantenho a ideia de que ele não é inteligente o suficiente para voltar antes de nos casarmos.

— Eu não sei, mas... Eu juro por Deus! — Kevin dá um passo à frente, suas mãos apertando meus braços no mesmo local em que os hematomas desapareceram há alguns dias. — Se você ao menos olhar para ele de novo, Ellie, não vou conseguir me conter. Se você me machucar...

Lágrimas que eu lutei contra caem. Não apenas pela dor emocional que suportei, mas também porque ele está me quebrando.

— Você está me machucando, Kevin. Você me machuca cada vez que faz isso.

Seu aperto é tão forte que sei que vai machucar ainda mais.

— Você nunca vai me deixar. Você entendeu? Eu não serei responsável. Eu... eu...

— Você vai o quê?

Seus dedos apertam primeiro e depois soltam.

— Estou tentando manter você comigo!

— Me batendo? Me chutando? Dizendo que sou inútil? Me ameaçando? — pergunto, com uma risada divertida. — Você acha que isso vai nos tornar melhores?

Vejo o flash de agonia em seu rosto. Às vezes, minhas lágrimas, dor e culpa funcionam. Há momentos em que ele vê o homem que se tornou e passamos por um período de felicidade. Mas isso sempre dura pouco e, da próxima vez que ele ficar com raiva, é quase como se eu pagasse dez vezes mais.

Não quero felicidade desta vez.

A vida falsa é quase pior, porque sei que vai acabar.

Ele dá um passo à frente, seus olhos se enchem de raiva e ele me dá um tapa no rosto.

— Você acha que me responder torna isso melhor?

Meus dedos tocam o local em que ele bateu, os olhos se enchendo de lágrimas.

— Por que você faz isso?

Seu rosto está fechado, os dentes cerrados.

— Porque você é minha. Você e Hadley são tudo o que tenho e não vou perder vocês, porra.

Uma lágrima cai pelo meu rosto.

— Você está me matando, Kevin. Você está me matando cada vez que me bate ou me agarra ou me diz que esposa horrível eu sou. Estou quebrando, e é pelas suas mãos.

— Minhas mãos? E quanto às suas mãos? Você é aquela que tem outro homem.

Eu não aguento isso.

— Estou com você desde os dezessete anos! Quando você acha que eu tive tempo ou desejo por outra pessoa? Eu te amei tanto! Eu casei com você, criei nossa filha juntos, e é de você que estou levando golpe após golpe.

Kevin me olha como se eu tivesse dado um tapa nele. Seus olhos estão cheios de dor e dou um passo em sua direção. Não sei por que há uma necessidade de confortá-lo. Talvez seja porque eu me treinei para isso. Talvez seja porque, em algum lugar dentro de mim, eu o amo quando sei que não deveria.

— Você me deixa louco, Ellie. Você não tem ideia do quanto eu te amo. Eu faria qualquer coisa por você. É apenas... quando te vejo assim, vejo minha vida sem você e não consigo.

— Eu não quero ser assim — eu digo, as palavras ganhando um duplo significado.

Não quero brigar com ele mais do que quero me olhar no espelho e ver uma mulher triste e patética que permite que ele bata nela. Hadley precisa que eu seja mais.

Preciso de um pouco mais de tempo e então vou nos tirar daqui. Se eu trabalhar um pouco mais, terei o suficiente para encontrar uma casa em uma pequena cidade longe o suficiente daqui para que ele não possa nos encontrar. Kevin esperaria que eu voltasse para Nova York, que é de onde meus pais são. Ele não iria me procurar no sul ou no oeste.

Se eu conseguir economizar o suficiente, farei isso funcionar e darei a Hadley a vida que ela merece. Eu queria mais tempo, mas não acho que vou durar tanto.

Kevin se aproxima e eu forço meus pés a não se moverem. Suas mãos seguram suavemente minhas bochechas.

— Eu te amo, Ells. Eu te amo e nunca mais vou te machucar. Eu prometo.

Fecho os olhos e me inclino enquanto seus lábios tocam minha testa.

Promessas se quebram. Feridas cicatrizam. Mas nada apaga as marcas que o abuso deixa.

Então seus olhos encontram os meus e se foi o homem terno com doces promessas.

— Mas se você tentar ir embora, Ellie. Eu vou matar vocês duas. E eu vou matá-la primeiro e fazer você assistir o que você finalmente me forçou a fazer.

Capítulo 8

Ellie

Fico deitada, olhando para o teto, esperando sua respiração se acalmar.

Se você tentar ir embora, Ellie. Eu vou matar vocês duas.

Em todos os anos, Kevin nunca ameaçou me matar ou machucar Hadley.

Se você tentar ir embora, Ellie. Eu vou matar vocês duas.

Ele vai nos matar. Eu tenho que ir agora. Por Hadley. Por mim. Por qualquer chance de uma vida. Eu não posso esperar mais.

Se você tentar ir embora, Ellie. Eu vou matar vocês duas.

Não importa que eu não tenha dinheiro suficiente escondido ou um plano. Tenho o suficiente para nos tirar daqui e pegar um ônibus para outro lugar. De jeito nenhum vou manter minha filha aqui outra noite. Ele é louco, ciumento, e se essa é a ameaça que recebi depois que ele conheceu Connor uma vez, não posso imaginar o que aconteceria se ele descobrisse a verdade.

Meu corpo está formigando de ansiedade. Sinto como se meus nervos estivessem sendo puxados com tanta força que vão quebrar.

Kevin tem sono leve. Se ele ouvir o carro ligar, ele vai acordar e minha filha e eu estaremos mortas. Terei que ir totalmente a pé.

Hadley vai me atrasar um pouco, mas evitaremos andar em qualquer estrada principal.

Por favor, Deus, se você está ouvindo, eu preciso de você agora.

Um ronco rasga através do silêncio, e é agora ou nunca.

Eu me arrasto para fora da cama, pego o vestido que escondi entre a cama e a mesinha de cabeceira e puxo pela cabeça. Quando estávamos nos preparando para dormir, coloquei uma sacola na banheira e abri a janela do banheiro para poder pelo menos pegar algumas coisas.

Uma vez lá dentro, jogo a sacola para fora e rezo para poder sair do quarto sem ser ouvida. Isso será metade da batalha.

Muito lentamente, saio sorrateiramente do quarto. Ele se mexe e eu congelo, rezando para que não abra os olhos.

Outro segundo se passa e ele não o faz, então eu continuo.

Isso é tudo o que continua passando pela minha mente. Eu tenho que continuar me movendo.

A porta de Hadley está entreaberta, e deixei assim porque faria menos barulho.

Eu a sacudo suavemente, e minha voz é quase inaudível quando insisto:

— Hadley, baby, acorde para a mamãe.

Seus olhinhos se abrem e ela se levanta.

— Mamãe?

— Shh — eu digo rapidamente, precisando que ela fique o mais quieta possível. — Nós temos que ir, querida. Preciso que não faça barulho, você pode fazer isso?

Ela acena com a cabeça e eu sorrio suavemente.

— Ok, vista-se e pegue seu cobertor e urso.

Hadley se move lentamente e eu corro para pegar algumas coisas dela para levarmos. Meu coração está acelerado, apenas o som de nossa respiração enchendo o ar. Depois de alguns segundos, pego sua mão na minha.

— E o papai? — Sua voz é baixa, mas posso ouvir a aflição.

— Nós temos que ir, baby. Não importa o que aconteça, temos que sair daqui, e não podemos acordar o papai. Você confia em mim?

Os olhos de Hadley se enchem de lágrimas, mas ela balança a cabeça.

E assim, mais uma vez, me sinto a pior mãe do mundo. Nenhuma criança deveria ter que fugir de casa no meio da noite. Uma casa deve ser um lugar seguro que faça com que tudo de ruim no mundo desapareça quando você entra pela porta. Em vez disso, tem sido um lugar de gritos e hematomas. Mas não mais.

Ele nunca mais vai me machucar e vai ter que me matar para chegar até Hadley.

— Ok, precisamos ficar superquietas — eu sussurro. — Não importa o que aconteça, temos que continuar assim quando estivermos fora da porta, certo?

Hadley enxuga uma lágrima e acena com a cabeça.

— Essa é a minha garota. Se o papai acordar, quero que volte correndo para o seu quarto e feche a porta. Tranque-o se puder ou coloque coisas na frente da porta. Só não deixe ninguém entrar além de mim, ok?

Sei que a estou assustando, mas não tenho tempo para discutir e não quero que ela hesite.

— Eu estou com medo.

— Sinto muito, mas temos que ir.

— Será que vamos voltar?

Nego com a cabeça e coloco meus dedos em seus lábios. É agora ou nunca.

Ainda não sei se sair por trás é o melhor caminho, mas é realmente a única opção. A porta da frente está muito perto de onde ele dorme, e não vou deixar Hadley sair pela janela sozinha. Se pudermos andar pela casa sem sermos detectadas, temos uma chance muito melhor.

Eu a puxo comigo, observando cada rangido e barulho que parece ser amplificado no silêncio total. Chegamos à porta e eu puxo devagar, não há nenhum ruído além do som da nossa respiração. Saímos e puxo o moletom de Hadley em volta dela, fechando o zíper enquanto olho em seu rosto.

— Ok, temos que ir.

— Mamãe? — Seus grandes olhos estão cheios de muito medo.

— Está tudo bem. Temos de ir. Sinto muito, Hadley. Eu sei que você ama seu pai e isso é difícil, mas nós… temos que ir.

Eu gostaria de poder contar tudo a ela, mas não posso. É demais para esta doce menina com um grande coração compreender. Um dia, ela vai olhar para trás e ver que eu estava fazendo o que achei melhor — ou talvez ela me odeie para sempre. De qualquer maneira, ela estará viva para fazer isso.

Isso é tudo que importa.

Pego a mão dela e a levo para onde joguei minha bolsa pela janela. Depois de segurá-la ao lado da dela por cima do ombro, caminhamos rapidamente ao virar a casa. Não posso desacelerar, pelo menos não até que estejamos longe dali.

Hadley praticamente corre ao meu lado enquanto passamos pelo carro e descemos o caminho.

E é quando eu ouço.

O som da porta de tela de madeira bateu contra a lateral da casa. Ele está acordado.

Ele está aqui. Ele vai me matar.

Sinto isso no meu corpo, a consciência de tudo ao meu redor. A forma como o ar tem gosto de orvalho e luar. Como o cheiro de vacas e madeira recém-cortada enche meu nariz. Se ele me pegar, será a última vez que vou respirar e cheirar.

Olho para a minha linda garota, lutando contra as lágrimas pelo fato de que eu nunca poderei vê-la novamente. A doce e brilhante luz em minha vida. A única coisa pela qual lutei para viver.

— Corra, Hadley — eu digo sem fôlego. — Corra o mais longe e o mais rápido que puder. Corra para alguém que irá protegê-la. Corra e não olhe para mim. Não pare. Não dê ouvidos a mais nada, apenas corra.

— Mamãe?

Posso sentir Kevin vindo até nós. Ouço seus passos rápidos se aproximando. A única chance que tenho é deixá-lo me levar para que ela possa fugir. Ele não pode ir atrás de nós duas.

— Corra!

Meu coração parece que está deixando meu corpo enquanto ela faz o que eu digo.

— Hadley! — Kevin berra.

— Corra, Hadley! Corra e não volte! — grito o mais alto que posso, precisando que minha garota saia daqui.

Kevin agarra minha nuca, puxando meu cabelo com tanta força que eu grito.

— Indo para algum lugar?

Eu poderia mentir, mas não importa. Ele sabe por que estávamos fugindo no meio da noite. Não há como escapar disso e, pela primeira vez, me recuso a recuar e ter medo. O pior virá, mas Hadley não estará nem perto quando chegar.

Existe um pequeno — muito, muito pequeno — consolo em saber que quando ele me matar, ele irá para a cadeia e ela estará livre dele.

— Você não vai pegá-la.

— Oh, você se acha digna por isso? Acha que ela não vai voltar para casa, para o papai?

Eu rio, porque a parte engraçada é que ela pode não ser dele. Ainda assim, ainda há alguma autopreservação dentro de mim que mantém minha boca fechada. Posso me sentir corajosa, mas não sou tola o suficiente para piorar as coisas.

— Algo engraçado, Ellie?

— Isso — respondo, com os dentes cerrados, enquanto a dor dele praticamente arrancando meu cabelo lateja. — Que você diga que me ama e a Hadley, e ainda assim, você se rebaixaria a isso.

— Eu preciso de você.

— Você precisa parar de nos machucar.

Os lábios de Kevin roçam meu pescoço e o aperto de suas mãos afrouxa. — Eu te amei desde o primeiro momento que te vi. Sabia que você me deixaria algum dia. Lutei para mantê-la. Então tivemos Hadley, e eu acreditei que ficaríamos bem. Eu deveria saber que você nunca poderia ser leal a mim.

Fecho os olhos, forçando qualquer emoção de volta. Eu não posso mostrar nenhuma fraqueza.

— Deixe-me ir, Kevin. Deixe-me ir e ser feliz.

Ele me empurra com tanta força que caio, minhas mãos e joelhos batendo na terra com tanta força que queimam com novos arranhões.

— Você quer ser feliz e me deixar cuidar de tudo? Não. Eu disse a você o que aconteceria. Eu te avisei para não tentar se afastar de mim.

— Por quê? Por que você me quer? Você não me ama e eu não quero isso!

Uma nova raiva enche seu olhar, e não tenho tempo suficiente para me mover antes que seu pé acerte minhas costelas.

Eu sinto a agonia antes de poder respirar. O lado onde eu já estava machucada agora parece esmagado.

Luto para ficar de pé, para ter ar em meus pulmões, mas a dor é muito grande.

— Você não quer isso? — Kevin grita, me empurrando de volta para o chão.

— Kevin!

— Você não quer o quê? Eu? Você quer outra pessoa?

— Eu quero que você pare! — falo, de alguma forma.

— Você poderia ter impedido tudo.

Sim, nunca me casando com ele. Partindo há um milhão de anos antes. Eu poderia ter feito tantas coisas diferentes, mas não fiz. Escolhi viver com um homem que me destruiu. Embora eu achasse que não tinha saída, acabei dando a ele a capacidade de me machucar. Agora, ele planeja fazer isso, e já estou quebrada e sem saber como parar.

— Kevin, por favor — imploro, sabendo que pode ser minha única chance.

— Por favor, o quê? "Por favor, não me machuque"? Você achou que não seria eu quem ficaria machucado quando descobrisse que minha esposa e filha se foram? Você não pensou em mim quando estava fugindo desta casa, tentando roubar minha filha? Não, você só estava pensando em si mesma!

Minhas lágrimas caem agora e sou incapaz de detê-las. A dor em meu peito é tão forte que vejo pontos surgirem em visão. Cada grama de força que tenho, uso para mantê-lo falando. Quanto mais tempo eu prendo sua atenção, mais tempo Hadley tem para correr.

— Eu estou implorando — eu digo, meus olhos encontrando os dele, cedendo às emoções que estão me comendo viva. — Acreditei nas promessas de que você não me bateria. Eu alimentei cada mentira, permitindo que você me controlasse. Deixei você fazer tudo isso porque, em algum momento, eu te amei. Eu queria que Hadley tivesse um pai, mas você quebrou cada promessa. Você diz que sou egoísta, mas e quanto a isso, Kevin? E quanto aos hematomas e ferimentos?

Ele se ajoelha ao meu lado.

— Você não vê o quanto eu te amo, porra? Se você não me deixasse com tanta raiva o tempo todo! — Então ele se levanta e começa a andar. — Você me desafia e pensa que sou estúpido. Bem, eu não sou estúpido, né, Ellie? Olha quem está no chão aos meus pés agora. Tudo porque você não conseguiu manter as pernas fechadas.

A culpa cai sobre mim novamente e me faz querer sufocá-lo. Tentei tanto fazê-lo feliz. Fiz tudo o que ele pediu e mantive nossa casa do jeito que ele disse que queria. Preparei as refeições do seu jeito e agi exatamente como ele esperava que eu agisse. Eu fiz tudo e nada nunca foi bom o suficiente.

Eu me levanto, não querendo mais estar no chão. Ele me observa e eu me afasto dele, minhas costas batendo no carro.

Estou presa.

— Se você me amasse, pararia com isso. Não teria me batido em primeiro lugar, e eu não estaria fugindo. — Minhas mãos estão contra o metal frio e ele avança rapidamente.

Eu tremo, o medo me atingindo porque sei o que está por vir. Ele está louco de raiva.

— Não! Você simplesmente não vê. Você não vê, porra! — Ele recua, me batendo com tanta força que minha visão fica embaçada. O mundo ao meu redor se inclina, e minha mão segura a bochecha, a ferida tão profunda que sei que vou sentir por dias. — Você é minha! Você é minha esposa e vai me obedecer. Você prometeu ficar!

— E você prometeu me respeitar!

Hadley.

Tudo o que tenho em mente é aquela doce garotinha e a esperança de que ela ainda esteja correndo, encontrado alguém para lhe dar abrigo.

Eu fico de pé, olhando em seus olhos vingativos.

— Você pode me bater, me quebrar, me cortar, mas eu não vou ficar aqui!

Kevin agarra meu cabelo novamente, me puxando para cima. A dor é tão forte que grito, incapaz de contê-la. Tudo parece pesado e até mesmo respirar parece difícil.

Ele me puxa de volta para a casa enquanto tento acompanhar, tropeçando no caminho.

— Você não tem que ficar, Ellie, mas não vai a lugar nenhum.

Capítulo 9

Connor

— Apenas esta noite. Sem nomes. Sem nada. Somente... Eu preciso sentir. — Sua voz está implorando.

— Sinta.

Seus profundos olhos azuis encaram os meus, e eu juro que ela vê todos os meus demônios e os afasta.

Hoje à noite, eu não sou um garoto que lidou com seu pai bêbado, que agradeceu com seus punhos e raiva. Não sou filho do homem que ameaçou arruinar minha vida com as mentiras que meus irmãos e eu contamos para protegê-lo.

Não sou Connor Arrowood, o irmão mais novo, o encrenqueiro que mal conseguiu sair do colégio.

Agora mesmo, para ela, meu anjo, sou um deus. Ela me olha com tanta esperança e honestidade que me deixa humilde.

— Amanhã... — eu digo, passando suavemente meu polegar em sua bochecha.

— Sem amanhãs.

Quero dizer a ela que amanhã partirei para o campo de treinamento. Ela deve saber que, embora estejamos concordando em apenas uma noite, eu voltarei para buscá-la. Ela apenas tem que esperar.

— Há mais — começo, mas sua mão cobre meus lábios.

— Não há nada além desta noite. Quero que nos percamos um no outro, pode me dar isso?

Vou dar tudo a ela.

Sua mão se abaixa e ela a substitui pela boca. Eu a beijo, dando a ela a resposta através do toque.

Mal dizemos uma palavra enquanto nos despimos lentamente em um quarto de hotel a três cidades de Sugarloaf. Estou aqui para lembrar. Estou aqui para esquecer. Eu nem tenho certeza do por que vim, mas talvez seja por ela.

Tenho dezoito anos, mas sinto como se tivesse vivido a vida de uma pessoa de trinta. Lidar com a perda de minha mãe, meu pai bêbado, as surras, as mentiras e ter que tomar decisões que eu nunca deveria ter tomado — tudo por causa dele.

No momento, não sinto nada disso. Eu sou um cara que vai amar uma mulher que é muito melhor do que ele.

— Connor!

Olho em volta, sem saber de onde vem o som. Ninguém mais está aqui. Somos apenas meu anjo e eu.

— Connor! Connor! Socorro!

Pulo da cama, meu sonho desaparecendo, e procuro o barulho.

— Por favor! Esteja em casa! *Por favor!* Connor, eu preciso de você!

Hadley.

Levanto, vestindo meu short e correndo para a porta.

— Hadley?

Quando eu a abro, ela está lá, o cabelo grudado no rosto e os olhos vermelhos. Ela agarra minha mão, me puxando.

— Você tem que vir! Você tem que ajudar!

— Ir para onde?

— Rápido! — grita.

Hadley está tremendo, segurando minha mão com tanta força que quase posso sentir o medo através dela. Ela me encara, quebrada, triste e apavorada. Imagens do que pode estar errado passam pela minha mente, porque me lembro daquele olhar. Lembro-me de correr com o rosto uma bagunça, rezando para encontrar ajuda.

Antes de ir para lá, preciso que ela me diga o que aconteceu para que eu possa me preparar. Uso meus anos de treinamento para diminuir meu ritmo cardíaco acelerado e o desejo de correr.

Eu me agacho até o nível dela, segurando suas duas pequenas mãos nas minhas.

— Eu preciso que você me diga o que há de errado?

Sua cabeça se move para onde sua casa está e depois volta para mim.

— Ela me disse para correr.

— Sua mãe?

Ela concorda.

— Ele... ele estava... nós tentamos.

Eu a pego rapidamente, juntando-a em meus braços e correndo para dentro de casa. Uma vez que sei que ela está segura lá dentro, eu a sento e tento saber mais.

— É o seu pai? — pergunto, e Hadley chora mais forte. Sinto um aperto doloroso na garganta. Quero abraçá-la, confortar essa criança que está desmoronando, mas pressiono seu olhar de volta para o meu. — Preciso que você me diga para que eu possa ajudá-la.

— Ele a pegou, mas ela me fez correr e me disse para não parar.

Porra.

Por apenas um segundo, sou Hadley. Estou correndo, me lembrando de como Declan gritou até que eu não pude ouvi-lo enquanto fugia. Posso sentir o medo dentro do meu corpo, porque eu não iria parar, me lembro de encontrar aquela árvore, rezando para que ele não me seguisse.

Declan me protegeu e farei qualquer coisa por Ellie agora.

— Ok, quero que você fique aqui, tranque a porta atrás de mim e ligue para a emergência imediatamente. Conte a eles o que aconteceu.

— Eu estou com medo.

Nego com a cabeça, fazendo minha cara mais corajosa.

— Sei que você está, mas você chegou até aqui e agora eu preciso que chame a polícia para que possamos ter certeza de que todos estão seguros. Voltarei aqui assim que puder.

— Com a mamãe?

Eu realmente espero que sim. Sei que não devo fazer promessas que não posso cumprir.

— Vou tentar. Só não atenda a porta, a menos que seja eu ou o xerife Mendoza... ele ainda é o xerife? — indago, e ela concorda. — Bom, apenas nós, ok?

Odeio deixá-la sozinha nesta casa destruída, mas Ellie precisa de ajuda. Se ela fez Hadley correr... era para protegê-la, como meus irmãos fizeram por mim.

— Por favor, ajude minha mãe, Connor — Hadley implora, e eu não quero nada mais do que dar o que ela pede.

Essa garota de alguma forma se sentiu segura o suficiente para vir até mim em busca de ajuda. Eu não posso decepcioná-la, não importa como.

— Eu estou indo agora. Lembre-se de ligar e não deixar ninguém além de mim, sua mãe ou o xerife Mendoza entrar — eu a lembro novamente. Quero dizer especificamente a ela para não deixar seu pai entrar, mas ela está apavorada o suficiente.

— Eu prometo.

Com isso, eu a puxo para um abraço rápido, pego minha arma da mesa de entrada e corro.

Minhas pernas não param. Não penso em nada além de chegar até ela... rápido. Não consigo parar, diminuir a velocidade ou vacilar. Sei que pegar a estrada pode ser o mais fácil, mas cortar o campo é mais rápido, então é o que eu faço.

Salto por cima da cerca, me movendo em um ritmo que não fazia há muito tempo. Durante minha última missão, fui impedido de correr, mas agora nada dói. Estou com pura adrenalina e necessidade de chegar até Ellie.

No meu íntimo, eu sabia que algo não estava certo. Se aquele filho da puta machucou Hadley aquele dia, eu o matarei. Tenho que me impedir de seguir essa linha de pensamento, porque já estou tentando controlar minha raiva ao saber que ele machucou Ellie.

Enquanto me movo pela grama molhada, penso naquela noite. Lembro como ela se sentia tão segura em meus braços. Eu guardei essa memória por tanto tempo que a ideia de ser tudo o que teremos está me matando. Ellie significa algo para mim; seja recíproco ou não, ela tem sido meu talismã.

Eu sonhei com ela tantas vezes e depois revivi a memória daquela noite apenas para tê-la perto de novo.

Criei centenas de cenários diferentes para o que teria acontecido se eu tivesse acordado mais cedo, de como os últimos oito anos da minha vida teriam se desenrolado.

Meu coração está acelerado e a luz da casa na minha frente corta a noite. Eu me movo ainda mais rápido, sabendo que cada segundo que passa pode significar qualquer coisa.

Puxo minha arma, mantendo-a ao meu lado enquanto me movo. A casa em estilo rancho deve facilitar o meu acesso através de uma janela, se necessário. Há uma pequena varanda na frente, e a janela saliente brilha com a luz que vem de dentro. É mais provável que eles estejam lá. Faço uma avaliação rápida da casa, tentando determinar a melhor maneira de entrar. Está assustadoramente quieto, a lua no alto está brilhante, me dando luz suficiente para ver, mas não ser visto.

Eu me aproximo e vejo a cortina se mover na frente.

Espero que o xerife esteja por perto, mas é Sugarloaf, então não estou muito esperançoso, e não há a menor chance de esperar que eles apareçam antes de eu entrar.

— Kevin. — Ouço um murmúrio vindo pela janela. — Não faça isso.

A voz de Ellie parece quebrada e rouca. Nada parecido com a linda, doce e quase musical voz de antes.

— Você acha que eu quero que minha esposa me deixe? Eu sou o homem que te apoiou, te amou, proveu uma vida para você, e então eu acordo e encontro você roubando minha filha?

Olho pela janela e a vejo deitada no chão em frente à lareira, enquanto ele caminha pela sala. Examino a área, decidindo que a porta da frente é a melhor entrada para chegar até ela rapidamente.

— Eu a estava levando para um lugar seguro — ela tenta gritar, mas seu braço está apoiando seu peito, e parece que ela mal consegue respirar direito. — Você me bateu pela última vez.

O filho da puta a machucou.

Raiva preenche minha visão, e todo o meu planejamento de ser cuidadoso sai pela janela.

Vou para a frente da casa, coloco minha arma na cintura e chuto a porta com tanta força que a madeira estilhaça. Sigo adiante, não dando a mínima para nada além do bastardo que levantou a mão para uma mulher.

— Que porra é essa? — Ele tropeça para trás e depois avança. — Veio para salvar sua puta?

— Eu ouvi um barulho, queria ver o que está acontecendo aqui.

Ele nega com a cabeça. Nós dois sabemos que eu não conseguiria ouvir absolutamente nada a quase um quilômetro daqui, mas eu realmente não dou a mínima para o que ele pensa. Preocupo-me com a mulher no chão e a menina em minha casa que está morrendo de medo.

Por causa desse lixo.

— Saia da minha casa.

— Eu realmente gostaria, mas tenho uma regra estrita sobre homens que batem em pessoas menores do que eles. — Eu me aproximo, fechando e abrindo o punho. — Veja, acho que um homem de verdade escolheria alguém do seu tamanho, sabe?

— Foda-se.

— Que tal você ser valente comigo? Aposto que isso faria você se sentir mais homem do que bater em uma mulher.

Eu o rodeio, persigo a minha presa, pronto para atacar assim que vejo que Ellie está fora do caminho.

No entanto, os faróis azuis e vermelhos enchem a sala, e vejo o pânico em seus olhos.

Kevin se move para a esquerda como se fosse fugir pelo corredor e provavelmente sair pela porta dos fundos, mas eu pulo para cima dele. Meus braços envolvem seu corpo e deixo o impulso e a gravidade nos puxarem para o chão. Ele dá um soco no lado do meu rosto, e eu balanço para trás, um baque alto ecoando ao meu redor.

Isso é tudo que acontece antes que mãos me puxem de volta.

— Deixe-o ir, filho. Eu assumo a partir daqui — diz o xerife Mendoza.

Ele agarra Kevin, e eu corro até Ellie, que está sentada encolhida no chão.

— Você está bem? — questiono, e logo ela nega. — Precisamos levar você ao hospital.

— Hadley?

— Ela está segura — informo, rapidamente. — Está na minha casa.

— Eu preciso chegar até ela. — Ellie tenta se levantar, mas grita.

— Ellie?

— Minhas costelas. Meu estômago...

Cerro os dentes para me impedir de fazer algo pelo qual vou acabar na prisão. Ela está ferida e sobreviveu, só Deus sabe como. Por ela, não preciso ser nada parecido com o homem que ela acabou de ver.

— Você pode andar? — insisto. Seu lábio treme, e ela tenta se virar, para esconder o hematoma se formando em sua bochecha. Levanto a mão, mas ela se afasta. — Sinto muito.

— Não. — Ela tenta me impedir. — Eu preciso de Hadley e preciso sair daqui.

— Eu não vou te machucar.

— Ela está em algum lugar seguro?

— Ela está na minha casa — respondo.

Seus olhos encontram os meus e as lágrimas caem.

— Obrigada por vir por mim.

Se ela soubesse que é o que me manteve voltando uma e outra vez. Foi a noite que compartilhamos, o sorriso, as risadas e tudo o que ela me deu uma vez. Eu me senti vivo, digno. Como se pudesse ser o herói de alguém. Eu voltaria para ela todos os dias da minha vida, mesmo se soubesse que ela nunca poderia ser minha.

— Estou feliz por ter chegado a tempo.

Ela envolve o braço em volta do estômago e engasga.

— Ellie?

— Isso dói.

Quero arrancar os braços dele. Como ele ousa fazer isso com sua família? Sua esposa e filha deveriam ser tudo o que importa, e ele quebrou as duas esta noite.

Olho de volta para onde ele está parado, com os braços atrás das costas, e espero que as algemas de metal estejam tão apertadas que machuquem sua pele. Ele me observa e eu me movo para ofuscá-la de sua visão. Ele não merece olhar para ela.

Ela faz outro som e não sei como ajudar. Nunca me senti tão incapaz antes.

— O que eu faço?

As lágrimas que estavam transbordando caem junto com meu coração.

— Apenas me leve para Hadley.

Eu aceno, e então o xerife Mendoza chama nossa atenção.

— Ellie, tem algumas perguntas que preciso fazer.

— Ok. Mas eu tenho que ir até a Hadley.

O tremor em sua voz me diz que ela está à beira de perder o controle. Ela precisa ver sua filha.

— Seria possível que ela desse a você o depoimento lá, onde ambas estarão seguras? — pergunto.

Mendoza olha para ela e acena com a cabeça.

— Claro. Vou pedir ao agente McCabe que leve Kevin até a delegacia e levarei vocês dois até lá.

Ellie parece que está pronta para quebrar. Suas mãos estão tremendo e ela continua sugando o ar enquanto se move.

— Você consegue ficar de pé? — pergunto a ela baixinho.

— Me ajuda?

Ofereço minhas mãos, sem saber onde tocar, mas ela mal consegue se mover para receber a ajuda oferecida.

Foda-se. Eu me inclino e, tão cuidadosamente quanto posso, a pego em meus braços.

— Me desculpe — eu digo ao ouvi-la gritar.

— Não se desculpe, obrigada. Eu não acho que poderia andar.

Eu a levanto, embalando-a o mais suavemente possível no meu peito.

— Não vou te deixar cair.

E Deus me ajude, não vou deixá-lo machucá-la novamente.

Capítulo 10

Ellie

O sol está nascendo quando me sento no balanço da varanda de Connor, um cobertor enrolado nos ombros e uma xícara de chá nas mãos. Estou entorpecida, é tudo o que consigo processar. Nada parece real. É quase como se eu tivesse me acomodado em um estado de sonho e estivesse observando tudo o que aconteceu, sem vivê-lo.

Mesmo assim, sei que não é verdade. A dor que sinto no meu peito cada vez que respiro é a prova disso.

A outra coisa é que me sinto segura, ou, pelo menos, o mais segura que posso estar. Connor tem estado ao meu lado ou em meu campo de visão a cada momento, certificando-se de que estou protegida e minha filha também. Ele estava lá quando recusei a ambulância, sabendo que não poderia deixar Hadley e que não permitiria que ela me visse em um hospital.

Ele se sentou na parte de trás do carro da polícia comigo, lágrimas silenciosas escorrendo pelo meu rosto. Eu estava com dor, sim, porém ainda mais... quebrada. Quando chegamos à entrada da garagem, ele apertou minha mão suavemente para me tranquilizar. Limpei meus olhos e afastei minha tristeza, porque precisava ser forte novamente. Hadley precisava disso.

Nada poderia ter me impedido de chegar até ela, então ele garantiu que eu estivesse fora do carro e em pé antes que fosse abrir a porta. Ela correu para fora, terror gravado em seu rosto, e então alívio.

Tudo o que pude fazer foi tocar seu rosto e garantir que estava tudo bem. Se ela sabe ou não, é a pessoa mais corajosa que já conheci. Minha filha salvou minha vida e nunca poderei me perdoar por isso.

Consolei Hadley tanto quanto pude antes de dar minha declaração e permitir que a polícia tirasse fotos de meus ferimentos. Connor enfaixava minhas costelas e ia explicando que precisariam delas para o caso no tribunal. Enquanto ele trabalhava, descobri que era médico na Marinha, por isso não deixou a paramédica, Sydney, me tocar.

Era um nível totalmente diferente de humilhação, mas eu estava grata por minha capacidade de me desligar e ficar entorpecida com tudo isso. Deixei Connor fazer o que podia e fingi que estava na praia, longe de tudo. Eu simplesmente segurei minha filha, esquecendo a dor, enquanto ela adormecia.

A porta se abre e eu me assusto, mas Connor levanta as mãos imediatamente.

— Sou só eu. Estou vindo ver como você está.

Faço o meu melhor para relaxar de volta no balanço.

— Eu estou... aqui.

— Como você está indo?

Encolho os ombros.

— Não tenho certeza. Ainda estou processando tudo.

— Você foi muito bem com o xerife Mendoza.

Eu rio internamente. Eu não me saí bem com nada. Minha vida inteira foi uma série de erros, tentar escapar ontem à noite foi o maior deles. Na noite passada, me sentei lá, contei a ele e ao xerife a história, me odiando e me repreendendo, enquanto lágrimas caíam pelo meu rosto.

Não havia nada de muito bem nisso.

— Não tenho tanta certeza disso. Eu estava uma bagunça.

— Você não mentiu e contou tudo a ele quando não precisava. Eu vi... gente que encobre o abuso porque é mais fácil. Você foi corajosa. Pode não se sentir assim, e tenho certeza de que tem seus motivos para não partir antes, mas você foi, e tenho certeza de que Hadley verá dessa forma.

Olho para o nascer do sol, desejando encontrar algum consolo em saber que vivi para vê-lo novamente, mas não consigo. Arrependimentos são o que me preenchem, e não há um sinal de bravura nisso.

— Se eu fosse corajosa, nunca teria deixado chegar tão longe. Eu teria saído depois da primeira vez que ele me fez sentir fraca e pequena. Se tantas coisas não acontecessem... Se eu tivesse corrido quando ele levantou a mão para mim pela primeira vez, minha filha nunca teria visto um hematoma em sua mãe ou uma lágrima cair porque ele me machucou.

— É fácil olhar para as coisas dessa forma, assumindo a culpa ou brincando com as hipóteses, mas fazemos as escolhas que achamos que são as melhores no momento. Todos nós nos arrependemos.

Ele não pode estar falando sério. As pessoas que não estão nessa situação veem as coisas de maneira diferente. Já ouvi pessoas falando sobre relacionamentos ruins e como não fariam isso e não fariam aquilo. Se alguém não está vivendo assim, não pode dizer o que faria.

Nunca pensei que estaria em um relacionamento abusivo, mas aqui estou.

Quando eu estava crescendo, era uma garota inteligente que pensava que encontraria um homem que me trataria bem e, se não o fizesse, ele teria que ir embora. Então eu conheci Kevin e estava em um relacionamento turbulento onde ele se tornou meu mundo inteiro e eu me tornei uma estranha em minha própria história.

Eu sou a única culpada.

— Embora eu agradeça, discordo. Eu sabia que precisava sair, mas fiz a escolha de ficar, esperando que ele mudasse. Isso ficará para sempre comigo porque estava com muito medo de ver que ele nunca faria.

Connor toma um gole de seu café e me oferece um sorriso triste.

— Discordo da sua opinião — declara. Solto uma risada suave e estremeço. — Você está bem? Eu realmente gostaria que você tivesse visto um médico.

Fui verificada pela paramédica Sydney, e só permiti isso para convencê-la que não estava em grave perigo. Mas meu lado está doendo tanto que eu não ficaria surpresa se tivesse uma costela quebrada.

— Eu vou amanhã quando ela estiver na escola.

— Preciso pelo menos limpar o corte embaixo do seu olho.

— Agradeço que você queira ajudar — digo suavemente. — Mas tenho certeza de que posso administrar.

Connor se move para descansar contra a grade, seus grandes braços cruzados sobre o peito como se pudesse lutar contra o mundo, caso viesse contra ele.

— Eu entendo se você preferir, mas pelo menos deixe-me verificar suas costelas. Tenho certeza de que estão quebradas e quero ter certeza de que não há sinais de algo mais sério, especialmente se você está adiando a ida ao médico.

— Ok — eu concordo, sabendo que não serei capaz de olhar ou tocar em qualquer coisa lá. Inferno, eu mal consigo respirar sem querer chorar. — Ainda não consigo acreditar que foi assim que a noite passada acabou. Estou tão... cansada, mas acho que não consigo dormir. Tudo o que continuo vendo é seu rosto e sentindo a dor de quando ele me chutou.

Nós dois ficamos em silêncio. Não sei por que estou admitindo isso para ele.

Depois de alguns minutos de silêncio confortável, Connor pigarreia.

— Ellie, seu marido alguma vez bateu em Hadley? — pergunta, sem nenhum traço de julgamento, apenas curiosidade.

— Não que eu saiba. Ele ameaçou... bem, é por isso que finalmente saí ontem à noite. Ele disse que, se eu tentasse ir embora, mataria a nós duas e eu acreditei. Eu sabia que tinha que fugir. Sabia que mais uma noite era demais e não me importava se meu plano não era perfeito ou se não tínhamos dinheiro ou para onde ir. Não consegui ficar mais um minuto. Acho que ele realmente teria me matado se você não tivesse aparecido.

— Você agiu certo. O abuso nunca termina. Merda, até mesmo quando o agressor morre, você ainda pode sentir os efeitos.

Meus olhos levantam e eu o estudo como se pudesse haver algo mais por entre as suas palavras.

— Tenho certeza de que vou me sentir assim por muito tempo.

— Você vai se curar, e eu juro, ele nunca vai te machucar novamente.

— Não sei como você pode prometer isso.

Connor se afasta da grade.

— Porque ele, com certeza, não vai te machucar se você estiver na minha casa. Se decidir voltar para a sua, encontraremos várias maneiras de te proteger caso ele seja liberado da prisão. De qualquer maneira, hoje à noite, amanhã ou até que esteja pronta para partir, você estará segura comigo.

Segura. É uma palavra que muitas vezes considerei natural. Quando eu era jovem, me lembro do meu pai sempre me dando abraços e me dizendo que me manteria segura. Ele trancava as portas, tomava precauções e, então, um dia, quando eu estava na faculdade, outro carro entrou na pista deles e matou os dois. Eles nunca encontraram o motorista do outro veículo.

Nada os manteve seguros.

Quando conheci Kevin, ele enganou a todos nós. Meus pais o amavam, o achavam doce, maravilhoso e me disseram como eu era sortuda por ter conhecido um homem como ele no meu primeiro ano de faculdade. Ele herdou a fazenda um mês antes do final do ano, então nós os convidamos para vê-la.

Eles estavam tão felizes naquela noite. Eles amaram a terra, a cidade, e esperavam que eu talvez morasse aqui algum dia. Então eles foram mortos, e eu fiquei vazia. Achei que ele preencheria o vazio de perder meus pais. Mas eu estava tão sozinha. Tão triste, querendo alguém para melhorar um pouco as coisas. Kevin estava lá, prometendo cuidar de mim, me dar amor e uma vida. Eu caí nisso com tudo, até que eu estava presa em sua teia.

Agora me sinto atada, como uma mosca desavisada.

— Eu agradeço, mas não estou segura em lugar nenhum. Podemos não falar sobre isso agora? Minha mente está... Bem, eu não aguento pensar agora.

— Claro, posso sentar com você? — pede. Eu me movo, dando-lhe espaço, e ele se acomoda ao meu lado no balanço. — Sinto muito. Não deveria ter te pressionado para falar.

— Não, você não pressionou. Estou em carne viva e uma bagunça, mas você não fez nada de errado.

— Você não está uma bagunça — Connor diz, e então começa a falar rapidamente: — Conte-me sobre Hadley quando era bebê.

Olho pela janela pela centésima vez. Fico verificando para ter certeza de que ela está realmente lá e que esta não é uma realidade alternativa que criei em minha cabeça. No momento, não confio em nada, porque não tenho certeza se estou viva e isso não é um limbo.

Exceto pela dor. Certamente, não há dor na morte e não haveria Hadley.

— Hadley sempre foi, e tem sido a melhor criança de todas. Ela nunca me preocupou quando menor e dormia a noite inteira antes que eu provavelmente merecesse. Era como se ela estivesse seguindo o livro do bebê que li, porque atingiu cada marco quando deveria.

Ele sorri.

— Ela parece uma boa criança.

— Sim, ela realmente é. Tive muita sorte com ela. Eu realmente nunca cheguei a agradecer, como você cuidou dela quando machucou o braço. Significa muito que você tenha se importado. Eu realmente agradeço por você encontrá-la e levá-la para casa.

Connor nos balança suavemente.

— Eu nunca a teria deixado ir embora daquele jeito. Ela tem sido a única coisa sobre voltar a este lugar que não tem sido ruim. Esta cidade não é exatamente meu lugar favorito.

— Por quê?

Ele encolhe os ombros.

— Muitas memórias aqui. Muitas coisas que tentei esquecer e não foram embora. Sabe, minha mãe costumava fazer isso todas as manhãs — comenta. Eu olho para ele, me perguntando o que ele quer dizer. — Ela se sentava neste balanço todas as manhãs e assistia ao nascer do sol. Me lembro de tentar acordar cedo para vir com ela. Ela disse que era seu momento, em que nada a incomodava.

Sorrio, apesar do inferno que passei. Eu o imagino como um menino, vindo aqui apenas para se sentar com ela.

— Acho importante que as crianças tenham um tempo assim com os pais. Hadley e eu temos nossa rotina na hora de dormir, que prezo e rezo para que ela sempre se lembre.

— Mamãe fazia algo especial com cada um de nós. Ela estabeleceu como objetivo nos fazer felizes. Ela morreu quando eu tinha a idade de Hadley.

Toco sua mão.

— Sinto muito por você tê-la perdido. Encontrei seu pai algumas vezes, mas não o conhecia muito bem. Eu gostaria de ter conhecido sua mãe, ela parece maravilhosa.

— Minha mãe era uma santa. Não lembro muito, mas as memórias que tenho... são tudo. Eu gostaria de poder ver seu rosto mais claramente na minha cabeça.

— Sei o que você quer dizer. Perdi minha mãe também, então sei que é difícil. Ela ficaria muito orgulhosa do homem que se tornou. Sei que não nos conhecemos muito, mas tudo o que vi até agora diz que você é um bom homem.

Não sei como explicar, mas desde que Connor voltou à minha vida, tudo mudou. Talvez não seja nada, ou talvez, seja o universo me dizendo que estraguei tudo na noite em que o deixei dormindo em um quarto de hotel e deveria ter ficado. Talvez sejam meus pais me dando um sinal lá de cima. Seja o que for, Connor me ajudou mais na última semana, do que qualquer outra pessoa desde que me mudei para esta cidade.

Ele resgatou minha filha e agora a mim. Tem sido gentil e não me fez sentir pequena. Mesmo agora, em vez de me interrogar ou me fazer falar, ele está me dando outras coisas em que pensar e conversar.

Eu me perguntei sobre ele por tanto tempo, e ele está aqui. Bem quando eu mais preciso de alguém.

Quando Connor olha para mim, seus olhos parecem assombrados.

— Eu realmente espero que ela esteja. Meus irmãos e eu tentamos viver de uma maneira que a deixaria orgulhosa.

— Diga-me algo sobre ela — insisto. Prefiro falar sobre ela do que sobre meus próprios pais ou o que aconteceu.

— Ela fazia a melhor torta de todas. Para o nosso aniversário, ela sempre fazia a nossa torta favorita em vez de um bolo. Não nos importávamos com presentes ou qualquer outra coisa, desde que ela fizesse a sua torta.

— Qual era a sua favorita?

— Maçã.

— A mesma que a da Hadley — eu digo e então olho para a janela novamente. — Aquela garota pode comer uma torta de maçã sozinha. Tenho certeza que a minha não tem um gosto tão bom quanto a que sua mãe fazia, mas...

— Tenho certeza que é perfeita, Ellie.

Mordo o lábio para evitar que eu oscile, mas é demais. Eu não consigo parar.

— Deus, Connor, eu poderia ter morrido, e então quem teria feito a torta dela? O que teria acontecido com ela se... se você não chegasse lá? Como eu iria me perdoar por fazer seu mundo desmoronar?

— Você não morreu, está bem aqui.

Eu estou, mesmo? A culpa e a dor me atacam, me deixando sem fôlego. Tenho tentado tanto manter tudo sob controle, mas estou uma bagunça. Tudo está uma bagunça.

— Eu nunca deveria ter tentado sair na noite passada. Se tivesse sido mais inteligente e esperado...

— O quê? O que você acha que teria acontecido, Ellie? Homens que usam seus punhos não se importam quando isso acontece. Homens que usam seu poder para fazer as pessoas se submeterem a eles não se importam com a situação ou a pessoa, é tudo sobre eles. Você fez a coisa certa.

Balanço minha cabeça, discordando, e limpo as lágrimas em meu rosto.

— Eu não fiz nada certo.

Seus olhos se voltam para dentro da casa e depois de volta para mim.

— Você fez o certo por ela. Não permitiu que ele a machucasse. Colocou Hadley em primeiro lugar para que ela comesse torta quando quisesse.

Meu peito dói, e não apenas pelas costelas machucadas. Sinto-me desamparada, vagando como a névoa da manhã, tornando-me nada. Eu estava com tanto medo de que ele cumprisse sua palavra, que dei a ele a oportunidade de fazer exatamente isso.

— Eu prometi a mim mesma que, se ele tocasse em Hadley, eu iria embora. Jurei que nunca deixaria ninguém machucá-la e olhe... — Meus olhos cheios de lágrimas observam a menina dormindo no sofá. Ela está bem encolhida, um raio de sol iluminando seu rosto. — Quebrei minha promessa e falhei com ela.

Mas farei tudo que puder para nunca quebrar outra promessa novamente.

Capítulo 11

Connor

— Prometemos um ao outro agora — Declan diz, enquanto todos nós ligamos a mão ao pulso, então estamos parados em um círculo. — Juramos que nunca seremos como ele. Vamos proteger aos que amamos e nunca nos casar ou ter filhos, concordam?

Sean balança a cabeça rapidamente.

— Sim, nunca amaremos, porque podemos ser como ele.

Jacob agarra meu pulso com mais força.

— Não ergueremos os punhos por raiva, apenas para nos defender.

Aperto os dedos em torno de Declan e Jacob, fazendo minha promessa.

— E nunca teremos filhos, nem voltaremos aqui.

Em uníssono, todos nós balançamos as mãos como uma unidade. Os irmãos Arrowood nunca quebram promessas uns aos outros.

Mantive aquele voto que nós quatro fizemos naquela noite como se fosse um vício. Nunca me permiti amar ninguém ou ter um filho. Não porque eu ache que sou parecido com meu pai, mas porque minha palavra para meus irmãos significa tudo. Quebramos o ciclo naquele dia. Prometemos proteger um ao outro garantindo que não teríamos nada que valesse a pena perder e que nos fizesse voltar a beber.

Um homem é tão forte quanto sua palavra, e a minha é de ferro.

Mas, sentado aqui com ela, sei que todas as minhas promessas não significam nada. Eu quebraria cada uma por esta mulher, e isso me assusta pra caralho.

Não consigo convencê-la de que ela não fez nada de errado. Seu coração e sua cabeça estão cheios das verdades que ela vai se apegar. Eu sei muito bem.

No entanto, sou invadido com a necessidade de confortá-la.

Ela estremece e eu quero puxá-la em meus braços, abrigá-la do frio e também de tudo que a assombra. Não quero passar dos limites, mas a necessidade de protegê-la é tão forte que não consigo me conter.

— Posso te abraçar? — pergunto, preparado para qualquer resposta que vier.

Seus olhos levantam lentamente, me lembrando de um animal ferido. Odeio que alguém tenha feito isso com ela. Quero cortar aquele homem em pedaços por fazê-la temer a tudo. Ela deveria ter sido amada, protegida e valorizada.

— Você faria isso?

Faria qualquer coisa por ela.

Levanto meu braço, convidando-a para vir até mim.

Ela se move muito lentamente, fazendo pequenos ruídos quando dói, mas fico completamente imóvel. Ela se acomoda ao meu lado, a cabeça apoiada no meu ombro, e então eu enrolo os cobertores em torno de nós dois.

Nenhum de nós diz nada, não acho que palavras sejam necessárias.

Agora, eu não poderia sequer falar se tivesse que fazer isso.

Ela está comigo. Em meus braços e me permitindo lhe dar conforto. O tanto de confiança que ela está me dando não passa despercebido. As últimas seis horas foram um inferno para ela e, mais uma vez, ela mostra sua bravura.

Balançamos juntos e o sol continua a nascer, iluminando o céu com seu calor. Suas lágrimas encharcam minha camisa, mas não faço comentários sobre isso. Se ela precisar ensopar cem camisas, eu deixarei. Se ela quiser que eu a segure por dias, ficarei assim. Ela pode ter se afastado de mim naquela noite, e nossas vidas podem ser complicadas, mas uma coisa é certa: Ellie nunca mais se sentirá pequena ou quebrada. Farei de tudo para que, a partir de hoje, ela se sinta protegida.

— Você realmente não precisa me levar — diz ela pela décima vez, enquanto nos dirigimos para a audiência preliminar de seu marido. — Você já fez muito por nós. Eu poderia ter caminhado.

Certo, como se eu fosse deixá-la andar 20 quilômetros até o tribunal. Ela precisava de uma carona, já que não pode dirigir por causa dos medicamentos que está tomando, e eu não consigo deixá-la sair da minha vista por mais de uma hora. Então, levá-la é tanto por ela quanto por mim.

— Você não tem que ficar repetindo isso. Se eu não quisesse estar aqui com você, não estaria. Sei que pode não entender, Ellie, mas eu preciso estar aqui com você agora.

— Você precisa?

— Sim. Não vou deixar você ir naquele tribunal sozinha. Se quiser que eu entre, eu entrarei. Se quiser que eu fique de fora, eu ficarei. Vou fazer o que você precisar. Ok?

— Ok.

Ela e Hadley ficaram em minha casa ontem à noite, principalmente porque fui capaz de convencê-la de que ela precisava de alguém para ajudá-la a se mover, porque mal consegue andar ereta. O médico constatou que ela tem três costelas quebradas e muitos hematomas. A impressão da mão dele está em seu braço, e há uma marca roxa em sua bochecha de quando ele a esbofeteou, mas ela não precisou de pontos. Não tenho intenção de sair do lado dela.

Não porque quero controlá-la, mas porque quero protegê-la, que é o motivo que estou lutando para me controlar. Ellie não tinha escolha e nenhuma maneira de partir, e isso a fez se sentir desamparada. Eu intervir e protegê-la tentando dizer a ela como lidar com as coisas não é algo que eu possa fazer.

Não quero que outro homem tire Ellie de si mesma novamente. Então, estou sufocando cada resposta que normalmente daria e que deixaria espaço zero para negociação e tento fazê-la tomar a decisão que deseja. Se ela não o fizer, o que é algo que ainda não aconteceu, terei de agir.

O xerife Mendoza explicou que hoje determinaria se eles manterão Kevin na prisão até o julgamento ou se ele pagará fiança e ficará solto por conta própria.

Se ele for solto, não sei como vou responder, e não sei se Ellie tem um plano se isso acontecer.

Estaciono o carro e Ellie alcança a maçaneta, mas ela não se move para abrir a porta.

— Não posso fazer isso.

— Sim, você pode.

— Não — ela diz, respiração acelerando. — Eu não posso. Não vou conseguir olhar para ele.

Saio do carro, dou a volta para o lado do passageiro e abro a porta antes de me agachar para ficarmos cara a cara.

— Ele não pode te machucar. Ele vai ter que passar por mim para chegar perto de você.

Sua mão se levanta e ela toca minha bochecha por um breve momento.

— Você não me deve nada, Connor.

Não tenho certeza do que ela quis dizer com isso.

— Não estou aqui porque me sinto em dívida com você. Por que você pensaria isso?

— Eu não sei, mas também não sei por que você está fazendo isso.

— Porque eu me importo.

— Você se importa?

Como ela não consegue ver?

— Eu me importo com você e Hadley. Você não tem ideia de quantas noites eu sonhei com você, Ellie. Eu não sabia seu nome nem nada além do seu rosto e como você me salvou naquela noite. Seu sorriso, seus olhos, a maneira como me deu confiança e esperança quando eu não tinha nenhuma é o que me manteve vivo. Noite após noite, eu repassava na minha cabeça, sonhando com meu anjo que desceu do céu, me fazendo querer continuar lutando. Então, posso não estar em dívida com você, mas me importo com você. Estou fazendo isso porque não consigo imaginar outra coisa senão estar aqui para ajudá-la. Estou fazendo isso porque você é corajosa e forte, e ninguém jamais merece o que foi feito com você. Você pegou Hadley e fugiu. Sabia que sua filha precisava que você a escolhesse, e você escolheu. Então, você tem que fazer de novo agora. Tem que lutar e entrar lá com a cabeça erguida. Eu estarei bem ao seu lado.

Ela solta um suspiro pesado, a agitação é clara em seu rosto.

— Você fica me dizendo essas coisas. — Sua voz falha, e ela tem que limpar a garganta. — Não sou corajosa, mas quero ser. Tenho tantas coisas que quero dizer a você, mas minha cabeça está uma bagunça.

— Não estou pedindo nada. Só quero que você saiba que não está sozinha.

— Eu quero ser a mulher que você vê.

Sei como é isso. Eu me levanto e estendo a mão para ela.

— Então me mostre.

Capítulo 12

Ellie

Coloco a mão na dele e saio do carro, colhendo sua coragem a cada passo que dou. Ele acha que sou corajosa. Ele não olha para mim como se eu fosse uma garota estúpida que estava fraca demais para ir embora. Connor me vê como uma mulher que colocou sua filha em primeiro lugar e foi embora quando a segurança dessa menina foi ameaçada.

Agora, preciso sentir essa força novamente. Preciso ser forte, mesmo que queira me esconder no carro e nunca mais vê-lo.

Quando chegamos às portas do tribunal, o promotor público, que já foi um bom amigo de Kevin, está lá.

— Ellie — Nathan Hicks diz, com a mão levantada.

Minha mão se move para o antebraço de Connor, e eu seguro enquanto avançamos.

— Oi, Nate.

Ele olha para mim, percebendo os hematomas e cortes que não consigo esconder, e sua mandíbula aperta. Quando sua atenção se move para o homem ao meu lado, seus olhos se arregalam.

— Connor? Connor Arrowood?

— Nate, faz muito tempo. — Connor estende a mão para apertar a sua.

— Já faz anos. Você saiu da cidade e nenhum de nós nunca mais soubemos de nada. É bom te ver. Meu Deus, eu não posso acreditar que é realmente você.

Connor não parece feliz em vê-lo, mas Nate é conhecido por ser um idiota.

— Presumo que você seja o promotor? — pergunta.

Eu começo a tremer um pouco, mas então a outra mão de Connor cobre a minha e aperta.

— Sim, eu sou. Eu não sabia que você conhecia Ellie…

— Ele mora ao lado e… bem, tenho certeza que você leu que Connor é quem ajudou na cena.

— Sim, claro. Eu nem liguei nome à pessoa — admite Nate.

— Bem, estou feliz que vocês dois estejam aqui. Esta é a preliminar onde veremos se o juiz reterá Kevin...

Meus dedos apertam o braço de Connor, porque Nate pode fazer isso acontecer de outra forma. E se ele não estiver do meu lado.

Os olhos de Connor encontram os meus, e então ele se intromete.

— Você quer dizer o Sr. Walcott. O homem que bateu na esposa, quebrou três costelas dela e fez aquele hematoma na bochecha, certo?

Nate se ergue e pigarreia.

— Sim, me desculpe, Ellie, isso tudo é um pouco estranho. Eu sabia que você e Kevin discutiam, mas não sabia que era algo físico. Vamos pedir que o tribunal o mantenha até o julgamento para sua segurança e de Hadley. O veredito provavelmente dependerá do relatório apresentado pelo xerife Mendoza e das declarações que você fizer hoje.

— Que tipo de declarações?

— Eu não entendo tudo isso... — confesso. — Sei que o xerife Mendoza explicou, mas, honestamente, é tudo muito angustiante. Eu estou... desculpe... eu não deveria estar tão confusa.

— Não se desculpe. Você já passou por muita coisa, então fico feliz em explicar. Hoje é para mostrar ao juiz que temos provas suficientes para ir a julgamento. Se ele não achar que as tenho, o que nós cem por cento temos, ele pode descartá-las. É por isso que era importante que você viesse.

Tudo isso é tão paralisante. Não apenas ainda estou cambaleando com a coisa toda, mas também agora tenho que ir perante o juiz e olhar para o homem que me machucou. Eu tenho que reviver isso na frente das pessoas, e isso é fundamental. Terei que fazer de novo se for a julgamento.

Connor concorda com um gesto e aperta a mandíbula.

— O que você está pedindo, Nate?

Nate estufou o peito um pouco e se virou para mim.

— O que você quer, Ells? Posso pressionar para que ele seja detido ou haverá alguém que pagará fiança?

— Eu não quero que ele seja solto, se é isso que você está perguntando. Eles não podem deixá-lo ir livre. Se o fizerem, ele vai matar a mim e a Hadley.

Ele não vai nos deixar ir de jeito nenhum.

Meu batimento cardíaco acelera e eu tremo tanto que me preocupo em quebrar meus dentes. Presumi que bater em sua esposa significaria que ele não seria solto. Para onde irei? Aonde Hadley e eu vamos nos esconder dele?

— Ellie? — Connor dá um passo na minha frente, me movendo um pouco para trás. — Ellie, acalme-se.

Meu peito dói, mas não consigo me controlar. Vejo seus olhos enquanto ele se move em minha direção e sinto que meu corpo não conseguiu se recuperar do chute de Kevin. Eu revivo a cena bem aqui, como se tudo estivesse acontecendo de novo.

Empurro Connor de cima de mim, minhas mãos levantadas, e me movo para correr.

Preciso pegar Hadley e dar o fora daqui. Eu fui tão estúpida. Deveria ter fugido antes disso.

— Ellie, me escute... — Connor diz, com as mãos no ar, movendo-se lentamente. — Nesse momento, temos que entrar lá e dizer ao juiz por que ele não pode ser solto, ok? Se você não fizer isso, então teremos um plano totalmente diferente. Ele não chegará perto de você ou de Hadley. Está me ouvindo? Ele não será capaz de dar um passo em sua direção. Eu estarei bem ao seu lado.

Ele não entende que não posso fazer isso.

— Tenho que ir embora.

— Se você sair, ele fica livre — Nate afirma, com uma intensidade em sua voz que eu nunca ouvi. — Sei que você está pirando agora, mas vou pedir uma fiança em dinheiro escandalosamente alta, o que significa que ele não pode ser libertado a menos que tenha o dinheiro em mãos ou alguém disposto a pagar por ele.

Eu rio e nego com a cabeça.

— Você não entende. Não sei quanto dinheiro ele tem, Nate. Não tenho acesso às nossas contas. Não tenho ideia se há alguma conta bancária pronta para enviar dinheiro se eles permitirem. Recebia um depósito para comprar mantimentos e esse foi todo o dinheiro que vi. Ele poderia ter milhões e eu não saberia disso. Ele mencionou que a fazenda teve lucros nos últimos anos. Recebeu uma herança por conta das terras. Eu não tenho *ideia*! Eu nem sei o que ele tem!

Admitir isso sobre a minha vida me deixa enjoada, mas aí está, uma verdade que não posso fingir que não existe. Kevin poderia ter dinheiro fluindo de sua bunda, e eu não teria a menor ideia. Ele poderia preencher um cheque para eles hoje e voltar para casa, e depois?

Nate faz um barulho de desgosto entre os dentes.

— Ellie, ele teria que ter esse dinheiro consigo.

— Ele não pode transferir ou colocar as mãos nele? — Connor intervém.

— Não, mas isso não quer dizer que ele não pode pedir fiança para alguém.

Não posso ficar nesta cidade quando ele sabe que o estou deixando. Ele vai me caçar e isso será o fim.

Não importa que tipo de proteção Connor pense que pode fornecer estando perto de nós.

— Você não pode controlar o resultado. — Connor segura minhas bochechas suavemente, me forçando a olhar para ele. Seus olhos verdes estão cheios de compreensão e promessas. — Você só pode dar um passo de cada vez. Hadley está bem. Ela está na escola, e o policial está lá cuidando dela. Agora mesmo, você tem que ir lá dentro e explicar por que ele não pode ser solto. Se você não fizer isso e decidir fugir, terá que fazer isso para sempre, Ellie. Acredite em mim, isso nunca vai acabar até que você enfrente. Você pode fazer isso por você e por Hadley.

Tento estabilizar minha respiração e me concentrar nele. Ele tem razão. Eu tenho que fazer isso. Preciso me defender e defender Hadley. Ela é o que importa e preciso mostrar por que fazer o que fiz foi necessário.

— Ok — digo, com uma voz trêmula.

Nate se aproxima.

— Farei tudo o que puder para obter o resultado que desejamos.

— Obrigada. — Balanço a cabeça, desejando afastar as lágrimas, e entro no tribunal com Connor e Nate, um de cada lado, rezando para poder fazer isso.

Sento-me, cheia de repulsa, ouvindo o xerife Mendoza e, em seguida, Connor toma a posição, cada um contando os acontecimentos daquela noite em suas próprias palavras. Parece um filme de terror, mas é tudo real. Essa é a minha vida. Sou a garota que eles descrevem como espancada, deitada no chão quando chegaram lá.

Nate leva um tempo para mostrar ao juiz como a situação estava ruim, e eles repetem as declarações que ouviram. Ele então expõe um breve relato do que eu disse sobre o controle de Kevin e explica que não sabemos quanto dinheiro ele tem disponível.

Connor se senta ao meu lado, sem me tocar, mas... está lá.

— Por favor, chame o demandante para depoimento.

— Ele não pode machucar você, Ellie, apenas seja forte e diga a verdade — a voz profunda de Connor surge no meu ouvido.

Engulo o medo e foco meus olhos para a frente. Nate está parado ali, então olho para ele. Ele tem sido intenso e inflexível hoje. A preocupação que eu tinha sobre ele ser amigo de Kevin se foi. Hoje, ele está me defendendo e a defesa não foi capaz de abrir buracos nas declarações do xerife Mendoza ou de Connor.

Eu sou a última.

Oro a Deus para não ficar doente ou perder o controle.

Quando chega a minha vez, recito o que o oficial de justiça me pede e me sento.

Nate vai primeiro.

— Sra. Walcott, poderia, por favor, relatar o que aconteceu há duas noites?

Entrelaço os dedos, fecho meus olhos e falo. Conto tudo a eles. Repasso cada palavra, cada ameaça, cada vez que ele agarrou meu cabelo e me chutou. Como fui puxada para cima e jogada como se fosse uma boneca. Lágrimas caem enquanto continuo falando, mas não paro, nem mesmo quando começo a tremer. Eu apenas falo.

— Achei que fosse morrer. Achei que aquela seria a última vez que veria minha filha quando disse a ela para correr e nunca mais voltar. A dor foi tão forte quando ele me bateu e me chutou.

Sinto como se não tivesse mais nada em mim. Estou esgotada de toda a força que tinha reservado, mas eventualmente me forço a olhar para Nate. Seus lábios tremem antes que ele os controle e me entregue um lenço de papel.

— Obrigado, Sra. Walcott. — Ele então se vira para o juiz. — Meritíssimo, com base no testemunho e nas evidências que forneci, pedimos que o Sr. Walcott seja detido sem fiança, pois ele fez promessas de risco de vida contra a Sra. Walcott e sua filha.

O juiz concorda.

— A defesa tem sua vez, então eu tomarei minha decisão.

O advogado se levanta, abotoa o paletó e vem em minha direção.

— Sra. Walcott, você passou por um grande trauma.

— Sim.

— O que parece nunca ter acontecido antes, estou certo?

Nego com a cabeça.

— Não, já aconteceu antes.

— Sério? Quando?

Lambo meus lábios, me sentindo mal do estômago, porque eu sei onde isso vai dar.

— Eu nunca denunciei, que é o que você está perguntando. Meu marido já me bateu em inúmeras outras ocasiões.

— Bateu? Ou é algum esquema elaborado que você inventou com seu amante para que pudessem fugir juntos?

Meus lábios se abrem e eu respiro fundo.

— Desculpe?

— Você e o Sr. Arrowood estão em um relacionamento, não é?

— Não, não estamos. Ele se mudou para cá recentemente.

O olhar de Connor encontra o meu e sua mandíbula aperta. Essa é a conversa maluca que Kevin estava dizendo naquela noite.

O advogado de Kevin concorda.

— Entendo, e então, de repente, seu marido há oito anos apenas… perde o controle? Nunca tendo feito algo assim antes; ao contrário de suas palavras, Sra. Walcott, não há prova de incidentes anteriores. Você pode ver como alguns podem achar o momento estranho. No meio da noite, você está do lado de fora e o homem com quem você diz que seu marido a acusou de ter um caso é quem — ele levanta os dedos e faz o sinal de aspas — "salva você"?

Não vou permitir que este homem tire isso de mim. Tenho que me manter firme, não porque seja a verdade, mas porque Hadley e eu teremos que correr novamente se eles o deixarem sair. Teremos que partir antes que Kevin seja libertado da prisão e ninguém será capaz de me impedir. Não me importo se isso significa que ele fique livre depois disso, porque eu estarei livre dele também. Vou encontrar uma maneira.

Então, em vez de me encolher, que é exatamente o que eles querem, eu me sento um pouco mais alta e solto um suspiro profundo que causa dor ao meu lado.

— Meu marido já me bateu antes. Ele me deu um soco, me agarrou, puxou meu cabelo e me jogou no chão. Meu marido me controlou e me isolou das outras pessoas. Ele me prendeu em todos os aspectos da minha vida e depois ameaçou matar a mim e a nossa filha. Não posso falar sobre o que ele pensa ou as desculpas que deu ao longo dos anos, mas tudo o que disse hoje é verdade. Meu vizinho salvou minha vida quando nossa filha correu até ele pedindo ajuda e ligou para a emergência. Não tenho nenhum tipo de relacionamento romântico com ele. O Sr. Arrowood agiu como um amigo quando eu estava em perigo, nada mais.

— Bem, acho que veremos sobre isso. — O advogado se afasta e se senta ao lado de Kevin.

— Você pode descer, Sra. Walcott.

Minhas pernas parecem geleia enquanto caminho de volta para o meu lugar.

— A defesa deseja fazer uma declaração? — o juiz pergunta.

Eu sento, meu corpo tremendo e meus nervos à flor da pele. Consegui passar por isso, mas essa é realmente a pior parte. Nenhum de nós pode controlar qualquer outra coisa. O xerife Mendoza entra novamente na sala do tribunal e se senta ao meu lado, assim, estou ao lado de dois homens que mostram seu sinal de apoio e proteção.

— Neste momento, invocamos a quinta emenda e desejamos aguardar o julgamento.

O juiz não parece surpreso, mas eu estou.

Mendoza se inclina, sua voz um sussurro suave.

— Eles sabem que há evidências suficientes para evitar que o caso seja arquivado e é melhor esperar pelo julgamento em vez de ter que se retratar de tudo o que ele disser agora.

Certo, Deus me livre dele cavar um buraco para si mesmo. Os mesmos direitos devem ser concedidos às pessoas que testemunharam e a mim — a vítima.

Quão injusto é tudo isso?

O juiz se inclina para a frente, com os braços apoiados na mesa adiante, e olha para a defesa e depois para o promotor.

— Eu me encontro sentado com esses procedimentos mais do que gostaria. Uma família sendo dilacerada, e sempre há alguma razão fugaz que a defesa apresenta. Como se a mulher ou a criança estivesse pedindo pelo que aconteceu. Não tenho certeza de quando nós, como juízes, sentimos que isso era permitido. Mas não é. Sr. Walcott, examinei os registros médicos de sua esposa, ouvi seu testemunho e tomei nota de seu caso. Ouvi o relato daquela noite, vi as imagens que a promotoria fez e ouvi como sua filha de sete anos foi buscar ajuda, acreditando que a mãe ia morrer. Agora, este não é o julgamento, mas é para decidir se você será liberado até lá e, em caso afirmativo, a que custo. Normalmente, os tribunais dizem cem mil dólares e encerram o dia, mas lembro-me de um caso semelhante a este. Temo que o desfecho deste caso será muito parecido com aquele, se não seguir meu instinto. Portanto, estou negando o pedido de fiança.

Capítulo 13

Ellie

Um doce alívio me preenche, que mal consigo me conter. Estamos voltando para a casa de Connor para que eu possa pegar Hadley e minhas coisas e então voltar para minha casa. A casa dele é... estranha. É limpa, mas muito estéril com seu único sofá e televisão desatualizada. Cada quarto tem uma cama *queen size* e uma cômoda, mas é só isso.

É uma casa, mas não é um lar.

Mesmo que minha casa não seja ótima, é, pelo menos, confortável. Inclino a cabeça para trás no assento e solto um suspiro pelo nariz.

— Não posso acreditar que eles o mantiveram preso.

— Honestamente, nem eu.

Olho para ele.

— Você pensou que eles iriam soltá-lo?

Connor inclina a cabeça para o lado.

— Sim. Normalmente, eles saem com fiança, eu esperava que Nate pressionasse o suficiente. Mas eu estava preparado se isso não acontecesse...

— Se o que não acontecesse?

Ele me olha e volta para a estrada.

— Eu não tinha certeza do que faria.

— Tenho certeza que você tinha algum plano.

Connor ri.

— Tive algumas ideias malucas, com certeza.

Tenho certeza que sim. Chegamos ao início de sua garagem e Connor para o carro.

— Está tudo bem? — pergunto, e permanecemos sentados.

Ele olha para a placa que diz seu sobrenome e depois para mim.

— Minha mãe... ela era sentimental em todos os sentidos. Queria que tivéssemos tradições que transmitiríamos aos nossos filhos. Quando chegávamos na entrada, ela parava o carro e nos fazia responder a uma pergunta. Cada um de nós tinha uma resposta diferente com base no que ela achava que se adequava às nossas necessidades.

— Isso é fofo.

Minha mãe era igual. Ela estava sempre tentando tornar os feriados especiais e fazia coisas que ficaram comigo. Todos os anos, no meu aniversário, minha mãe entrava em meu quarto com um bolo nas mãos e nós comíamos no café da manhã. É uma tradição que continuei com minha filha, ela acha que é a melhor coisa do mundo.

— Não importava que, depois de sua morte, ninguém fizesse a pergunta em voz alta. Meus irmãos e eu ainda parávamos o carro e olhávamos para esta placa, imaginando como seria a vida se ela estivesse viva.

É claro que seu impacto sobre os filhos foi muito maior do que ela poderia imaginar.

— Qual é a pergunta?

— Qual é a única verdade sobre uma flecha?

Toco seu braço, e ele cai do volante, onde estava segurando. Minha mão desce para a dele, pegando seus dedos nos meus.

— Diga-me qual é a sua verdade? — digo baixinho, não querendo quebrar o encanto do momento.

— Você não pode atirar antes de quebrar o arco.

— O que isso significa?

Connor move sua mão, cobrindo a minha completamente.

— Isso significa que você tem que puxar o arco para trás, usar toda a sua força para lutar contra a tensão em seu braço enquanto está indo para o que deseja. Significa que, se você não quebrar o arco, nunca poderá avançar e acertar o alvo.

Meu coração começa a bater forte no peito, ambas as nossas respirações estão calmas enquanto olhamos um para o outro. As palavras são tão comoventes para minha vida agora. Não tinha vontade de causar nenhuma mudança por medo do que viria, mas até que me levante e mude a forma de minha vida, nunca irei a lugar nenhum.

— Eu posso ver o quanto sua mãe influenciou você. Além disso, você quebrou o arco, Connor. Deixou este lugar naquela manhã e se tornou um Seal, um herói. Quando voltou, você se tornou um herói para Hadley e para mim também. Obrigada por compartilhar isso comigo.

Ele abre a boca para dizer algo, mas para.

— De nada.

Olho para as nossas mãos e nós dois recuamos.

— Eu sinto muito. Eu deveria... estou claramente uma bagunça e você está sendo tão legal. Foram alguns dias difíceis e eu estou...

— Ellie, pare. Você não tem que explicar nada para mim. Você não fez nada de errado. E pare de dizer que você é uma bagunça, ok?

— Mas eu sou!

— Todos nós somos. Acredite em mim, posso parecer um herói para você, mas não sou. Cometi erros e vivo com as consequências. Penso em você e em como as coisas poderiam ter sido diferentes, naquela noite...

— Eu também penso nisso.

Ele se inclina para trás no banco do motorista, cabeça para trás e então ele se vira.

— Eu estava uma bagunça na primeira vez que te vi depois que encontrei Hadley. Tive que dizer a mim mesmo um milhão de vezes que você era casada e que tudo o que eu sentia era ridículo. Meus amigos me avisaram que eu tinha que lutar contra esse desejo de estar perto de você porque não era certo.

Estou lutando contra a mesma coisa. O desejo de estar perto dele.

É difícil descrever por que Connor me faz sentir assim, mas ele faz. Tinha essa química inegável que nós dois compartilhamos, e então tinha aquela noite.

Estar perto dele novamente tornou tudo confuso e difícil decifrar o que estou sentindo.

Eu sorrio, sabendo que tenho que responder a ele, mas não posso falar essa verdade ainda.

— Ok. Estou tão cansada e oprimida.

— Eu entendo, mas você não é uma bagunça. Claro, a situação é, mas isso não significa que não possa encontrar uma maneira de superá-la.

Meus olhos começam a se fechar e luto para mantê-los abertos.

— Acho que o remédio está fazendo efeito.

Ele acena e põe o carro em movimento.

— Vamos levar você de volta para casa para que possa descansar.

Eu bocejo.

— Descansar seria bom.

À medida que subimos a longa entrada de automóveis, meus pensamentos entram e saem de várias coisas. Aconteceu tanta coisa que é como se minha vida fosse uma série de cenas de filme que não consigo ver de uma só vez. Existem muitas.

Quando paramos, a mão de Connor toca meu rosto e eu o vejo olhando para mim.

— Estamos aqui.

— Eu não estava dormindo.

— Não?

Talvez eu tenha por, o que, dois segundos? Inalo profundamente e abro a porta antes que ele possa sair. Eu me movo lentamente, com cuidado para não empurrar muito meu lado. Entre a viagem, a audiência, e sem dormir por duas noites, estou morta.

Saio do carro usando toda a minha força e determinação, mas quando me arrasto para a frente, começo a afundar no chão. Braços fortes me envolvem, e os olhos verdes mais lindos estão fixos nos meus.

— Ellie?

Ele me embala e minha cabeça repousa em seu ombro enquanto ele caminha em direção à sua casa.

— Cansada. Estou tão, tão cansada. Estou bem. Eu posso andar.

— Você está com dor e tomando remédios. Precisa descansar.

Eu preciso voltar para minha casa e colocar minha vida em ordem.

— Casa.

— Tire uma soneca e então podemos conversar sobre isso. Estarei aqui quando Hadley voltar.

Quero abrir a boca e contar a ele tudo o que venho pensando desde que ele voltou à minha vida, mas a exaustão me domina e eu caio no sono.

— Não é assim que se joga Go Fish. — A voz de Hadley ecoa pela pequena casa de fazenda e eu sorrio.

— Sim, é! Você tem que ter duas cartas da mesma cor.

— Nããão — ela repreende. — Você tem que ter duas com o mesmo número.

— Acho que você está inventando isso — diz Connor, com uma risada. — Eu sei jogar Go Fish, e essas são as regras.

— Você está trapaceando.

— Eu? Trapaceando? — Ele parece chocado, mas posso dizer que está brincando.

— Sim, porque eu venci você três vezes seguidas.

Fico deitada, ainda tentando acordar enquanto os ouço.

— Acho que é você quem está trapaceando, Hadley.

Ouço seu pequeno suspiro suave.

— Você é apenas um péssimo perdedor. Mas é meu herói favorito.

Ele ri, e meu sorriso é automático.

— Estou feliz por ser seu favorito. Você é minha garotinha de sete anos favorita que trapaceia no Go Fish.

— Vou sentir sua falta — diz ela com melancolia em sua voz.

— Sentir minha falta? Por quê? Você está indo a algum lugar?

Eu lentamente me levanto até a beira da cama, sem saber para onde essa conversa está indo e precisando ouvir.

— Mamãe e eu íamos fugir naquela noite, e não sei se vou ver você de novo quando formos. — Sua voz falha no final, quebrando meu coração com isso.

Esta é a casa dela. É o único lugar que ela conhece e, embora sua proteção seja fundamental, sua segurança também é. Eu preciso consertar qualquer dano causado.

Primeiro, vou voltar para aquela casa e fazer o que puder para consertá-la.

Preciso que ela veja que estamos bem e que eu sou forte. Ainda estou com medo de ir para lá. Mesmo com Kevin na prisão, aquela casa está cheia de coisas que quero esquecer. Ainda assim, quero dar a Hadley a coragem de enfrentar o que a assusta e provar que ela pode suportar.

— Bem, se isso acontecer, teremos que encontrar uma maneira de manter contato.

— Mas eu não tenho telefone.

— Verdade, mas você sabe onde eu moro.

Hadley faz uma pausa e eu cuidadosamente caminho até a porta, observando os dois. Connor e Hadley estão sentados no chão em cantos opostos da mesa de centro com as cartas entre eles. Meu mundo fica um pouco mais brilhante só de observá-los.

Não sei se tenho alguma lembrança de Kevin fazendo algo tão simples como isso. Enquanto eu dormia, os dois passaram algum tempo juntos, unindo-se de uma forma que me trouxe lágrimas aos olhos.

— E se você se mudar?

— Bem, eu só vou ficar aqui por seis meses, mas vou garantir que sua mãe saiba como entrar em contato comigo.

— Você promete?

volte *para* mim

Ele levanta a mão em uma espécie de saudação.

— Eu prometo.

Hadley avança, jogando os braços em volta do seu pescoço, e ele se segura antes de ser jogado para trás.

— Você é meu melhor amigo, Connor.

Ele sorri por cima da cabeça dela, abraçando-a de volta.

— Eu sou um homem de sorte, então.

Ele pode ser mais. Muito mais. Devo essa descoberta a ele e a Hadley. Saio para a sala e nossos olhares se encontram.

— Você está acordada.

— Eu estou. Há quanto tempo estou dormindo?

— Mamãe! — Hadley corre em minha direção. Coloco a mão rapidamente para que ela não me atinja, o que a faz desacelerar. — Desculpe.

— Não, não, eu quero um abraço, mas não um abraço rápido.

Eu quero um milhão de abraços dela. Aqueles que duram para sempre, para que eu possa abraçá-la.

— Você foi uma boa garota com Connor?

Ela concorda.

— Fomos ao celeiro para que eu pudesse ver todas as vacas. Ele tem muitas, mas — sua voz cai para um sussurro — não sabe o que fazer com elas.

Eu rio suavemente.

— Você disse a ele para ordenhá-las?

— Eu tentei, mas ele não escuta. Em seguida, fomos até minha árvore favorita.

Connor se aproxima e bagunça seu cabelo.

— Achei que você precisava descansar, então fizemos algumas coisas ao ar livre e depois voltamos para nos aquecer quando ficamos com frio. Nós te acordamos?

— Não. — Eu sorrio para ele, sentindo tanta gratidão que me oprime. — De modo nenhum. Obrigada por cuidar bem dela.

— Não foi nada. Hadley e eu somos amigos. Foi divertido sair um pouco.

Ela olha para ele com um sorriso largo.

— Bem, acho que Hadley e eu precisamos voltar para casa.

— Não! — ela grita. — Não! Eu não quero. Por favor! Por favor, mamãe! Por favor, não me faça voltar lá!

Caio de joelhos e seguro suas mãos nas minhas.

— Hadley, está tudo bem.

— Eu não quero ir para casa! — Seus olhos se enchem de lágrimas e sua cabeça balança para em negativa rapidamente. — Eu quero ficar aqui com Connor!

— Querida, não podemos. Precisamos voltar. Ninguém vai nos machucar lá.

Suas lágrimas caem como chuva, e seu fungar me quebra. Posso ver o verdadeiro medo que ela tem. Não posso dizer a ela que me sinto da mesma maneira. A ideia de voltar para aquela casa me dá vontade de sair de dentro de mim.

— Estou com medo, mamãe.

Connor se ajoelha conosco, dizendo:

— Você não precisa ter medo. Posso ir lá para ter certeza de que não há mais ninguém dentro e que você estará segura.

Ela balança a cabeça, negando.

— Eu não quero ir! Você não pode me obrigar!

Hadley tira as mãos das minhas, fica de pé e sai correndo porta afora.

— Hadley! — grito atrás dela, tentando me levantar, mas estremeço quando meu lado reclama em protesto.

— Calma, vou buscá-la — diz Connor, me ajudando a ficar de pé.

— Ela é minha filha, eu vou. Só preciso de um segundo.

— Por que não damos a ela um minuto? Ela provavelmente precisa se acalmar e eu sei para onde ela foi.

Como ele faz isso? Como ele pode saber o que Hadley precisa com tanta facilidade? É como se ele tivesse chegado ao núcleo de nós duas sem nenhum esforço. Connor e eu tínhamos isso quando nos conhecemos, mas agora ele tem essa conexão com Hadley também. Ele podia ver que ela precisava de um tempo quando eu não via.

Tem que significar alguma coisa, certo?

— Você está certo. Eu sinto muito. Achei que ela gostaria de ir para casa e nós precisamos.

— Por que você precisa ir?

Eu suspiro, odiando ter dito qualquer coisa.

— Porque é a casa dela e não podemos ficar aqui para sempre. Tenho certeza de que você não precisa de nós duas te deixando louco.

— Vocês não estão me deixando louco e não precisam voltar lá se não quiserem.

— Não podemos ficar aqui.

— Por quê?

volte para mim

— Por quê? — repito. — Porque... você é solteiro, tem esta fazenda para reformar e não acho que precise de outra coisa quebrada para consertar.

Além disso, estar perto dele dificulta não ver as semelhanças entre ele e Hadley. Manter a possibilidade de ele ser seu pai biológico para mim é errado. Ele merece saber. O que me impede de dizer isso é como me sinto quando estou perto dele. Quero estar perto, confiar nele, e esses pensamentos são perigosos para mim. É impossível e me preocupo em criar um vínculo com um homem que sei que vai partir.

Se é que já não aconteceu com ele e Hadley.

Mas e se ela for dele?

E se todos os sinais que apontam para isso forem reais?

Eu tenho que contar a ele.

Ele discorda, lentamente.

— Eu sou mais do que capaz de consertar este lugar com vocês duas aqui, e acho que você e Hadley se sentirem seguras é mais importante do que eu ser solteiro. Você se sente segura comigo?

E isso é a parte mais louca. Nunca me senti mais segura do que quando estou perto dele. Ele é forte, firme e interveio quando mais precisei dele. Eu confio nele e mal o conheço.

É agora ou nunca.

Reúno toda a coragem que tenho e me preparo para confessar algo que pode mudar para sempre a vida de ambos.

— Eu me sinto segura com você, e essa é a única razão pela qual eu tenho a capacidade de falar. Connor, tenho que te contar uma coisa. Ou... dizer a você que há algo que está me corroendo.

Ela é o mundo, e ele merece estar ao seu redor também — se descobrirmos que é seu pai.

— Você pode me dizer qualquer coisa.

Espero que seja verdade, porque isso pode não ser o que eu imagino.

— Eu descobri que estava grávida de Hadley cerca de um mês depois do meu casamento. Sempre me perguntei... se talvez... ela era... — Eu paro, com medo de dizer em voz alta. — Há uma chance de que Hadley não seja filha de Kevin.

Seu olhar se levanta antes de se mover para a porta por onde ela saiu correndo e depois de volta para mim.

— Você acha que ela poderia ser minha?

— Eu não sei, mas ela tem seus olhos. — A admissão sai dos meus lábios e uma lágrima cai dos meus cílios.

Capítulo 14

Connor

Há uma chance de Hadley ser minha filha?

Não é... Não pode ser... possível. Poderia?

Fizemos amor tantas vezes naquela noite que é difícil lembrar se tomamos cuidado todas as vezes. Não, estávamos seguros. Eu sei que estávamos.

— Foi uma noite — eu digo. — Eu usei camisinha.

— Foi. Mas o momento faz com que seja uma possibilidade. Talvez seja apenas um pensamento ilusório, porque ela é tão maravilhosa e aquela noite foi...

Não sei o que dizer ou pensar. Se ela é minha filha, preciso saber.

— Há quanto tempo você se pergunta isso?

— Desde o dia em que descobri que estava grávida.

Jesus Cristo. Eu poderia ser pai. Estive com Hadley todo esse tempo e não sabia que poderia ser seu pai. Sento, tentando fazer minha cabeça entender tudo.

O que teria acontecido se eu tivesse voltado? Eu teria descoberto? Por que não considerei nada disso uma possibilidade quando nos conhecemos? Eu sou um idiota, e ainda assim, há uma esperança dentro de mim de que ela seja minha.

— Por que você não tentou me encontrar?

Os lábios de Ellie tremem.

— Como eu poderia? Não sabia seu nome nem de onde você era. Nunca mais te vi até pouco mais de um mês atrás. Me casei com Kevin um dia depois de dormirmos juntos, então não era como se eu pudesse dizer com certeza.

Certo. Casada e... sim, foi uma noite sem nomes ou expectativas.

— Espere, um dia depois?

Ela confirma, parecendo nervosa e quase envergonhada.

Mas a realidade é que eu poderia ter uma filha nos últimos sete anos e perdido tudo.

— Ela tem alguma ideia?

— Não, não, *Deus*, não. Sinto muito, Connor. Eu deveria ter te contado quando você voltou, mas não podia arriscar que Kevin suspeitasse de nada.

Ellie enxuga uma lágrima e tudo dentro de mim entra em ação. Eu a fiz chorar em uma noite em que ela não deveria sentir nada além de segurança. Eu me aproximo dela.

— Ellie, não chore.

— É que... Eu não sei. Eu realmente não sei, e ela pode não ser sua, mas há uma parte de mim que sempre desejou que ela fosse. Porque... você foi gentil comigo, e aquela noite foi incrível...

— Aquela noite foi tudo.

Ela olha para mim, seus olhos ainda cheios de vulnerabilidade.

— Você me disse que sonhou comigo?

Eu concordo.

— Sonhei. O tempo todo. Revivi aquela noite em minha cabeça, me perguntando quem você era, onde você poderia estar e se você era feliz.

— Eu não era.

— Sei disso agora.

Nós dois nos observamos e eu vacilo com as confissões que acabei de fazer. Não sei se a assusto ou se ela sente a conexão que eu sinto.

O som de um trovão rolando no ar me traz de volta. Nós dois piscamos, percebendo que Hadley está do lado de fora, provavelmente se escondendo em uma árvore, e uma tempestade está caindo.

— Eu vou procurá-la — digo antes que Ellie possa falar.

— Connor...

— Conversamos mais quando eu voltar, mas gostaria que você ficasse aqui pelo menos esta noite, por Hadley. — E por mim, mas deixo essa parte de fora.

— Conversaremos quando você voltar.

Aceno e, quando o trovão ressoa à distância, eu sinto em minha alma.

Aproximo-me da árvore onde tenho a sensação de que vou encontrá-la e, com certeza, há um som de passos na madeira.

É difícil, desta vez, não pensar em Hadley vindo aqui como uma espécie de sinal ou forma do destino de intervir. Mas quais são as chances de a filha de Ellie encontrar o caminho para minha fazenda e a árvore que significa o mundo para mim por conta própria?

E ela ter meus olhos?

Tento imaginar, mas não consigo.

Ela é minha filha? Se ela for, o que isso significa? Posso passar um tempo com ela? Ela quer isso? Não faz nenhuma diferença uma vez que me preocupo com ela e já vejo as duas como parte da minha vida, uma vida da qual não quero abrir mão?

Eu me repreendo porque, agora, não posso ser pego pelos "e se" e "talvez", porque há uma garotinha que foi jogada no inferno e está lutando para encontrar uma maneira de passar por isso.

Eu estive lá.

Muitas vezes.

Escalo as ripas de madeira e levanto minha cabeça, sorrindo para ela.

— Você provavelmente deveria escolher outro lugar se não quiser que eu te encontre, mas então eu sei como é difícil evitar esta árvore quando você sabe que ela tem poderes mágicos para mantê-la segura.

Seu lábio treme.

— Eu não quero voltar lá. Não quero voltar para aquela casa. Eu quero ficar aqui com você.

— Bem, fugir não vai mudar a escolha que sua mãe fizer.

A carranca de Hadley fica mais profunda.

— Eu estou com medo.

Eu não a culpo.

— Você sabe que sua mãe nunca te faria voltar para casa se não fosse seguro. Ela provavelmente está um pouco assustada também.

— Mamães e papais não têm medo de nada.

— Oh, claro que eles têm. Adultos ficam com medo das coisas o tempo todo.

Hadley cruza os braços sobre o peito e me encara.

— Não, eles não ficam.

Deixo escapar uma risada baixa.

— Eu fiquei assustado.

— De jeito nenhum! Você é o garoto mais forte do mundo. Você está dizendo isso por dizer.

Amo que ela pense muito bem de mim. Quero ser o herói que ela vê, mas os heróis sempre caem mais longe quando falham em sua tentativa. E ela está farta disso.

— Se você descer da árvore, vou te contar tudo.

Hadley parece refletir sobre isso e então suspira.

— Você vai me levar de volta e me fazer ir para casa.

Eu sei como ela se sente. Quando Declan ou Sean vinham me buscar aqui, eu voltava arrastando os pés. Voltar para onde você sente que só vai fugir de novo é horrível. Se eu pudesse viver nesta árvore, eu teria vivido. Meu pai não tinha ideia de onde eu estava e finalmente conseguiria respirar.

No entanto, a única coisa que sempre respeitei foi que meus irmãos nunca mentiam quando era importante. Eles me disseram o que tínhamos que fazer para nos protegermos, como farei por ela.

— Vou levar você de volta, mas prometo que, não importa o que aconteça, você vai ficar bem.

É difícil ser criança e ainda mais difícil quando você sente que o mundo ao seu redor está desmoronando. Tudo o que sei sobre ela mostra que não vai desafiar ninguém abertamente. Ela ama a mãe, mas imagino que se sinta perdida.

— Por que não podemos ficar com você? — ela pergunta, começando a se mover em minha direção.

— Porque você tem que fazer o que sua mãe diz.

— Prefiro ficar aqui.

Eu rio para mim mesmo quando o trovão ressoa novamente, e dou a ela um olhar penetrante.

— Sabe, quando o raio vier, vou precisar voltar correndo para casa.

Sua cabeça vira para mim rapidamente.

— Você vai me deixar aqui... sozinha na tempestade?

Não, mas eu preciso tirá-la daqui, porque a árvore não é um lugar seguro para se esconder em uma tempestade com raios. Já consigo ver flashes à distância.

Eu dou a ela um suspiro dramático.

— Tenho medo de raios... eu não vou conseguir ficar. Então, ou você desce e eu conto tudo sobre meus medos ao voltarmos para casa ou você fica aqui na tempestade. Você escolhe.

Hadley se move para a borda.

— Bem. Eu irei com você. Mas só porque você está com medo.

Eu sorrio e abaixo a cabeça antes que ela possa ver.

— Te encontro lá embaixo.

Uma vez que ela está segura no chão, eu me encontro olhando para ela um pouco mais de perto. Seus olhos são da mesma cor dos meus e dos olhos dos meus irmãos, que são verdes com pequenas manchas douradas. Éramos espancados por isso, porque eles faziam papai se lembrar de nossa mãe. Nós tínhamos os olhos dela.

Agora, olhando para Hadley, eu vejo.

Ou talvez eu estivesse desejando que fosse verdade, porque então ela seria minha. Eu nunca deixaria aquele idiota fodido tocá-la ou sua mãe novamente, não que eu fosse deixar isso acontecer se Hadley não fosse minha.

Mesmo assim, nunca quis que algo fosse tão verdadeiro em toda a minha vida.

Não me importo com nenhuma promessa que fiz no passado, porque eu morreria antes de deixar qualquer coisa acontecer a Hadley ou Ellie. Eu soube desde o minuto em que vi Ellie, oito anos atrás, e essa necessidade por ela ainda é forte, mas agora é o mesmo com Hadley.

Esta menininha é dona do meu coração, independentemente do sangue em suas veias.

Ela e eu começamos a andar e sua postura rasga minha alma. Seus ombros estão caídos em derrota e a conversa normal que me fez conhecê-la melhor se foi. É como se estivéssemos caminhando para um destino horrível. Eu gostaria de poder tirar isso dela, manter as duas comigo onde sei que estão seguras. No entanto, me recuso a tirar um grama de controle de sua mãe.

— Connor? — Hadley pergunta, e nós avançamos pelo campo.

— Sim?

— Do que você tem medo?

Tantas coisas vêm à mente e todas giram em torno das pessoas que amo.

— Quando eu era pequeno, tinha pavor de tempestades. Fiquei preso naquela árvore durante uma grande tempestade, onde os raios estavam batendo no chão. Foi tão ruim, que até as vacas ficaram com medo. Eu estava com tanto medo que meus irmãos mais velhos precisaram ir me encontrar antes de eu ir embora.

— E agora? — ela pergunta.

Agora, temo que ela seja minha filha e nunca vou merecê-la. Estou com medo de que ela não seja minha filha e a parte de mim que tem esse pouco de esperança nunca se recuperará da perda do que nunca foi meu para começar. Principalmente, temo não ser capaz de protegê-la ou a Ellie.

— Bem, eu não sei. Principalmente, me preocupo com as pessoas de quem gosto.

— Como eu?

Eu aceno com um sorriso.

— Pode apostar. Nós somos amigos.

— Estou com medo do meu pai.

A bile se agita no meu estômago e a culpa me enche. Se eu soubesse que havia uma possibilidade, poderia tê-la salvado de tudo. Ambos diminuímos a velocidade e coloquei minha mão em seu ombro.

— Seu pai não pode machucar você agora — eu a tranquilizo.

Ela desvia o olhar e depois volta para mim.

— Ele machucou minha mãe e estava sempre gritando com a gente.

Essa garota deveria ter conhecido uma vida com contos de fadas, sol e chás com as bonecas. Seu pai deveria ter lhe dado esperança e ser um homem que ela admirava. Ele tirou isso dela, e eu gostaria de matá-lo por isso.

Vou fazer o que puder para aliviar suas preocupações.

— Eu estava em cima da árvore durante aquela tempestade, porque meu pai estava muito zangado. Ele gritava e às vezes batia em mim e nos meus irmãos.

— Mas você é tão forte.

— Agora sou, mas não era antes. Eu me lembro de ficar muito assustado quando era mais jovem. Não foi até que cresci e fui para a marinha, que finalmente percebi que não precisava mais ter medo.

Não quero que ela espere tanto, mas há esperança.

— Eu quero ser adulta.

Eu rio.

— Não é assim tão bom, Ligeirinha.

A casa fica à vista e Hadley suspira.

— Quando for adulta, poderei fazer o que quiser e não terei de ir a nenhum lugar que não queira.

A ignorância da juventude. Porra, eu com certeza não queria estar em Sugarloaf ou ter que consertar a fazenda que nunca quis rever. Nem queria sair da Marinha, mas não tive escolha. No entanto, voltar aqui me deu algo que nunca pensei que receberia... uma segunda chance.

Capítulo 15

Ellie

— Ela está toda coberta e dormindo profundamente — aviso, fazendo meu caminho para a sala de estar onde Connor está sentado, listando algo.

Ele olha para cima e sorri.

— Bom. Ela provavelmente está exausta.

Todos nós estamos. Por insistência de Hadley e Connor, decidi ficar mais uma noite aqui. No final das contas, tomei a decisão de ficar porque ele e eu temos muito o que conversar. Meu desejo de que minha filha se sentisse confortável, mesmo que isso signifique que essa conversa não fosse para mim, era outro motivo.

— Sim... você acha que poderíamos conversar?

Ele abaixa o papel e assente.

— Acho que é provavelmente uma boa ideia.

— Que tal irmos para a varanda, assim ela não ouvirá se acordar.

— Parece bom.

Solto uma respiração profunda pelo nariz e o sigo para fora. Sentamos no balanço da varanda e tremo com a queda na temperatura do ar, mas tenho tanto a dizer que não me permito um segundo para pensar a respeito.

— Quero te dizer que eu realmente não tenho ideia se isso é possível. Eu gostaria de explicar, está tudo bem?

— Claro.

Pretendo desnudar minha alma e espero sair disso sem desmoronar.

— Eu conheci você na noite antes de me casar com Kevin. Em alguma parte do meu cérebro, eu sabia que não o amava e não deveria me casar com ele, mas sentia que... eu precisava. Eu realmente acreditava que ele me amava e era apenas protetor, talvez um pouco ciumento e inseguro. Era o jeito que ele falava comigo ou sobre mim, sabe? Eu me convenci de que, uma vez que nosso relacionamento estivesse seguro, ele também estaria. Eu estava errada. No meu coração, sabia que não importaria e que não deveria fazer isso. Fui ao bar naquela noite porque estava perdida e aquele foi o último lugar onde meus pais estiveram. Eles significavam tudo para mim. Eles se foram... eles morreram em um acidente e eu corri para o bar uma semana depois. Estava uma bagunça desde a morte deles. Meu mundo inteiro se foi e pensei, bem, pensei que, se pudesse senti-los, saberia o que fazer. Mas então você disse olá e eu fiquei muito perdida. Só precisou de uma palavra para que minha vida inteira parecesse ter sido corrigida. Você foi tão maravilhoso e me olhou como se eu fosse especial e linda. Dançamos naquele bar e eu queria uma noite com a qual toda garota sonha. Mesmo que só pudesse ser naquela noite solitária. Mesmo se fosse tão errado.

— Mas não precisava ser somente daquela vez.

Ele tem razão. Se eu não tivesse ido embora antes de ele acordar, talvez nunca tivesse me casado com Kevin. Mesmo se Connor ainda tivesse partido, talvez eu tivesse encontrado coragem para ir embora, vendo o que poderia ter tido. Eu era tão ingênua e não queria que o sol da manhã limpasse a noite que compartilhamos na escuridão. Em vez de enfrentar as possibilidades, me conformei com o que pensei ser minha única opção.

Eu realmente não pensei que ele poderia ter sido algo mais porque ele estava tão feliz passando aquela noite envolto em anonimato quanto eu.

— Acho que estaríamos mentindo se disséssemos que isso é verdade. Você também estava fugindo de alguma coisa, se bem me lembro.

Usamos um ao outro para escapar da realidade de nossas vidas. Por mais que eu gostaria de acreditar que poderia haver mais, não era verdade. E já fiz o suficiente para fingir que sabia a diferença.

Ele olha para o horizonte e agarra a parte inferior do balanço.

— Eu estava.

— Você não é casado, então não pode ser isso. — Tento ser um pouco leviana.

Claramente, não funcionou, porque agora ele parece que está sendo assombrado por algo.

— A noite em que nos conhecemos... — Ele para.

Estendo a mão, colocando a minha na dele, e a sua outra cobre a minha. O calafrio que sinto desta vez não tem nada a ver com o frio.

— Na noite em que nos conhecemos? — luto para manter minha voz calma.

O rosto de Connor não mostra nenhuma emoção, mas o ar ao nosso redor parece pesado. É estranho e, no entanto, me lembro exatamente desse mesmo sentimento na noite em que nos conhecemos. Era como se eu sentisse seu toque tão profundamente que nunca mais seria a mesma. Nossos corações se emaranharam quando nos desnudamos de maneiras que eu não sabia que eram possíveis.

— Foi muito mais...

— Eu sei o que você quer dizer.

Ele balança a cabeça, nos separando da estranha conexão.

— Meu pai era um bêbado abusivo que batia em mim e em meus irmãos.

Um pedaço de mim se quebra com aquela frase.

— Connor...

— Não, eu não falo muito sobre isso, então me deixe tentar esclarecer.

Pressiono os lábios com força, dando a ele o silêncio que ele pede.

— Quando minha mãe morreu, ele se tornou uma pessoa completamente diferente. Ele bebia constantemente e, quando o álcool parou de anestesiar a dor, ele decidiu espalhar a dor em volta. Meus irmãos pegaram o que podiam para me proteger desde que eu era o mais novo e, de longe, o menor.

Meu peito dói, mas seguro qualquer som enquanto ele continua falando.

— Quando eles foram embora, ficou muito mais difícil evitá-lo. Aprendi que correr tornava tudo pior. Quando voltava, pagava por isso.

Envolvo os dedos em torno dos dele, dando-lhe todo o apoio que posso. Não consigo imaginar a traição que ele deve ter sentido quando a única pessoa de que ele mais precisava era aquela que o estava quebrando. Ele tem sido tão firme em seu apoio a mim, dando-me o que eu precisava sem pedir, e não tenho ideia se isso o machucou.

Ele reviveu o que sofreu?

Ele olha para mim e vê uma mulher fraca, embora seja ele quem está me dizendo o quão forte eu sou?

— Eu sinto muito. Você não merecia isso de ninguém, muito menos de seu pai.

— Ninguém merece apanhar, Ellie. Ninguém. Não importa de onde vem a mão, é errado e imperdoável. Jurei que nunca seria como ele e quero que você entenda o quanto quero dizer isso. Eu nunca bateria em alguém com raiva, a menos que esteja tentando proteger o que é importante para mim.

Levanto a outra mão e toco suavemente sua bochecha.

— Você não precisa se esforçar muito para me convencer. Eu vejo quem você é. Não há nenhum vestígio daquele homem dentro de você.

Seus dedos envolvem meu pulso, puxando minha mão para baixo.

— Eu trabalhei pra caralho para ter certeza disso. Meus irmãos também. A noite em que nos conhecemos foi provavelmente a pior que já tive. Meu pai ficou transtornado meses antes de minha formatura. Ele estava bebendo mais, encontrando maneiras de me pegar desprevenido. Eu sabia que tinha que sair daqui e não era inteligente como Declan ou Jacob, então não haveria nenhuma bolsa de estudos. Eu não jogava beisebol como Sean, então os esportes estavam fora de questão. Sabia que era a prisão ou a marinha, então me alistei enquanto estava no último ano e nunca contei a ele.

"Naquela noite, eu disse a ele que estava indo embora e ele perdeu o controle. Ele veio para cima de mim com força, gritando e dizendo coisas que nunca esquecerei. Ele me deu um soco e eu balancei para trás. Nós lutamos, homem contra homem, e foi a primeira e a única vez que deixei minhas emoções levarem o melhor de mim."

— Você não pode pensar nem por um minuto que alguma coisa foi sua culpa. Você estava se defendendo.

Ele passa a mão no rosto.

— Eu lutei com meu pai quando ele estava fora de si. Não me culpo, mas não se engane que não foi porque eu estava chateado. Tinha dez anos de raiva com as surras que ele me deu e o inferno que ele nos fez passar, aquilo foi crescendo dentro de mim.

É diferente. Eu sei que ele provavelmente não verá dessa forma, mas isso não é a mesma coisa. Ele não saiu procurando briga, ele respondeu ao que estava à sua frente.

— E se eu tivesse pegado um bastão e batido na cabeça de Kevin, o que você me diria?

— Que bom.

— Mas você lutar contra seu próprio atacante é diferente disso como?

As mãos de Connor se apertam e ele esfrega a perna, parecendo desconfortável. Eu o entendo de uma maneira que talvez ninguém mais possa entender. Eu vivi, lutei com a culpa e passei anos pensando que, talvez, de alguma forma eu merecesse, porque foi isso que me disseram. Lutei todos os dias com a decisão de ficar um minuto depois da primeira vez.

Ser vítima não acontece apenas no momento, me segue a cada segundo. Eu reconheço isso, e odeio que seja um vínculo que compartilhamos. Também sou grata por não estar sozinha.

— Independentemente disso — Connor começa novamente —, algumas horas depois que acordei sem você lá, eu estava em um ônibus para o treinamento básico e não voltei até que ele morreu algumas semanas atrás.

Muitas perguntas flutuam em minha mente. Se Connor tivesse voltado, ao menos uma vez, teria sido diferente? Se eu o tivesse encontrado, teria sentido algo ou talvez ele tivesse lutado por mim? Há um milhão de "e se", mas apenas uma verdade, e é esse momento agora.

— Sempre me perguntei se eu estava sendo punida por aquela noite...

Ele se levanta tão rápido que eu ofego, mas então suas mãos estão atrás do balanço, firmando o movimento.

— Nunca diga isso. O que compartilhamos não é algo pelo qual alguém puniria alguém. Como poderia?

— Porque foi errado da minha parte! Eu me casaria no dia seguinte. Não me arrependi do que fizemos, ainda não me arrependo, mas nunca deveria ter ido para aquele quarto com você.

— Eu não entendo.

— Eu casei com ele. Eu continuei com isso, e o tempo todo, eu... — Não posso dizer isso. Se eu fizer isso, será um erro. Mas então olho para cima e vejo a expressão em seus olhos, vejo a maneira como ele está implorando silenciosamente para que eu lhe dê minha verdade, e Deus, eu quero. — Eu gostaria que pudesse ter sido você. O homem que sorriu para mim com a expressão mais suave e amorosa de todas. Você olhou para mim como se precisasse de mim, e sei que era errado, mas precisava de você.

Quando ele se senta novamente, sua cabeça cai em suas mãos antes de se virar para olhar para mim.

— Eu precisava de você.

— Mas não éramos um do outro.

— Não, acho que não éramos.

Eu me inclino para trás, virando apenas o suficiente para ainda ser capaz de olhar para ele e me perguntando se o momento que estamos compartilhando agora poderia ter sido nossa vida diária. Estaríamos sentados na varanda, conversando à noite, desfrutando de uma honestidade que eu nunca soube que existia até este momento?

— Se as coisas tivessem acontecido de forma diferente naquela noite, se eu fosse mais corajosa e ficasse, você acha que poderíamos ter sido algo mais?

Connor levanta o corpo de volta, seu braço passando por trás do balanço. Posso ver como me encaixaria facilmente ao lado dele, como se tivesse sido feita para ir para lá, mas continuo onde estou porque ainda temos que falar sobre Hadley.

— Eu não sei. Às vezes, quando eu imaginava o que poderíamos ter sido, era muito mais, porém acho que era fantasia daquela época, apenas isso. Eu estava fodido quando nos conhecemos, lidando com emoções que eu não era maduro o suficiente para lidar. Aquela noite foi de paz, mas, pela manhã, ela se foi... como você.

— Eu nunca fui embora, estava perdida.

— E agora?

Olho para longe, deixando a questão cair sobre mim.

— Eu gostaria de dizer que estou encontrando meu caminho. Não estou perdida, mas não fui encontrada. Eu estou... esperançosa de poder chegar onde deveria.

Connor segura minha mão.

— Isso é tudo o que qualquer um de nós está fazendo, Ellie.

— Alguns melhores do que outros.

Ele ri uma vez, o som ecoando ao nosso redor.

— Eu sou o eterno solteiro, jurei nunca ter uma família ou um relacionamento verdadeiro. Eu afasto todo mundo. Não estou fazendo nada melhor do que ninguém.

Isso me deixa aqui me perguntando se ele está chateado com a minha possível revelação.

— E se Hadley for sua?

— Então serei o pai que nunca tive, e aquela garota nunca mais terá que temer por você ou por si mesma novamente.

Capítulo 16

Connor

— Connor, Connor, Connor! — Hadley grita, correndo para o celeiro.

Tenho trabalhado sem parar desde que ela foi para a escola. Terminei a minha surpresa há uma hora e vim fazer algum trabalho que devia ser feito para a quinta.

— Ei! Como foi a escola?

— Boa. Falei para toda a classe sobre como um marinheiro Seal me resgatou quando machuquei meu braço.

Ellie está caminhando lentamente atrás dela com um sorriso enorme no rosto que faz meu coração disparar. Meu Deus, ela é linda.

O sol está batendo ao lado dela, e a saia de seu vestido está esvoaçando levemente em torno de suas pernas. Ela tem um lenço enrolado nos ombros e seus longos cabelos castanhos estão soltos. Ela parece de tirar o fôlego.

— Ei — eu digo, com um nó na garganta.

— Ei. — Os olhos de Ellie brilham conforme ela se aproxima.

— Como foi a escola para você?

Ellie encolhe os ombros.

— Foi bom, mas mal posso esperar que Hadley conte tudo sobre o dia dela.

Olho para ela, que sorri com tanta força que temo que suas bochechas possam quebrar.

— Então, você falou sobre mim, hein?

— Eu falei! Eu falei! E agora você vai para a escola comigo!

— Uh... — eu gaguejo. — Eu vou o quê?

Seus olhos se arregalam e ela começa a falar em sua velocidade normal, que é dez ou vinte vezes mais rápido para um homem normal acompanhar.

— Eu estava contando como você me encontrou na árvore, mas que eu realmente não queria ser encontrada, mas você é muito inteligente e me salvou. Eu disse a eles sobre como você me carregou com um braço, porque você é como Hércules. Então mudei de ideia, porque você é ainda melhor, pois sabe usar uma arma, já que era militar. Então eu estava dizendo como, de novo, você veio, me ajudou quando eu estava em apuros *e que* você é um herói *e que* lutou na guerra; e como você não tem medo de nada, exceto das tempestades quando era pequeno.

Ela respira fundo e segue em frente.

— Aí eu disse que ia te levar para a apresentação, porque todo mundo quer te conhecer, porque você é meu melhor amigo. Além disso, ninguém tem um adulto como melhor amigo como eu. Eles não acreditaram, mas você é, e mamãe disse que não posso contar às pessoas que você irá à escola e eu preciso perguntar primeiro. Connor, você vai para a escola comigo?

Quando finalmente para, ela sorri e parece satisfeita consigo mesma. Estou apenas em choque.

— Eu não sei.

— Você tem que ir. Não quer que eu fracasse, não é? A apresentação vale nota.

Eu não tenho que ir, certo? Quer dizer, essa é a resposta certa, mas também é a última coisa que quero fazer. O que diabos eu vou apresentar?

— Não, não quero que você fracasse, mas tenho certeza de que podemos encontrar outra coisa ainda melhor.

— Tem que ser você. Até escrevi uma redação sobre você para que fosse aprovada pela Sra. Flannigan, e ela é má. Ela não gosta de crianças, mas eles a deixam ser professora de qualquer maneira.

Ai, Jesus.

— Certo, mas não tenho certeza se as pessoas querem me conhecer.

— Você é o mais legal. Meus amigos vão te amar! — A voz de Hadley soa muito segura de si mesma.

Eu preciso sair disso — rápido.

— Tenho certeza de que há um milhão de outras coisas que são opções muito mais legais e melhores.

Seu lábio se projeta em um beicinho.

— Mas você é o que eu quero levar.

Olho para Ellie em busca de ajuda, mas ela se inclina contra a abertura da porta com um sorriso conhecedor. Não há como dizer não a essa garota. Especialmente não com o lábio e os grandes olhos me olhando inocentemente. Droga.

— Dez minutos.

Hadley dá um pulo e grita.

— Você é o melhor!

Não, ela é, e eu estou completamente na palma de sua mão. Se essa garota for minha, estou ainda mais encrencado do que pensei. Não vou querer deixá-la ir de jeito nenhum. Para cada dia que passo com ela, há centenas de outros que quero compensar. Eu perdi sete anos e, se ela for minha filha, não vou querer adicionar nenhum outro ano na contagem.

— Acho que você está superestimando quantas pessoas vão querer me conhecer.

Hadley dá de ombros.

— Meu melhor amigo é o mais legal de todos. Todo mundo vai ficar com tanto ciúme. Você pode usar seu uniforme?

Ellie ri e depois cobre com uma tosse.

— Já chega, Hadley. Connor está trabalhando muito, e precisamos fazer sua lição de casa.

— Primeiro — digo, com um pouco de entusiasmo demais —, tenho algo para mostrar a você.

— Tem?

Aceno para Hadley em confirmação.

— Sim. Vamos dar uma volta.

— A mamãe pode vir?

— Claro, todos nós podemos ir... se ela quiser.

Nós dois olhamos para trás para Ellie, que dá de ombros e vem em nossa direção.

— Acho que um pouco de ar fresco seria bom para todos nós.

Nós três saímos do celeiro e começamos a ir em direção à árvore, Hadley entre nós. Penso em como provavelmente estamos agora. Uma família com mãe e pai que adoram a filha entre eles. De muitas maneiras, essa seria a história do filme, porque eu adoro Hadley e me importo muito com Ellie. De certa forma, eu a amo, o que é loucura, mas é a verdade.

Ellie foi a mulher por quem senti paixão, amor e saudade por quase toda minha vida adulta.

Sei que ela não está pronta para nada disso. Inferno, ela ainda está casada e prestes a lidar com o julgamento do marido, mas... é como se o tempo não tivesse passado para mim. Ela foi minha o tempo todo, e agora eu tenho que esperar até que ela esteja pronta para mim — de novo.

— Te encontro lá! — Hadley foge, deixando nós dois para trás.

— Então, como foi consertar o celeiro? — Ellie pergunta, depois de alguns segundos, com as mãos cruzadas na frente de si.

— Eu não fiz muito, na verdade. Estava trabalhando em outra coisa...

— O quê?

— Algo para Hadley.

Os olhos de Ellie encontram os meus e há um mar de perguntas flutuando neles.

— Você não precisava...

— Eu sei. Olha, sei que conversamos ontem à noite, mas quero saber se ela é biologicamente minha. Se não for, farei o possível para respeitar que ela seja dele, mas espero que você entenda que, independentemente dos resultados do teste, isso não muda o quanto eu gosto da menina. Ela é uma boa criança, e ela é... bem, ela...

— Você se preocupa com ela.

Olho para cima com um sorriso.

— Me preocupo. E também me importo com a mãe dela.

— Nós duas meio que gostamos de você também — Ellie responde, com um sorriso malicioso. — Só um pouco.

— Além disso, vocês podem ficar comigo até que se sintam seguras para voltar.

Ellie solta um suspiro pelo nariz e seus dedos roçam na parte superior do feno que está crescendo no campo.

— Hadley ficaria aqui para sempre com você. Não sei se ela vai se sentir segura naquela casa, e não posso culpá-la, mas... você não precisa de duas mulheres problemáticas ao seu redor.

Não quero dizer a ela que é exatamente do que preciso, que estarem aqui tornou mais fácil estar nesta casa. As memórias não são tão fortes quando elas estão por perto, e eu prefiro ver seus rostos do que o fantasma do meu pai quando entro na sala.

Em vez disso, tento dar a ela uma parte dessa verdade.

— Você não está me incomodando. E se Hadley...

— For sua — ela termina.

— Se for o caso, estou realmente grato pelo tempo que tenho agora.

Os dedos de Ellie se movem para o lado, roçando nos meus. Não sei se ela fez isso de propósito, mas não sou de deixar um minuto passar por mim. Minha mão desliza para a dela e eu seguro. Ela olha para mim, e eu a observo, esperando por uma pista do que ela quer.

— E se ela não for?

— Então eu tenho uma melhor amiga muito legal.

Seu sorriso faz meu coração disparar. Quero que ela me olhe assim todos os dias. Quero ser o homem que faz meu anjo parecer que pode voar. Suas asas podem ter sido quebradas anos atrás, mas sou muito bom em restaurar coisas.

Nenhum de nós diz uma palavra quando nos aproximamos da árvore, mas Ellie puxa a mão da minha quando ouvimos Hadley gritar:

— Uau! É a melhor coisa do mundo!

Olho para a casa da árvore totalmente enfeitada que passei horas construindo e, em seguida, para as duas. Os olhos de Ellie ficam úmidos enquanto ela observa Hadley, que já está subindo os degraus.

— Você fez isso?

— Toda criança deve ter um lugar seguro.

Ellie se vira para mim, seus lábios entreabertos, o sol lançando um brilho suave em seu rosto ao mergulhar mais perto do horizonte. Sua voz é suave.

— Você passou o dia todo fazendo isso por ela? Connor...

Enfio as mãos nos bolsos para evitar tocar seu rosto. Ela é tão bonita.

— Esta árvore era para onde eu corria se pudesse fugir do meu pai. É onde eu encontrei Hadley, e não precisa conter as mesmas memórias para ela como tinha para mim. Eu fiz isso por nós dois e por você.

— Por mim?

Sim, por ela. Enquanto eu estava construindo, fiquei pensando em minha mãe. Era como se ela estivesse lá comigo, me dizendo quão orgulhosa estava e sorrindo.

— Você não pode atirar se não quebrar o arco, Ellie. Eu sou forte o suficiente para segurar o lançamento da flecha, até que você esteja pronta.

Seus olhos se arregalam e sua respiração engata.

Valeu a pena.

O suor, a frustração e a mudança de planos só para ver aquele olhar. Podemos ter perdido nossa chance anos atrás, mas não sou mais um garoto e tenho minha meta definida. Estou esperando os pontos se alinharem.

Capítulo 17

Ellie

— Agradeço por você me encontrar assim — digo à amiga de Nate, Sydney, ao nos sentarmos na sala dos professores.

— Honestamente, não é um problema.

Sydney era a paramédica voluntária no local, mas também é uma advogada que contratei para me ajudar a redigir os papéis do divórcio.

— Sei que isso é estranho...

— Por quê?

— É que você estava lá, e então você e Connor ficaram discutindo.

Ela ri, sem humor.

— Connor e eu discutimos assim desde... bem, desde sempre. Ele tem sorte que eu não bati nele pela maneira como tentou me afastar. É como se aquele homem pensasse que pode voltar aqui e de repente ser o rei do castelo. Acho que não. Ele fez suas escolhas e, embora possa pensar que é um novo homem, ele pode ir à merda se quiser me dar ordens.

Uma pontada de ciúme me atinge no estômago e faço o possível para ignorá-la. É claro que eles tiveram algum tipo de relacionamento. Eu me pergunto se ele a ama ou se ela ainda o ama.

Sydney é o que eu chamaria de uma beleza do velho mundo. É o tipo de mulher que parece ser da realeza e que você esperaria encontrar em Nova York ou Londres, não em Sugarloaf. Seu cabelo dourado está preso em um coque baixo com mechas caindo. Ela está vestindo um terninho preto com os mais lindos saltos vermelhos que eu já vi. Tudo nela exala confiança onde me sinto pequena e insignificante.

— Eu não sabia...

— Não sabia o quê?

Eu me sinto estranha, mas obviamente há uma história entre eles.

— Que vocês dois estiveram juntos.

Sydney recua, seus lábios estão separados, mas há um sorriso divertido os puxando.

— Oh, não, não é nada disso. Connor é como um irmão mais novo para mim. Eu namorei o irmão idiota mais velho, Declan, desde que tinha treze anos até que o babaca deixou a cidade e nunca mais voltou. Embora todos eles sejam iguais. Dominadores, protetores e atraentes. Ah, e a estupidez corre em suas veias.

Meu corpo dá um suspiro de alívio. Não sei por que, já que Connor e eu somos apenas amigos que possivelmente têm uma filha juntos, mas o ciúme existe.

— Lamento por supor.

— Não se desculpe. — Ela sorri, me dando uma sensação de tranquilidade. — Você está bem para falar sobre isso comigo? Quero ter certeza de que você está confortável. Se estiver preocupada que vou traí-la porque conheço Connor, posso prometer que não só é ilegal e eu perderia minha licença, mas também que nunca contaria a ninguém sobre o que falamos, mesmo que não houvesse ameaça. Sem mencionar que isso o incomodaria muito e eu ficaria muito feliz.

Não me sinto confortável falando com ninguém, mas Sydney parece gentil e ela estava lá naquela noite. Ela não está me olhando com julgamento, e isso é o máximo que posso pedir.

— Não, não é isso, e eu não acho que você faria algo. Tenho certeza de que você pode imaginar que isso é humilhante e eu...

— Você não precisa se sentir assim comigo.

Gostaria que fosse assim tão simples. Gostaria que tudo isso fosse um pesadelo do qual estou prestes a acordar.

— Estou bem. Quero acabar com isso.

— Eu posso entender. Sei que você já passou por muita coisa e não será diferente. No momento, temos a ordem temporária de proteção para você e Hadley, o que nos permite prosseguir com o divórcio assim que o período de espera de noventa dias terminar. Não acho que teremos problemas em provar a culpa, já que temos fotos e o testemunho de um policial sobre o abuso de seu marido. Se estiver tudo bem para você.

Minhas mãos começam a tremer e eu me sinto mal do estômago. É por isso que tantas mulheres ficam caladas. O medo de falar e não ser ouvida. Se eu for perante o juiz e contar tudo a ele, e se ele achar que não é suficiente e o deixar sair? Claro, o juiz recusou a fiança, o que me faz querer acreditar que os tribunais decidirão a meu favor, mas até Nate disse que foi sorte nós recebermos um juiz que estava convicto, em uma missão.

E se eu tiver alguém que não se sinta assim com o divórcio? Sem a convicção, Kevin poderia contestar o divórcio e usar isso como outra forma de me controlar.

— Você quer dizer que eles ainda podem não acreditar em mim? Eles podem pensar que estou mentindo sobre o abuso e não o condenar? Mesmo quando há testemunhas e tudo mais?

Sydney abaixa a caneta e coloca a mão na minha.

— Ellie, não importa se o caso não sair como planejado. Nós sabemos o que aconteceu e eu acredito em você. Você não está sozinha. Não fez nada de errado e, não importa o que aconteça, vou ajudá-la a sair dessa o mais rápido possível.

— Eu não quero que ele nos machuque de novo.

— Eu sei, e farei tudo o que puder para evitar isso.

Eu respiro fundo e coloco o queixo no peito, dizendo:

— Eu deveria ter feito isso anos atrás.

— Você é forte para fazer tudo isso. Quero dizer que sinto muito. — Ela aperta minha mão. — Você mora aqui há muito tempo e nenhum de nós nunca estendeu a mão. Sempre achei que não queria fazer parte da comunidade.

Nego com a cabeça quando os sentimentos de solidão ressurgem com força total.

— Eu não tinha permissão para realmente fazer parte de nada.

— Eu vejo isso agora.

— Além disso, é difícil ter amigos quando se está cobrindo hematomas.

Sydney recolhe a mão e seus ombros caem.

— Espero que você saiba que não precisa mais cobrir nada, Ellie. Eu realmente gostaria de ser sua amiga, se você quiser.

Uma amiga. É uma palavra tão simples e, no entanto, é algo que não tenho há muito tempo, nem sei o que significa. Mesmo assim, Sydney é gentil e me oferece uma bandeira branca que eu nunca teria pegado antes.

— Eu realmente gostaria disso.

Ela sorri.

— Que bom. Agora, vamos repassar os detalhes e preparar nossas informações para que possamos arquivar o caso no segundo que tivermos permissão, certo?

— Ok.

Vou fazer tudo o que puder para deixar isso para trás, e esta é a primeira etapa.

— Mamãe? — Hadley pergunta, enquanto caminhamos pelo campo para chegar à nossa casa para pegar algumas roupas e coisas que precisamos. Foi uma semana fazendo funcionar, mas isso não é mais possível. Precisamos de mais roupas e suprimentos se quisermos continuar com Connor.

— Sim?

— Por que o papai bateu em você?

Minha mão aperta um pouco quando a pergunta me pega desprevenida. Não tenho certeza de como responder a ela. Hadley pode ter apenas sete anos, mas é inteligente e vê coisas. Ela não é jovem e ingênua.

Esta é uma chance para eu ajudá-la a não cometer os mesmos erros que cometi. Quero que ela saiba que não está tudo bem. Ninguém deveria jamais colocar as mãos sobre ela, especialmente com raiva. Fiquei com ele por muito tempo, dei muitas desculpas, mas não mais.

Eu me endireito um pouco e me esforço para fazer minha voz soar confiante.

— Ele me bateu porque estava com raiva e não conseguia se controlar. Nunca é certo fazer isso, você sabe, né? Foi errado da parte dele.

— Ele está arrependido?

Não, eu duvido que ele esteja.

— Eu realmente espero que sim.

— Ele ama a gente?

Oh, meu coração está se partindo.

— Acho que ele te ama muito.

Hadley, claro, é inteligente demais para não perceber que eu me deixei de fora.

— Ele ama você, mamãe?

— Eu acredito que ele se esforça muito, mas... — Agora vou quebrar seu mundo. — Mas quando você ama alguém, nunca quer machucá-lo. O que ele fez não é normal e não é a maneira de mostrar a alguém que se preocupa. Entende?

Ela olha para mim e oro para que ouça o que estou dizendo.

— Acho que sim.

Eu me agacho no campo de palha e rezo para que essa garotinha nunca permita que alguém a machuque.

— Não importa se é um pai, um marido, um amigo ou alguém que você não conhece. Ninguém deveria ter permissão para te machucar. Você deve contar a alguém imediatamente se isso acontecer. Nunca tenha medo de que seja sua culpa, porque nunca é sua culpa.

Hadley concorda com a cabeça, mas seu olhar nunca deixa o meu.

— Eu te amo, mamãe.

— Eu te amo, doce menina. Quero que saiba que o que aconteceu nunca mais acontecerá. Você e eu não vamos mais morar com o papai.

— Por que não?

Protegê-la da verdade foi tudo o que fiz. Não quero que ela o odeie, mas quero que veja minha força. Ela deve sempre entender que a escolha que estou fazendo agora pode não ser fácil, mas é a certa. Eu não posso ser casada com ele. Não vou deixá-lo ficar perto de Hadley e deixá-la pensar que é assim que um casamento deveria ser.

— Porque não vou continuar casada com ele. Vamos nos mudar daquela casa e vamos ficar bem.

Uma lágrima escorre por seu rosto, e eu gostaria de poder tirá-la dela.

— Fiz algo de errado?

— Não, baby. Você não fez nada, e nem eu. Estou fazendo isso porque tenho que nos proteger. Sei que é assustador e muito preocupante, mas quero que saiba que te amo muito e farei o que for preciso para estarmos seguras.

— Mas ele não me ama?

— Quem poderia resistir a amar você? — pergunto a ela.

— Se ele me amasse, não iria querer que a gente partisse.

Contar a ela era o que eu temia. Nunca quero que Hadley pense que isso é culpa dela.

— Você gosta quando o papai grita com a gente?

Ela nega.

— Eu também não. Não quero que nenhuma de nós tenha mais medo. Você e eu somos garotas fortes e mais ninguém vai gritar com a gente. Você é a melhor garotinha que qualquer mãe poderia pedir e parte do meu trabalho é protegê-la.

— Ele vai voltar por nós?

— Não, ele não estará mais perto de nós. — Não importa o que eu tenha que fazer, vou manter essa promessa. — Encontraremos um lugar para morar que ambas amaremos.

— Podemos ficar com Connor?

Eu sorrio suavemente. O conforto enche minha alma por ele ter significado tanto para ela.

— Não, querida. Connor não vai ficar em Sugarloaf por muito tempo e, embora tenha sido muito bom para nós, ele tem sua fazenda para cuidar.

E não estou nem perto de estar pronta para isso neste momento.

— Acho que ele gosta de você.

— Acho que ele gosta de você! — digo, com uma risadinha. — Você tem uma casa na árvore em sua fazenda e ele está indo falar na sua escola.

E ele pode ser seu pai.

— Vou ficar triste quando ele for embora.

Eu também. Sentirei falta da maneira como ele me olha, bem como de sua força, compreensão e apoio inabaláveis.

— Bem, nós temos que fazer os próximos meses serem superespeciais então. Venha, vamos continuar caminhando.

Andamos pelo campo e ela vai me contando sobre seu dia. Ela está um pouco mais quieta do que o normal, menos animada, e odeio que essa conversa a tenha entorpecido. Sei que, se não ficar de pé agora, nunca vou sair do chão.

Quando a casa fica à vista, uma onda de náusea me atinge como um tijolo. Tudo isso corre de volta para mim, e posso ouvir os sons em meus ouvidos, a respiração acelerada vindo dos meus pulmões quando ele me chutou o mais forte que antes.

Tudo aconteceu bem aqui — em minha casa.

A respiração de Hadley acelera e aperto sua mão com força.

— Está tudo bem, vamos pegar nossas coisas e depois voltar, mas ninguém pode nos machucar, ok?

Não tenho certeza se estou tentando tranquilizá-la ou a mim mesma neste momento. Talvez nós duas precisássemos ouvir aquilo.

— Ele não está aqui?

— Não, baby, ele não está aqui.

Odeio que minha filha esteja com tanto medo, então digo a mim mesma para ser a força que ela precisa para dar um passo à frente. Usando minha determinação para me empurrar para mais perto da casa que era um horror apenas uma semana atrás, mantenho a necessidade que tenho de proteger Hadley. Lembro-me de cada vez que Kevin tirou algo de mim e me recuso a dar qualquer outra coisa a ele.

Seguro sua mãozinha com mais força, mostrando a ela que, mesmo se chegarmos ao fundo do poço, a única maneira de sair é subindo.

Quando chegamos à porta da frente, outra sensação de pavor me atinge. Não sei como a casa está. Tudo que Hadley já conheceu é o lar perfeito. Fui meticulosa em me certificar de que tudo estava limpo e em seu lugar, para que Kevin não pudesse usar isso como um motivo para me bater.

Quando saí naquela noite, definitivamente havia coisas derrubadas.

Merda.

Abro a porta, que alguém claramente havia substituído, e espero que não esteja tão ruim quanto temo que esteja.

Então eu paro, atordoada.

Tudo está em seu lugar.

A foto que foi atirada pela sala está recostada na mesa do sofá como se nunca tivesse sido tocada. A lâmpada que Kevin ameaçou bater na minha cabeça não está no chão onde ele a deixou cair. Ela está na mesa do canto.

Eu não entendo. Como? Quem entrou e limpou?

Hadley solta minha mão quando vê sua amada boneca no canto.

— Phoebe! — Ela corre a toda velocidade, levantando-a nos braços e abraçando-a com força. — Posso levá-la para a casa de Connor?

— Tenho certeza de que ele não vai se importar. — Sorrio suavemente, aliviada por ela ter superado seus medos e grata por alguém ter entrado e limpado para que Hadley não tivesse que ver a destruição.

Capítulo 18

Ellie

Quando voltamos para a casa de Connor com uma sacola de roupas cada, há um SUV muito caro estacionado ao lado do carro dele.

— Quem é, mamãe? — Hadley pergunta.

— Eu não sei.

Caminhamos em direção ao carro e a porta do motorista se abre, um par de sapatos de salto vermelho bate no chão e eu sorrio.

— Oi, Sydney — digo, seguindo o meu caminho.

— Eu esperava encontrar você aqui.

— Hadley, esta é a Srta. Sydney.

Sydney estende a mão.

— Prazer em conhecê-la.

Elas se cumprimentam e Hadley ergue os olhos para a casa.

— É um prazer te conhecer também. Você tem sapatos muito bonitos.

— Obrigada. — A voz de Sydney está cheia de um sorriso. — Você tem olhos muito bonitos.

Meu coração dá um salto e para, quando me pergunto se ela vê. Se Sydney conhece os irmãos tão bem quanto diz, ela será observadora o suficiente para descobrir?

— Obrigada, Srta. Sydney. Mamãe, posso ir encontrar Connor?

— Eu não acho…

— Por favor! Tenho que ajudar com o celeiro. Tenho certeza de que ele está lá. Ele disse que, assim que eu terminasse na escola, poderia ajudá-lo, porque ele precisa de ajuda. Ontem ele deixou as galinhas saírem pela porta errada e eu tive que persegui-las para que voltassem. Você não pode deixar as galinhas correrem quando as vacas estão soltas. — Hadley bufa, como se fosse de conhecimento comum. — Eu disse a ele, mas ele disse que estava tentando terminar as coisas para que pudesse voltar a consertar a casa. Então encontramos outro problema na cerca e ele ficou chateado.

— Bem, então, você não acha que ele tem muito a fazer e você vai atrapalhar? — pergunto, esperando que ela o deixe em paz.

Sydney ri.

— Acho que você deveria procurar por ele e informá-lo de todas as outras coisas que estão quebradas.

— Você conhece Connor? — A suspeita em sua voz soa clara.

— Conheço. Eu o conheci quando ele era um garotinho que me seguia para todo lugar, pedindo para andar em meus cavalos.

— Sério?

— Sim.

A testa de Hadley franze enquanto ela olha Sydney de cima a baixo.

— Você sabia que ele é meu melhor amigo e me acha a melhor de todas?

— Ele é? Bem, ele é um cara de sorte. — A voz de Sydney é leve e brincalhona. — Eu gostaria de ter uma melhor amiga como você, mas... ele pegou você primeiro.

Ela acena com a cabeça uma vez.

— Ele fez. E me chama de Ligeirinha.

O sorriso de Sydney cresce.

— Ele te deu um apelido?

— Sim.

— Uau, saiba que Connor adora apelidos. Quando éramos pequenos, dei a ele o melhor de todos e, como você é a melhor amiga dele, acho que deveria saber.

Hadley bate palmas e grita.

— Sério?

— Com certeza! Você deveria chamá-lo de Duckie. Ele amava tanto que iria rir muito ao ouvir de novo! — O sorriso de Sydney me diz que ele não fará isso.

— Ok! Posso ir, mãe?

— Acho que sim, mas se você não o encontrar no celeiro, por favor, volte logo.

— Eu vou! — Hadley grita por cima do ombro, pois já está fugindo de nós.

Sydney dá uma risada suave.

— Ela é adorável.

Eu a vejo correr a toda velocidade, o cabelo balançando de um lado para o outro e meu peito parece mais leve. Ela parece tão despreocupada, como deveria estar. Tento me lembrar de qualquer outra vez em que a vi assim, e não consigo.

Claro, ela tem sido feliz nos últimos sete anos, mas é diferente. No momento, não vejo hesitação em ser apenas uma criança. É como se ela realmente tivesse encontrado uma sensação de segurança que a permite... ser livre.

— Ela é tudo o que importa para mim.
— E parece que ela está apaixonada por Connor.

Eu concordo.

— Os dois formaram um vínculo instantâneo.

Os ombros de Sydney caem para trás e ela se inquieta um pouco. Sei que ela está pensando naquilo, com base em seu comentário sobre os olhos. Se Sydney namorou seu irmão mais velho, com certeza, ela viu a semelhança.

— Connor é um bom homem.
— Ele é.
— E já passou por muita coisa. Todos eles passaram, e... você e Connor se conheciam antes?

Eu a paro bem aí.

— Connor e eu dormimos juntos oito anos atrás, e sim, eu sei que Hadley tem seus olhos... e seu sorriso.

Ela exala.

— Eu não queria me intrometer, mas foi... impossível não ver. Pelo menos para mim porque, bem, eu me apaixonei por aqueles olhos quando era menina.

Se foi tão fácil para Sydney ver, não posso deixar de me perguntar se o pai de Connor nunca percebeu. Ele costumava olhar para Hadley com uma onda de confusão, mas nunca disse nada, nem mesmo insinuou. Talvez ele soubesse? Talvez seja por isso que sempre foi tão bom conosco. Achei que era porque ele estava sozinho, mas e se ele viu a semelhança?

— Você gostaria de se sentar? — ofereço. — É uma longa história.

Sydney e eu caminhamos até a varanda e posso ver a inquietação nela.

— Esta casa tem muitas memórias para mim. Não estive aqui desde a noite em que Declan foi embora. — Ela solta uma meia risada. — Pensei que, se eu pudesse evitar por tempo suficiente, não doeria, mas...

— Casas têm verdades que nunca morrem.

Ela olha para mim e encolhe os ombros.

— Acho que sim, mas o amor, com certeza, morre.

E não é que é verdade?

Nós nos sentamos e conto a história de como Connor e eu nos conhecemos e tudo o que aconteceu depois. Parece mais fácil desta vez contar a Sydney. Sou capaz de passar por isso, e ela apenas escuta.

— Uau — ela diz, quando eu termino.

— Sim.

— E ele sabe que você tem dúvidas?

— Sabe — respondo, com um pouco de hesitação.

Ele realmente não tocou no assunto. Fico esperando que ele peça um teste de paternidade, mas ainda não pediu. Achei que seria a primeira coisa que ele pediria. A menos que ele não queira saber.

O que não faz sentido, dada sua personalidade.

Connor é ferozmente protetor com sua família. Ele deixa isso claro quando fala sobre seus irmãos ou sua mãe. Pensei que com Hadley não seria diferente, especialmente porque ele já parece se importar com ela.

— Bem, isso é uma baita revelação.

— Isso mudará as coisas para o divórcio?

Sydney balança a cabeça.

— Não. De qualquer forma, será mais fácil para você, já que não teremos que brigar por qualquer tipo de pensão alimentícia ou visitação. Vocês já fizeram um teste?

— Não, nós meio que... eu não... eu estive esperando por ele... pedir por um. Não quero pressioná-lo. É muito para absorver, especialmente quando aquela noite deveria ser apenas uma noite. Eu nem sabia o nome dele até algumas semanas atrás.

Ela ri e seus olhos estão cheios de descrença.

— Você está brincando comigo.

— Não.

— Não sei se devo ficar pasma ou chocada. É como aquelas histórias que você ouve quando as pessoas encontram o caminho de volta uma para a outra depois de cinquenta anos, mas isso é muito mais incrível.

Não sei se há outra coisa além do que está acontecendo. Connor me salvou, e não apenas da situação que aconteceu com Kevin. Se eu nunca tivesse tido aquela noite com ele, não saberia que há mais do que aquilo que eu tinha, e já teria desistido há muito tempo.

— Bem, isso é tudo.

Sydney se recosta na cadeira.

— Isso é tão insano e, ainda assim, tão Connor.

— O que é tão Connor? — Sua voz profunda me faz pular.

— Ei. Oi. Estávamos falando sobre você.

Ele e Hadley trocam um olhar e começam a subir as escadas.

— Eu imaginei isso. Prazer em te ver, Syd. Algo que eu possa fazer por você?

Ela se levanta, a mão no quadril e a cabeça inclinada.

— Você pode começar me dizendo o quanto sentiu minha falta.

— Eu iria, Goose, mas parece que minha amiga Hadley aqui está me chamando de Duckie. Alguma ideia de como isso aconteceu?

Seu sorriso é largo quando ela começa a rir.

— Meu Deus, aquela noite foi a melhor de todas. — Ela se volta para mim. — Veja, os irmãos Arrowood são inerentemente maus, pelo menos uns com os outros. Não há nada fora dos limites e, se eles conhecem a sua fraqueza, eles a usam. Connor estava com medo deste lago na minha fazenda. Pode ter sido porque Declan, Jacob e Sean disseram a ele que, se você colocasse os dedos dos pés, eles cairiam, mas apenas se seu nome começasse com C.

Connor sobe os degraus.

— Não a deixe enganar você, ela está longe de ser inocente aqui. Syd era a irmã que eu nunca quis.

— Por favor, eu sempre fui legal com você — ela se defende.

— O inferno que você foi!

— De qualquer forma — Sydney começa depois de revirar os olhos. — Dissemos a Connor que queríamos jogar Duck, Duck, Goose, mas a única maneira de jogar era agir como um pato.

Vejo que isso está indo muito mal. Connor a encara com uma espécie de afeto fraternal sob toda aquela rudeza.

— Na água.

— No lago da minha casa — Sydney continua. — Então seus irmãos o jogaram dentro e o forçaram a ser o pato. Oh, você deveria ter visto, ele com medo de que seus dedos do pé fossem cair, mas fazendo sons de pato ao mesmo tempo. Não tem preço.

Os braços de Sydney estão em volta de seu estômago enquanto ela ri. Não posso deixar de me juntar a ela, porque a expressão dele agora é impagável. É como se ele ainda não tivesse superado e odiasse que ela esteja contando histórias que ele claramente preferiria que eu não soubesse.

— Ele pegou algum de vocês? — pergunto.

— Não, ele ficava grasnando e fugindo.

Ele se aproxima de mim.

— Sim, todos vocês deveriam estar muito orgulhosos de torturar uma criança de seis anos. E você pode rir agora, mas, quando minha mãe apareceu, nenhum de vocês, idiotas, riram naquela época.

Sydney revira os olhos novamente.

— Você fez todos nós ficarmos de castigo por um mês.

— Merecidamente.

— Por favor, tinha 60 centímetros de água, seu bebezão.

Connor se vira para mim.

— Você vê por que eu deixei esta cidade? Está cheia de pessoas terrivelmente más que não têm remorso.

Encolho os ombros.

— Acho que você sobreviveu bem.

Ele balança a cabeça e se vira para Sydney.

— O que você está fazendo aqui? Ninguém te convidou, isso é certo.

— Bem... — Sydney se move para mim, colocando a mão no meu ombro. — Ellie e eu agora somos melhores amigas, Duckie. Você vai ter que aceitar este fato e perceber que, se estiver andando com ela, vai incluir algum tempo comigo.

Ele sorri como se isso não o incomodasse nem um pouco.

— Está tudo bem, Syd. Sei exatamente como lidar com você.

Oh, Senhor. Isso soa ameaçador. No entanto, esse ir e vir entre os dois é a coisa mais divertida que tive em anos. Estes dois claramente adoram um ao outro, mas não têm problema em falar merda um do outro. É como eu sempre imaginei que fosse ter um irmão.

— E como exatamente é isso? — pergunta.

Seu sorriso se espalha, e há uma expressão de malícia em seus olhos.

— Vou ligar para o Declan.

E, com isso, vejo que Sydney e eu podemos ter sido atraídas por um Arrowood.

— Ei — Connor diz, com um sorriso fácil, caminhando para a sala de estar onde estou corrigindo alguns trabalhos. Tem sido uma noite louca e ainda estou tentando me recuperar por ficar sem trabalhar após a agressão.

— E... — As palavras morrem na minha língua quando olho para cima e dou uma olhada nele.

Ele deve ter acabado de sair do banho, porque está com um short de ginástica, sem camisa e com o cabelo úmido. Há algumas gotas de água rolando em seu peito.

Minha garganta fica seca e eu o observo. Posso ver cada músculo com perfeita clareza, como se estivesse em alta definição. Seu cabelo está penteado para trás e meus dedos coçam para tocá-lo. Ele esfrega a mão contra a pele lisa do peito e depois até o pescoço. Eu o vi sem camisa, inferno, eu o vi nu, mas isso... este corpo, uau, é um novo mundo.

Eu me viro para não desmaiar da cadeira.

— Trabalhando? — pergunta, se movendo atrás de mim, lendo por cima do meu ombro.

Oh, meu Deus. Controle-se, Ellie.

Mas não posso, porque sinto o calor saindo de seu peito e o cheiro do sabonete almiscarado que ele usou.

Seu braço desce à direita de mim, descansando a mão na mesa, usando-a para segurar seu corpo.

— Uh-huh. — Fico completamente congelada, com medo de que, se eu me mover, eu possa acidentalmente tocá-lo, o que pode me levar a dizer ou fazer algo incrivelmente idiota. Isso parece ser algo com que luto um pouco mais a cada dia que estou aqui.

Beijá-lo é tudo que penso.

Imaginar se nos encaixaríamos da maneira como fizemos tantos anos atrás preenche minhas fantasias.

É um terreno perigoso, mas os ferimentos podem valer a pena.

— Precisa de ajuda?

Nego com a cabeça e tento me concentrar nos trabalhos de inglês nada sexy sobre como pontuar o diálogo que eu deveria avaliar.

— Ellie?

Movo a cabeça para o lado para olhar para seu rosto, esperando que talvez seja melhor do que os músculos de seu braço que estão tão próximos.

— Sim?

Ele sorri, os olhos enrugando, e percebo que cometi um erro grave.

Seu rosto é realmente lindo, e quando ele sorri, bem, é quase impossível não se perder.

Mas eu não preciso estar perdida.

Preciso manter a cabeça no lugar, me divorciar e dar o fora daqui.

— Você vai ficar acordada até muito mais tarde?

Não, na verdade, estou indo para o meu quarto agora, assim não faço nada que vá me arrepender.

— Eu terminei, na verdade.

— Eu estava perguntando, porque tenho que acordar cedo amanhã. Quero trabalhar na casa principal em vez do celeiro. Gostaria de verificar a casa e trancar tudo, mas geralmente espero até que você esteja na cama.

— Sim, tudo feito. Não é grande coisa. A casa principal está bem. Fechaduras e tudo mais — gaguejo como uma idiota.

— Você está bem?

— Estou ótima — digo rápido demais, juntando os trabalhos em pilhas que não fazem sentido, mas preciso fazer algo com as mãos. — Só estou cansada, sabe, de trabalho e todas as outras coisas. Além disso, Sydney tem todos os papéis do divórcio redigidos e há muito que ser resolvido.

— Então, você está indo em frente com o divórcio?

Olho para cima, puxando os trabalhos contra o peito como se fossem algum tipo de barreira de proteção.

— Claro.

— Eu não tinha ouvido nada a respeito.

Eu não tinha certeza do que dizer a ele. É uma daquelas coisas que realmente não quero falar, mas, ao mesmo tempo, Connor e eu passamos as últimas duas semanas praticamente morando juntos, o que é estranho.

— Sinto muito, eu meio que... estava esperando, já que não podemos apresentá-lo por um tempo.

Ele nega.

— Não se desculpe, você não me deve nenhuma explicação.

Não, talvez eu não deva isso a ele, porém acho que poderia ter mencionado. Mas então penso nas últimas vezes que conversamos e como esses papos têm sido sobre o que ele está fazendo aqui ou meu trabalho. Quase evitamos falar sobre coisas pessoais.

Não sei por que, mas há algo que está me incomodando há alguns dias.

— Connor, posso te perguntar uma coisa? — digo, antes que eu tenha tempo de me parar.

— Claro.

Engulo o nervosismo, já que é tarde demais para voltar agora.

— Você quer descobrir se Hadley é sua?

Seus olhos encontram os meus e meu coração dispara, esperando que ele diga algo — qualquer coisa.

— Mais do que tudo.

— Então por que você não disse nada?

Ele se aproxima, puxando os trabalhos das minhas mãos e os colocando sobre a mesa.

— Porque você passou pelo inferno e ela também. Embora eu queira saber se ela é minha filha mais do que eu desejei qualquer coisa em toda a minha vida, também não vou ser egoísta e exigir que isso aconteça agora. Eu posso esperar, Ellie. Posso esperar até que você esteja pronta.

— Pronta para o quê?

Ele levanta a mão, tirando o cabelo do meu rosto. Sua voz é suave, cuidadosa e, ainda assim, há uma confiança por trás de tudo.

— Para mim.

Capítulo 19

Connor

— Como vão as coisas? — Sean pergunta, depois de evitar meus telefonemas nas últimas duas semanas.

— Como se você desse a mínima.

Entendo que meu irmão é um grande jogador de beisebol, mas ele é irritante quando acha que o tempo de ninguém é tão valioso quanto o dele. Declan está ajudando a descobrir os valores dos terrenos graças a um de seus clientes que negocia imóveis, Jacob está fazendo... Só Deus sabe o quê, mas Sean entraria em contato com um cara chamado Zach Hennington, com quem ele jogava beisebol, para saber o que fazer sobre as malditas vacas, já que tem uma fazenda de gado.

Estou falhando nessa parte. Não tenho ideia do que fazer com os animais, exceto o que uma adorável criança de sete anos me instrui a fazer. O que eu não tenho ideia se é o certo, mas é o melhor do que eu tenho feito até agora. Os fazendeiros de Ellie têm me ajudado um pouco quando tenho dúvidas, mas estão ocupados cuidando da fazenda dela.

Embora eu tenha crescido perto de animais, nunca me importei muito em aprender a administrá-los. Eu fazia minhas tarefas, que geralmente eram consertar cercas ou coisas tipo carpintaria, e meus irmãos cuidavam dos animais.

— Olha, estou ocupado — explica ele. — Eu fiz o meu melhor, mas tenho coisas acontecendo.

— E eu não? — atiro de volta para ele. — Eu não sei absolutamente nada sobre vacas, Sean. Você deveria cuidar dessa parte.

— Eu dei a Dec o número dele.

Eu bufo e amaldiçoo baixinho. Declan está tão ruim ultimamente em me ligar de volta. Na verdade, os três podem ir à merda. Estou aqui há um mês, ralando igual maluco, sem absolutamente nenhuma ajuda além de Declan conseguir fundos para mim, algo que eu tive que ligar dez vezes, enquanto eles vivem suas vidas, alheios à merda que estou lidando.

— Isso me faz muito bem, idiota. Eu preciso de ajuda. Todos vocês deveriam fazer algo e, em vez disso, estou fazendo tudo sozinho, como sempre.

— Que bicho te mordeu? Você está ainda mais idiota do que o normal.

Sento-me no fardo de feno, esfregando os dedos na testa. Eu poderia contar tudo a ele. Uma parte de mim quer, e Sean é o único irmão que sabe sobre o meu anjo, mas até mesmo contar a ele um pedaço do que está acontecendo vai me forçar a responder a muitas perguntas.

Ainda assim, meus irmãos são tudo que eu que tenho.

Eles são família.

Nunca me deram as costas e, para ser sincero, sinto que estou me afogando agora.

— Connor?

— Eu a encontrei — digo, antes de ter a chance de pensar melhor sobre isso.

— Encontrou quem?

— *Ela*.

Sean fica em silêncio por um segundo e depois solta uma risada ofegante.

— Não brinca?

— Ela está aqui... em Sugarloaf, porra, e isso não é tudo...

Conto tudo a ele. Falo à beça, provavelmente dizendo mais nesta conversa do que disse a meu irmão nos últimos dez anos. Ele não pronuncia uma palavra enquanto descarrego as últimas semanas e todas as revelações. Chego até a repassar detalhes que não quero lembrar, mas que pareço não conseguir esquecer.

Conto a ele sobre Ellie, Hadley, a árvore, a casa, a agressão e como elas vivem aqui.

Quando termino, sinto que conclui um treino e não consigo recuperar o fôlego. Meu coração dói, minha cabeça lateja e estou sem fôlego.

— Então, parece que você tem estado bastante ocupado, irmãozinho.

— Isso é tudo que você tem a dizer?

— Não, mas... não tenho certeza se posso reunir algo mais do que isso.

Ele foi de muita ajuda.

— Obrigado, Sean.

— Olha, você acabou de me dizer que a garota com quem você passou os últimos oito anos sonhando, que aparentemente é um ser divino que anda sobre as águas, está ficando com você porque acabou de deixar um marido abusivo. Além disso, você pode ter uma filha com essa mulher? Porra, me dá um segundo para digerir tudo isso.

Solto uma respiração pesada pelo nariz e, em seguida, olho para o teto. Que bagunça maldita.

— Eu não tenho certeza do que fazer.

— Fazer?

— Sobre Ellie. Não consigo colocar minha cabeça em ordem. Eu olho para ela e meu coração dispara. Penso nela e luto contra o desejo de encontrá-la. É ridículo. Depois, há o fato de que tudo que eu quero é mais.

Tentei negar meus sentimentos crescentes. Ellie não está pronta para pensar em nada comigo. Esperei por ela por tanto tempo que a última coisa que quero é que desmorone porque a pressionei muito. Eu quero que ela me queira. Não quero que seja por causa do ex dela.

— Diga-me que não...

— O quê?

Ele hesita, o que não é muito a dele.

— Você não fez nada... com ela... depois do ataque?

Se ele estivesse na minha frente, eu colocaria sua bunda para fora.

— Se você está perguntando se eu dormi com Ellie novamente, a resposta é não. Não, eu não sou um idiota egoísta que tiraria vantagem de uma mulher que está no meio do inferno.

— Eu não quis dizer isso. Se acalme. Estou dizendo que essa situação é bem maluca, e também sei como é sentir algo, mesmo quando é errado.

Sean está apaixonado por sua melhor amiga há doze anos. O problema é que ela está apaixonada por outra pessoa. Sua única salvação é que ela mora aqui e ele não precisa mais vê-la.

— Eu não disse que não havia sentimentos.

— Imaginei. E então há a criança.

Sim, então há Hadley.

— Se ela for minha...

— Você precisa descobrir.

Solto uma respiração profunda e fico de pé.

— As chances são de que ela não seja.

— Ok, e há uma chance de que ela seja. Você disse que ela tem os olhos Arrowood, certo?

— Até Syd notou — digo a ele.

— A própria.

— Como diabos você está lidando com tudo isso sozinho, Connor? Você está de volta em Sugarloaf, o que já é ruim o suficiente, mas agora tem essa garota, uma possível filha e Sydney. Inferno, a seguir você vai me dizer que Devney e seu namorado estão vindo para o jantar.

Eu sorrio.

— Essa bagunça é sua, irmão.

— Sim, bem, acho que todos nós temos uma merda para lidar, hein?

— Alguns mais do que outros.

Não tenho certeza de como me sinto neste momento. Mais do que tudo, quero saber se Hadley é minha, mas há muitas coisas que podem acontecer depois que esse conhecimento for revelado. Agora, não sou o pai dela. Não tenho que ser pai dela. Eu gosto de passar o tempo com a menina.

Então, há sentimentos por Ellie que são inexplicáveis.

Eu a amo.

Eu sei disso. Sei que também é a última coisa que ela precisa ouvir de mim.

Ela não precisa escutar que é a única mulher que desejo e que vou esperar uma eternidade se for necessário para conquistá-la.

O inferno que ela suportou pode levar muito tempo para superar também. Mas, se Hadley for minha, não tenho certeza se vou conseguir me conter.

Eu quero que as duas sejam minhas.

— Sinto que o bastardo sabia de tudo isso... — admito algo que está em minha mente.

— Nosso pai?

Meu pai era um bastardo, mas ele ter colocado condições de merda em seu testamento, isso não era algo que ele faria. Por que ele se preocupa com a nossa presença aqui? Que diabos isso importava se nos mantivermos aqui por dois anos ou não? A menos que ele também suspeitasse. Há um motivo pelo qual ele queria que todos nós voltássemos aqui, e não apenas por algum tipo de besteira como "saudade".

— Por que mais ele nos queria aqui?

Sean fica quieto por um segundo e então bufa.

— Você sabe, eu não duvido.

— Declan tem problemas não resolvidos com Syd. Você ama Devney e nunca contou a ela. Posso ter uma filha e, bem, quem sabe o que diabos vamos descobrir de Jacob.

— Eu não amo Devney. — Ele tenta parecer convincente.

— Claro que não.

— Ela vai se casar.

— E ela não se casaria com aquele idiota se pensasse que havia uma chance de ter você. Nós dois sabemos disso.

A voz de Sean está baixa e cheia de frustração.

— Também fizemos uma promessa.

Sim, mas éramos garotos naquela época. Claramente, essa merda mudou.

— Bem, posso ter uma filha e, se for esse o caso, a promessa não é mais válida.

Que é outra coisa com a qual estou tendo dificuldades. Minha palavra para meus irmãos é tudo, mas estou disposto a suportar a ira deles se isso significar que posso tê-la.

Capítulo vinte

Ellie

Está tarde e não consigo dormir. Eu me reviro nessa cama grande e vazia, minha mente viajando em um milhão de direções. Estou em um dos antigos quartos de seus irmãos, enquanto Connor está do outro lado da parede. Nós três caímos em uma estranha rotina nas últimas três semanas.

Todos os dias, levo Hadley de volta para nossa casa, faço algo bobo e tento passar um pouco mais de tempo lá do que no dia anterior.

Hoje, foi mais difícil do que o normal. Ela estava impaciente e ficava olhando em volta. Um livro caiu da minha bolsa fazendo um barulho alto, o que a faz correr para fora da casa. Não sei como vamos voltar a morar aqui se ela está com tanto medo.

Então meus pensamentos mudam para como eu não pareço estar com nenhuma pressa de voltar para casa também. Connor não tem sido nada além de doce e atencioso. Ele está sempre fazendo pequenas coisas com Hadley ou certificando-se de que estou bem. Depois, há a maneira como ele olha para mim, o calor e o desejo em seus olhos que enviam correntes pelo meu corpo. Assim como na noite em que nos conhecemos, a química não diminuiu.

Penso nele dormindo do outro lado da parede. Como seria passar pela porta dele em vez da minha no final do dia?

É um pensamento que eu não deveria ter de qualquer forma.

Eu bufo e me levanto da cama, coloco um moletom e vou para a cozinha. Talvez me mexer por alguns minutos ajude a me acalmar e dormir um pouco.

Vou até a geladeira, pego o leite e sirvo um copo. Eu fico ali, com as mãos no balcão, me perguntando como está minha vida.

Quando me viro, quase deixo cair o leite quando vejo o perfil de alguém na escuridão em pé na porta. O medo toma conta de mim com tanta força que não consigo respirar. Abro a boca para gritar, mas a voz me impede.

— Sou eu — Connor fala rapidamente, com as mãos para cima. — Está tudo bem.

— Jesus Cristo, quase tive um ataque cardíaco.

Achei que fosse Kevin esperando por mim, me observando, pronto para me arrastar de volta para casa e terminar o que começou.

Talvez Hadley não seja a única que ainda não está bem.

— Desculpe, ouvi algo e vim verificar. — Ele entra na cozinha.

Meu coração está batendo tão rápido que agarro a jarra de leite, tentando recuperar o fôlego.

— Eu estava com sede, pensei que estava sendo silenciosa.

Ele se move lentamente até ficar na minha frente e, em seguida, tira suavemente o leite das minhas mãos.

— Eu ouço tudo. Culpo os anos que estava no exército e dormia pela metade. Não queria te assustar.

Eu gostaria de poder dizer que ele não me assusta, mas de muitas maneiras ele o faz. Ele é o homem que me pego pensando durante o dia. O cara que minha filha quer por perto. E, se eu for realmente honesta comigo mesma, com quem eu quero estar também.

Nunca me senti tão conectada a alguém como me sinto com ele. É como se o tempo que passamos separados apenas tivesse nos deixado ainda mais próximos.

O que é uma loucura.

Duas pessoas podem pertencer uma à outra sem nunca estarem realmente juntas? Você pode amar alguém sem conhecê-lo? Sempre acreditei em almas gêmeas, e estando aqui na frente dele, não posso negar que somos alguma coisa... a mais.

— Não consegui dormir — digo, em vez de responder à sua declaração.

— Por que não?

Porque eu estava deitada na cama, pensando em você e por que não consigo ir embora.

— Muita coisa em minha mente.

Principalmente ele, mas também muito sobre Kevin. Eu recebi a data do julgamento hoje, e estou lutando com isso. Não estou pronta para falar sobre o que aconteceu novamente. Sinto que finalmente cheguei ao ponto em que não estou revivendo isso todos os dias, então arrastar todas essas emoções de novo e na frente do tribunal é assustador. Não é porque não quero ver Kevin ir para a cadeia pelo que fez, mas porque não quero ter que voltar a me sentir como nos dias seguintes à sua prisão.

— É por que nós temos uma data para o encontro?

Uma data para o encontro? Que encontro? Meu peito aperta e eu procuro meu cérebro para ver quando concordei com isso.

— Nós temos?

— O encontro com Kevin no julgamento.

Eu mentalmente bato minha mão contra a cabeça. Claro que ele se referia ao maldito julgamento e não a nós. Não estamos tendo encontros, estamos... evitando o fato de que temos sentimentos.

Eu sou uma garota propaganda de saúde mental agora.

— Sim, eu sabia o que você queria dizer. É tarde e estou cansada, mas a data do julgamento é uma boa. Quer dizer, é uma boa termos uma e faltarem cinco meses. Estou pronta para que haja uma decisão e...

E seus lábios estão tão próximos.

Posso sentir o calor do seu corpo enquanto você está tão perto de mim.

O perfume de Connor preenche o ar ao nosso redor e eu inalo, a deixando me encher.

— Ellie?

— Oi? — Continuo olhando para os lábios dele e gravando a forma como se movem quando ele diz o meu nome na memória.

Lentamente, meu olhar se eleva para o dele. Vejo a fome girando enquanto ele me observa. Eu o quero tanto. Não sei se é porque estamos parados no escuro, apenas os raios prateados da lua iluminando o espaço ao nosso redor. Talvez seja o fato de que ele cheira tão bem. Ou talvez seja porque fico solitária quando não estou perto dele.

— Connor? — Seu nome é um sussurro ao vento.

— Sim?

Meu coração está acelerado e luto contra o que quero fazer, cada segundo parecendo anos se passando até que eu pare de me permitir pensar. Pensar muito nunca deu certo para mim.

Eu quero fazer.

Eu quero ser.

Eu quero viver.

Fecho a distância entre nós tão rápido que ele não tem tempo de reagir e pressiono meus lábios nos dele. Não leva mais que um segundo para ele responder. Seus braços envolvem minha cintura e ele me puxa para si. Nossos lábios se movem suavemente, mas a paixão é tão intensa que sinto como se pudesse derreter.

Meu polegar roça a barba por fazer em sua bochecha, me deleitando com os pequenos pelos contra minha pele. Ele faz um barulho no fundo da garganta, e eu engulo, permitindo que aprofunde o beijo.

Embora eu possa ter começado este beijo, Connor está liderando. Seus braços fortes apertam e ele me inclina ligeiramente para trás, mergulhando mais fundo em minha boca.

As memórias às quais me apeguei tanto são fracas em comparação ao que sinto agora, beijar Connor não é nada como me lembro. É como se eu estivesse vivendo em preto e branco, mas tivesse acabado de entrar em um mundo de cores, e a vivacidade da vida ao meu redor é cegante.

É quase como se isso não fosse real e vou acordar na minha cama em um momento. Se isso é um sonho, rezo para dormir para sempre.

Lentamente, movo as mãos de seu rosto até seu pescoço, seus lábios percorrendo meu queixo.

— Meu Deus, Ellie. — A voz de Connor é profunda e vigorosa.

— Me beija.

Ele se afasta, seus olhos me observando como se percebesse quem ele é e o que estamos fazendo.

— Isto é um sonho?

Eu sei como ele se sente.

— Não, eu sou real. Nós somos reais.

Seu nariz desliza contra o meu, e me orgulho do resmungo baixo que vem de seu peito.

— Não quero forçar você. Eu posso esperar. Vou esperar. Vou esperar para sempre por você.

Eu agradeço por isso mais do que ele imagina. Ele inclina minha cabeça para que possa me observar um pouco mais de perto.

— Eu não quero que você espere para me beijar.

Seus olhos se fecham e, lentamente, ele me beija. Seus lábios macios tocam os meus suavemente, nossas respirações se misturando, e nenhum de nós se move. Sinto-me tonta, sem fôlego. É quase como se eu estivesse flutuando e desesperada para que ele me puxasse de volta à Terra.

Começo a me mover em direção a ele, incapaz de resistir, e então ouço a única coisa que pode me impedir.

— Mamãe? Você está aqui?

Dou um passo para trás tão rápido que quase tropeço e viro os olhos arregalados para a porta da cozinha.

— Oi, querida. O que há de errado? Não consegue dormir? Precisa de água?

— Connor! — Ela se anima assim que percebe que ele também está na cozinha. — Eu não sabia que você estava aqui também!

— Ei, Ligeirinha.

Ela olha para ele e depois para mim.

— Vamos pegar algo para você beber e depois voltar para a cama. — Talvez se eu puder conduzi-la para fora daqui rápido o suficiente, ela não fará nenhuma pergunta.

— Por que vocês dois estão no escuro?

Desisto.

Connor ri e a pega no colo.

— Porque as luzes estão muito fortes. Vamos todos voltar para a cama antes que o sol nasça e todos nós derretamos.

Hadley ri.

— Não derretemos com o sol.

— Não?

— Não! — Sua voz está alta e cheia de diversão. — As pessoas não derretem, Connor.

— Bem, olha só. Você me ensinando algo. Agora, a mamãe pode trazer algo para você beber e eu vou te colocar na cama.

Ele olha para mim e pisca antes de sair da cozinha.

Fico atordoada, meus dedos tocando meus lábios e me lembrando do beijo que compartilhamos, desejando que fosse eu que ele estivesse levando para cama.

Estou com tantos problemas.

O escritório de Nate é exatamente o que imaginei, o que quer dizer que é o oposto do de Sydney. O dela era branco com mobília cinza, decoração moderna e nada arrogante, e não parecia em nada com o de uma advogada. Parecia um lugar convidativo e limpo, onde ela queria que seus clientes estivessem calmos e abertos. Considerando tudo, o de Nate grita: Olhe para mim!

Sua mesa ocupa um terço da sala, com estantes de livros enfileirados na parte de trás. Ele tem uma grande poltrona de couro que é acolchoada e escura. Não há arte, apenas seus diplomas e algumas fotos dele com o prefeito e outras pessoas do município.

— Você tem alguma pergunta? — Nate pergunta, se virando em sua cadeira para me encarar.

Sydney bate a caneta e olha para Nate.

— Quais são as medidas de segurança que estão sendo tomadas para Hadley após a leitura do veredito?

Ele balança a cabeça, os olhos se estreitando para ela como se estivesse sendo ridícula.

— Sério, Syd?

— Sim, sério, Nate. Se ele for considerado inocente ou se for solto até a sentença, você acha que ele vai deixá-las em paz?

O buraco em meu estômago se vira, enviando uma nova onda de ansiedade por mim. Eu realmente queria que Connor estivesse comigo, mas como ele também é uma testemunha, ele não tem permissão para falar com a promotoria ao mesmo tempo em que eu.

Não que não pudéssemos planejar alguma jogada se quiséssemos, já que moramos na mesma casa, mas tanto faz.

Nate se mexe na cadeira e depois olha para baixo.

— Eu não sei. Acho que podemos ter um policial na escola.

— Eu gostaria disso — digo, com um sorriso suave. — Sei que é difícil para todos. É uma cidade pequena, todos nós nos conhecemos.

— Não importa — Sydney me corta. — Eu não me importo se o conhecia, conhecia você, ou qualquer outra pessoa. O que eu vi naquela noite, Ellie... bem, quero ter certeza de que isso nunca aconteça com você novamente.

Meu corpo está frio e eu movo as mãos para cima e para baixo em meus braços para tentar afastar o frio. Eu nunca mais quero passar por isso de novo. A segurança que comecei a me acostumar vai desaparecer, a menos que ele seja considerado culpado.

Além disso, me disseram que o tempo que ele foi detido pode ser usado para cumprir pena. Kevin não tem nenhuma prisão anterior e não é considerado perigoso. O fato de ele ter sido detido ainda parece deixar Nate e Sydney perplexos.

— Ninguém pode controlar isso, Syd. Minha maior preocupação é a audiência — admito.

Nate se endireita.

— Com o que você está preocupada?

A pergunta mais fácil de responder seria com o que não estou preocupada. Não há nada fácil neste processo. Eu não tenho ideia do que esperar. Claro, eles examinaram cenários, mas isso não está gravado na pedra. Se Kevin for solto, não há como ele desistir. Terei arruinado a vida dele, então terei que pagar.

Ele não vai cair aos meus pés e se desculpar. Estamos entregando os papéis do divórcio, não estou em sua preciosa casa mantendo as coisas do jeito que ele quer. Sem mencionar que nem estou cuidando da fazenda. Pelo que sei, os trabalhadores estão roubando vacas, e eu não me importo.

O que me importa é a minha segurança e a de Hadley. Então, sim, estou preocupada.

— Tudo. E se eles não acreditarem nas evidências?

Nate e Sydney trocam um olhar, e então Nate fala:

— Não posso controlar a direção que isso vai tomar, Deus sabe que eu gostaria de poder. O que posso fazer é apresentar a verdade da melhor maneira que sei. Vou mostrar o panorama e espero que eles vejam. É por isso que teremos muitas dessas palestras e muitas coisas reorganizadas. Tenho quatro meses para construir um caso.

— Isso não muda o fato de que eles podem não acreditar em mim.

Sydney interrompe, segurando minha mão na dela:

— Sua história não muda com base no final. Não há nada que possamos fazer a não ser dizer a verdade, Ellie. Você é uma mulher forte e bonita que passou pelo inferno. Fez o que precisava fazer por Hadley. Você mostrou a ela como é ter força e coragem. O veredito não muda isso. Temos alguns meses para nos prepararmos para tudo isso, então, se ele for inocentado, teremos um plano para manter vocês em segurança.

Uma lágrima desce pelo meu rosto, porque suas palavras significam tudo. Eu não sei se posso acreditar nelas, no entanto. Por muito tempo, pensei que minha verdade não importava. Eu me via como fraca e estúpida. Não importa o que os outros tenham dito sobre mim, achei que merecia.

Eu sabia que não devia casar com ele.

Inferno, eu dormi com outro homem na noite antes de me casar com ele porque uma parte de mim queria ir embora. Eu era fraca demais para aguentar.

Eu me levantei, me vesti e saí sem arriscar com Connor.

Agora, olhe para mim.

Meus dedos limpam as lágrimas que continuam caindo.

— Estou com tanto medo.

— Sei que está, mas você é tão corajosa.

— Não é só isso... Por tanto tempo, ele foi capaz de me obrigar a fazer o que queria. É como um jogo doentio dele, que me faz sentir estúpida e vulnerável. E se ele for solto no dia do julgamento? — pergunto. — O que acontece?

Os olhos de Sydney estão cheios de preocupação, mas também de determinação.

— Então estaremos todos por perto para garantir que você esteja segura. Não que você tenha que se preocupar, porque Connor vai matar qualquer um que tentar machucar você ou Hadley.

Olho para cima, o medo me segurando com tanta força que dói respirar.

— É disso que tenho medo. Vou arruinar a vida de outra pessoa por causa da bagunça que fiz.

Capítulo 21

Ellie

Ando pela grama, o orvalho grudando em minhas pernas, e me aproximo do meu destino. Acordei cedo, e como Connor e Hadley já estavam trabalhando no celeiro, achei que era hora de buscar alguns conselhos muito necessários das pessoas que mais amo.

Já se passaram anos desde que estive aqui. Tempo que passei tentando reconstruir minha vida destruída da melhor maneira que pude. Conforme os dias passavam e o tempo escapulia, meu mundo se tornava mais complicado do que eu jamais pensei que seria, mas uma coisa sempre permaneceu firme. Meu amor por essas pessoas, e eu sei o quanto elas me amavam também.

Seguro as margaridas brancas que peguei no caminho, minha mão tremendo ao me aproximar. O cheiro do ar puro da manhã gira em torno de mim, da grama e um pouco do cheiro das vacas é inevitável.

Mesmo assim, sou transportada de volta ao dia em que os enterrei aqui, há oito anos.

Naquele dia, fiquei aqui sozinha e triste, sentindo como se nada mais fosse ser o mesmo. E não foi. A noite em que morreram alterou para sempre minha vida.

Aquela pessoa roubou minha família e meu futuro.

Agora, vou recuperá-los.

Mais alguns passos e poderei ver as placas onde seus nomes estão gravados. São pequenas, simples e marcam os locais de descanso das duas pessoas que me eram queridas.

Eu paro, meu coração está acelerado enquanto olho para baixo.

A grama está tão alta que mal consigo distinguir os nomes, mas há um buquê de flores secas acima deles.

— Oi, mãe — falo, me agachando e arrancando as folhas para revelar o que nunca deveria ter sido esquecido. — Sei que já faz um tempo e... bem... muita coisa aconteceu. Espero que você esteja assistindo daí de cima e saiba que você é a avó de uma garota perfeita. O nome dela é Hadley, porque... — Eu paro de falar, traçando as letras do nome da minha mãe, Hadley Joanne Cody. — Acho que você pode adivinhar o porquê. Eu precisava de você ao meu lado ainda. Ela me lembra de você. É inteligente, engraçada e tem o maior sorriso de todos. Papai também a amaria, ela é tão curiosa e inteligente quanto ele. Você a teria amado. Vocês dois teriam. Não tenho certeza se estariam tão orgulhosos de mim, no entanto — confesso. — Veja, eu fugi de todas as coisas que você me ensinou sobre família e respeito. Acho que é por isso que fiquei longe daqui por tanto tempo. Eu tinha certeza de que você pensaria que eu era uma tola. Meu próprio coração estava partido por causa das escolhas que fiz e vir aqui era o último lugar que eu deveria, mas fui estúpida, mãe. Você não teria me julgado. Você teria me ajudado.

Minha mãe era a melhor pessoa do mundo. Ela me amava com uma intensidade que enfrentava qualquer outra coisa. Eu tentei tanto ser assim com Hadley. Ao amá-la como se fosse meu último dia. Tantas vezes, eu temia que pudesse realmente ser, e esperava que, ao saber da força do meu amor, isso a ajudasse a passar por qualquer coisa.

Minha própria mãe me amava muito.

E, ainda assim, não agi direito por ela.

— Me desculpe, mamãe. Lamento não ser forte como você. — Olho para o túmulo onde meu pai repousa. — Sinto muito não ter encontrado um homem como você, papai.

Uma lágrima cai pela minha bochecha.

— Lamento ter tido medo e acreditado que podia mudar alguém. Lamento ter deixado a pessoa que te levou embora em liberdade. Não sei quem estava dirigindo aquele carro, mas quero que saiba que nunca esqueci.

Por um tempo, tive esperança. Mas quando a polícia disse que não tinha informações ou relatórios de danos que correspondessem ao acidente, o caso foi esquecido.

Assim como meu coração.

— Eu tenho tanto para lhe contar. — Minha voz treme. — Meio que uma confissão para as pessoas que me criaram para fazer melhor que isso. Casei com Kevin, mesmo depois de dizer a vocês que achava que não deveria. Achei que ele seria como vocês esperavam, mas não foi. Acho que sabia, mesmo na faculdade, que havia algo sombrio dentro dele. Agora eu estou... bem... estou fazendo mudanças. As quais vocês ficariam orgulhosos.

Tento pensar no que diria se Hadley estivesse na minha situação. Sei que minha mãe seguraria a minha mão com força. Ela me diria que sou inteligente e que sei o que preciso fazer, apenas ir em frente e fazer.

— Pedi o divórcio ao Kevin depois de ele... — Minha voz treme enquanto uma lágrima se forma. — Ele me bateu. Ele teria me matado, e bem, não o fez por causa de Connor. Eu falei sobre Connor da última vez que estive aqui, mas não sabia o nome dele. Aposto que vocês provavelmente pensaram que eu me casaria com ele, já que falei muito sobre ele. E então, há a possibilidade de ele ser o pai de Hadley, o que é outra longa história.

Depois que deixei Connor naquela noite, vim aqui. Abri minha alma para meus pais, sabendo que nunca poderia contar a outra alma o que sentia. Eu estava com vergonha, mas também cheia de esperança. Contei a eles sobre como ele me segurou, cuidou de mim e como eu ficaria bem agora.

— Ele está de volta, e não sei o que isso significa, mas não consigo parar de pensar nele. Quero estar perto dele. Eu me pego sonhando com ele durante o dia e depois inquieta à noite, pensando em beijá-lo novamente. Eu me preocupo que seja muito cedo para ter esses sentimentos. — Minha mão se move contra o metal frio e me pergunto se estou sendo louca. Connor e eu não nos conhecemos há muito tempo e, ainda assim, é como se ninguém mais no mundo me conhecesse melhor. Ele tem sido paciente, atencioso e gentil. Eu sei que ele me quer, posso ver em seus olhos, mas ele luta.

Ambos lutamos.

— Eu me importo com ele, mãe. Sei que ele se preocupa comigo, mas e se eu estiver errada sobre ele? E se ele não nos quiser se Hadley não for dele? E se ele descobrir que Hadley é dele e quiser uma família, mas estou muito quebrada para isso? É demais e estou com medo. Deus, estou com tanto medo de cometer os mesmos erros, mas... Não sei por quanto tempo mais vou conseguir resistir a ele. E é isso que mais me assusta. Se ao menos você estivesse aqui para me dizer o que fazer, mãe...

— Você está me evitando? — A voz profunda de Connor me assusta enquanto estou olhando a lua.

Assim que faço meu coração acalmar, eu nego.

— Não mais do que você está me evitando.

Hadley foi para a cama duas horas atrás e eu foquei em trabalhos enquanto Connor estava fazendo algo na fazenda. Nos vimos de passagem desde o beijo da noite passada, mas é como se estivéssemos girando em torno um do outro, sem conseguir parar. Queria falar com ele, mas não tivemos tempo ou Hadley estava sempre por perto.

Eu esperava que ele me encontrasse aqui para que pudéssemos descobrir o que está acontecendo entre nós.

— Ahh, é aí que você está errada. Não estou fazendo nada disso, Anjo. Estou apenas trabalhando e tentando consertar este maldito celeiro para que possamos mover as vacas, o que seu capataz disse que eu precisava fazer até o final da semana.

O vento sopra, empurrando meu cabelo na frente do meu rosto, e eu puxo o cobertor que está enrolado em meus ombros um pouco mais apertado. A neve chegará em breve e faz sentido mover o gado para o pasto mais próximo.

— Como você cresceu em uma fazenda de gado leiteiro e não manteve nenhuma informação sobre como administrá-la?

Connor dá de ombros com aquela arrogância que passei a admirar.

— Eu não tinha a intenção de viver ou administrar uma fazenda, então não era a informação que me importava.

Acho que faz sentido.

— Você vai me contar sobre sua infância?

— Não há muito a dizer.

Minha cabeça se inclina para o lado. Eu não acredito nisso por um minuto.

— Você cresceu aqui com três irmãos mais velhos. Deve haver algo que possa me contar.

Ele se aproxima, seus olhos voltados para os campos à nossa frente.

— Está vendo aquela árvore ali?

— Sim.

— Foi ali que meu irmão me convenceu de que eu era descendente do Superman e que voar estava no meu sangue. Ele também me disse que tinha um frasco de kriptonita e, se eu não corresse o risco de voar, eu morreria.

Eu rio uma vez e cubro a boca com o cobertor.

— E você voou?

Ele bufa.

— Não, eu quebrei meu nariz e duas costelas. Mas... — O sorriso de Connor cresce. — O castigo que Sean recebeu por me obrigar a fazer isso quase valeu a pena. Juro que ele não conseguiu sentar durante três dias.

— Meninos — eu digo, com um bufo.

— Você não tem ideia. Criávamos o inferno na cidade. Minha mãe andava por aí se desculpando e jurando que nos criou para sermos melhor do que isso. Mas quatro meninos com muito tempo livre e imaginação selvagem eram uma mistura que ela não conseguia conter.

Adoro ouvir esse tipo de história sobre ele.

— Eu gostaria de ter irmãos.

— Eu gostaria de não tê-los.

— Você teria ficado muito sozinho nesta vasta fazenda, sem ninguém com quem se meter em problemas.

Connor inclina a cabeça para o lado.

— Talvez você esteja certa. Quando meus irmãos partiram, foi difícil para mim. Eu estava preso aqui, sozinho, e odiava isso. Embora, se mamãe estivesse viva, talvez não fosse assim.

— Como ela morreu? — pergunto, e imediatamente desejo poder voltar atrás.

Eu me lembro da dor no olhar de Connor quando ele falou de sua mãe, e eu sei a minha própria dor quando penso em meus pais. É difícil perder um pai. Eles te criaram, te moldaram na pessoa que você é e, quando eles não estão mais lá, é como se um pedaço de toda a sua existência tivesse desaparecido. Eu sofri ao perder os dois no mesmo instante. Não houve adeus ou chance de dizer coisas que precisávamos. Não tive um encerramento, e espero que Connor tenha conseguido algum, e provavelmente não importa que não seja um conforto.

— Câncer. Foi rápido e feroz. Nós descobrimos, e então parece que eu pisquei e ela se foi. Meus irmãos e eu estávamos... uma bagunça do caralho, mas meu pai, bem — sua voz é suave e cheia de dor —, nós o enterramos ao lado dela naquele dia, apenas seu corpo não foi para o buraco. Ele nunca foi o mesmo, nem a vida que pensávamos ter.

Eu estendo a mão, pegando a sua na minha.

— Não sei se algum de nós voltará à vida que pensávamos ter depois de uma tragédia. Alguém ou algo o arranca e ficamos à deriva.

Seus olhos observam os meus com uma intensidade que faz meu estômago apertar.

— Você ainda está à deriva, Ellie?
Eu balancei minha cabeça, negando.
— Não, acho que não.
— Por que não?
— Porque você não me deixa.
Ele levanta a mão, segurando minha bochecha e olhando para mim.
— Você vai me deixar te beijar de novo?

Eu tanto quero como evitei este momento. Partes iguais de mim sendo dilaceradas pelo desejo e pelo medo. Quero beijá-lo novamente, sentir seus lábios nos meus e me entregar ao momento. Então me preocupo que, se me permitir esperar por mais, eu posso perdê-lo e isso vai me quebrar ainda mais do que já estou quebrada.

Mas minha decisão não é tão forte.

Resistir a ele é inútil, e só estou mentindo para mim mesma quando digo que quero resistir. Não há nada que eu queira mais do que ser dele.

Então, empurro meu medo para o fundo e faço a única pergunta que importa.

— Você vai me machucar, Connor?
— Nunca.
E eu acredito nele.
— Então, sim, vou deixar você me beijar.

Capítulo 22

Connor

Espero um pouco caso ela mude de ideia. O primeiro beijo foi incrível, mas o medo me segurou antes e tento manter meu controle firme agora. Porque não acho que posso me conter desta vez.

Mas eu tentarei.

Ela é tudo que eu quero e preciso, e ela está aqui. Quero puxá-la em meus braços, beijá-la até que se esqueça de todas as coisas ruins que já aconteceram com ela e dar novas memórias cheias de todas as coisas que ela deveria ter tido.

Eu quero tudo e quero com ela.

Lentamente, eu trago minha outra mão e seguro seu rosto com as duas. Os hematomas que marcavam sua pele um mês atrás sumiram, deixando apenas seus lindos olhos azuis, que não têm nenhum indício de medo neles. A cada dia, ela cura um pouco mais, e a cada dia, espero mostrar a ela o homem que sou.

Eu não vou machucá-la. Nunca vou pegar o que ela não está disposta a dar. Eu só vou desfrutar dela, porque ela é uma porra de um anjo.

Nossos lábios se aproximam, cada respiração é dada ao momento. Sinto o calor de seu corpo quando ela se inclina.

— Você é tudo que eu lembrava e nada do que eu estava esperando — digo, antes de beijá-la.

No início, vou devagar, apenas deixando nossos lábios se tocarem e não querendo assustá-la com o desejo insano que sinto por ela. Eu me mantenho sob controle, usando cada grama de treinamento que tive. Paciência é o que ela precisa, e é a última coisa que sinto quando estou tão perto dela.

Suas mãos deslizam pelas minhas costas, fazendo com que o cobertor caia de seus ombros. E então a beijo como eu queria. Minha língua desliza contra a dela, e seu sabor é o suficiente para me fazer querer morrer, porra.

Isso é o céu.

É por isso que ela é um anjo enviado para mim. Tudo nela é perfeito.

Eu gemo, incapaz de me conter, beijando Ellie do jeito que eu sonhei por tanto tempo. Nossas línguas se movem juntas e eu a bebo. Ela não tem ideia do que faz comigo e, de certa forma, espero que nunca tenha.

Ellie consome meus pensamentos e sonhos. Apenas um sorriso pode colocar todo o meu mundo em chamas. Estou tão longe, e nem sei como isso aconteceu. Em um minuto, eu estava aqui, nesta porra de cidade que odeio e cercado por fantasmas, e no próximo, eu não estava querendo sair de minha casa porque ela e Hadley estavam lá.

Ela se afasta, encostando a testa na minha.

— Quando você me beija assim, não consigo pensar.

— Eu não quero que você pense, quero que você sinta.

Seus olhos azuis erguem-se para os meus e sua vulnerabilidade me insulta.

— Essa sempre foi minha ruína. Se eu usasse mais minha cabeça, nunca teria chegado na posição em que estou.

Ellie dá um passo para trás e eu a deixo ir, embora queira segurá-la contra mim. Ela e eu temos demônios e, quando eles acordam, sei como é difícil silenciá-los novamente.

— Não quero tirar seu direito de escolhas.

Ela se vira rapidamente.

— Eu não acho que você tire. Não posso cometer os mesmos erros novamente, Connor. Pulei de cabeça em um relacionamento com um homem que eu sabia que não era certo para mim. Eu o deixei… me machucar. Dei a ele poder sobre mim de uma forma que eu nunca deveria. Ele quebrou coisas dentro de mim, uma confiança que eu não sei se pode ser reparada. Nunca estarei completa ou serei a mulher que não está um pouco danificada.

Eu me movo em direção a ela, incapaz de ficar para trás, mas me contenho para não tocá-la.

— Eu não me importo se há pedaços de você que estão danificados. Não me importo se cada centímetro de você está marcado. Acredite em mim, há partes de mim que estão tão mutiladas que seria preciso um milagre para endireitá-las. Não se trata de perfeição ou de ser completo, é você ser você.

Ellie desvia o olhar, prendendo o cabelo atrás da orelha.

— Você diz essas coisas e tenho que me impedir de cair.

— Se você cair, eu vou te pegar.
— E se eu te levar para baixo comigo?
— Eu vou te abrigar para que você não se machuque.
— E se você for ferido no processo? — A voz de Ellie é quase um sussurro.
— Posso lidar com isso. — Eu me aproximo, minha mão levantando e colocando o outro lado de seu cabelo atrás das orelhas. — O que eu não posso lidar é estar causando dor a você ou Hadley. Eu quero te fazer feliz, anjo, não te fazer chorar.

Seus dedos envolvem meu pulso e minha palma se move para segurar seu queixo. Mas ela não afasta o meu toque.

— É que quando você me beija, eu me esqueço de mim mesma. Não posso deixar isso acontecer.

Descanso meus lábios contra sua testa, tentando pensar no que dizer para dar segurança a ela. Não quero que ela se esqueça de si mesma, apenas das coisas ao seu redor. Quero dar a ela poder e liberdade.

Quando vou abrir a boca, ela levanta a cabeça e fala:

— Eu quero você, Connor. Acho que sempre te quis, mas não foi isso que eu tive. Saí naquela noite e não podemos fingir que os últimos oito anos não aconteceram. Sei que você está preocupado que, se descobrir que Hadley é sua, não será capaz de recuar, e estou preocupada que, se ela não for, eu não serei capaz de seguir em frente.

Meu coração bate contra o meu peito.

— Não importa se ela é ou não é.
— Isso importa para mim.

E é isso que eu também temia. Se ela descobrir que Kevin é o pai de Hadley, ela se afastará de mim? Ela temerá que ele queira Hadley e fugirá? Ela irá embora e não dirá a ninguém para proteger as duas? Não vou ser capaz de lidar com isso se ela o fizer. Eu quero que ela seja nossa. Quero que aquela noite tenha criado algo tão perfeito, que vive entre nós agora. No entanto, se for importante para ela, então darei as respostas que ela quer, que se danem as consequências.

— É isto que você precisa? — pergunto.
— Acho que é.
— Então... vou fazer o teste amanhã, se é isso que vai te fazer feliz e se sentir segura.
— Isso. Eu quero saber de um jeito ou de outro.

— Eu farei qualquer coisa por você, Ellie.

Ellie se lança sobre mim, seus braços envolvem meu pescoço, e eu nos firmo e a seguro em meus braços. Seus lábios estão nos meus um instante depois, e todas as minhas preocupações desaparecem.

Talvez ela esteja certa, não podemos seguir em frente se não enfrentarmos o que está atrás de nós. Deus, se isso for verdade, terei muita bagagem para desfazer.

Capítulo 23

Ellie

Estou tão morta de cansada. Hoje foi um dia louco no trabalho. Tenho tentado sair da minha zona de conforto e conhecer os outros professores, mas minhas habilidades sociais são horríveis. E se eles não têm filhos, não tenho nada para atribuir na conversa.

Eles estavam falando sobre compras hoje, e eu tentei. Realmente tentei. Porém falhei e acabei fingindo uma dor de estômago e me escondendo na sala de aula para comer.

— Connor? — grito, entrando na casa. — Hadley?

Ninguém responde.

Talvez os dois estejam trabalhando no trator novamente. Connor terminou o celeiro ontem à noite e disse que precisava fazer os equipamentos funcionarem em seguida. Há tantos reparos a serem feitos que não sei como seus irmãos esperam que ele consiga consertar a metade de tudo antes que sua sentença de seis meses termine.

Menos de seis meses agora.

Já se passaram quase dois meses desde o meu ataque. O tempo está diminuindo, mesmo sem saber. O que acontece quando estiver tudo no lugar? Ele vai ficar ou vai embora? Eu vou ficar ou vou embora, é outra questão. Não tenho as respostas para nenhuma das perguntas.

Solto um suspiro, porque não estou pronta para enfrentar nada disso agora. Pego a correspondência do balcão e jogo as contas, meu extrato bancário da conta para a qual nunca mudei de endereço, e então paro antes de jogar o último envelope.

O resultado do teste de DNA.

Pego o envelope e corro para o meu quarto. Não consigo abrir sem ele. No entanto, não posso sentar aqui e não olhar. Hadley é minha filha e isso será por toda sua vida, mas e se o resultado não for o que espero?

Eu sabia que seria uma possibilidade, mas ainda seria uma merda. Agora está aqui, e enquanto eu pensava que poderia lidar com qualquer que fosse o resultado... talvez eu estivesse errada. Estou pronta para Connor ser o pai? Estou bem em saber que... Kevin... poderia ser uma parte dela e nunca nos livraríamos dele? Há muito em jogo aqui.

Em vez de me permitir descer pela toca do coelho e ficar louca, me forço a me controlar. Connor é um bom homem e não vai me pressionar, disso tenho certeza. Ele pode querer, mas nunca fará nada para machucar Hadley ou a mim. Tenho que confiar que, independente do que esse teste diga, conheço meu caminho a seguir.

Vou me divorciar e começar a levar a vida que mereço. Se isso significa que Connor fará parte ou não, é irrelevante. Estou economizando dinheiro, trabalhando em um emprego que adoro e, de certa forma, morando com o possível pai da minha filha, porque minha casa é muito assustadora para minha garotinha ficar por mais de dez minutos. Sim, eu tenho tudo caminhando agora.

Sento na cama, inclino o rosto para o teto e solto uma respiração pesada. Eu consigo. Preciso dar um passo de cada vez. O primeiro é encontrar minha filha e Connor, atraí-lo para longe dela e fazê-lo abrir o resultado. Então eu posso surtar.

Em vez disso, coloco a mão para baixo e não sinto o edredom, mas encontro o cetim. Hã?

Quando me levanto e olho para baixo, vejo meu vestido de cetim preto que estava pendurado no armário da minha casa. É a única coisa bonita que tenho, e só usei em ocasiões muito especiais. Kevin não queria que eu me vestisse bem, pois isso poderia chamar a atenção para mim.

— O que é isso? — pergunto, pegando o bilhete.

> *Ellie,*
> *Encontre-me às 20h no bar onde nos conhecemos. Hadley está com Syd esta noite, está tudo bem. Nós merecemos algum tempo... só nós.*
> *Connor*

— O que exatamente você está aprontando, Connor Arrowood? — questiono em voz alta, agarrando o papel contra o peito. Independente do que seja, ele fez algo que ninguém fez antes.

Tentou.

Estou tão nervosa ao descer do Town Car preto, que por acaso estava estacionado do lado de fora da casa quando saí. Foi muito impressionante e muito atencioso. Aliso o vestido e empurro meu cabelo para trás. Eu estava com pressa para me arrumar, pois não encontrei o bilhete até as sete e meia e sabia que levaria cerca de vinte minutos para chegar lá.

Ainda assim, mesmo com a correria, estou cerca de quinze minutos atrasada. O envelope com o resultado do teste de DNA está na minha bolsa, e me preocupo quando será o momento certo de trazê-lo à tona.

Piso no meio-fio e sou jogada de volta no tempo. É exatamente como me lembro. O bar é antigo, com um letreiro em néon que ainda está apenas parcialmente iluminado, fazendo com que se leia AR em vez de BAR. As janelas têm venezianas velhas que precisam desesperadamente de conserto, e a música é um country baixo que fala à tristeza de quem vem aqui.

Mas, por dentro, a tristeza não está esperando por mim — Connor está. Empurro a porta, repentinamente ansiosa para vê-lo, e quando percebo o que está diante de mim, não consigo respirar.

Connor é a única pessoa lá dentro, nenhum outro cliente ou mesmo um barman. O interior sujo foi limpo, e o leve aroma de pinho e limão permanece sob o cheiro das velas acesas por todo o cômodo. Há uma pequena mesa no meio da pista de dança com uma toalha, talheres e um buquê de rosas. Sua mão casualmente descansa nas costas da cadeira enquanto ele sorri e me observa.

— Você está atrasada.

Eu sorrio de volta.

— Não recebi sua notificação a tempo.

Ele começa a se mover em minha direção, não com pressa, mas também não muito lento. Seu passo é confiante, como se soubesse que eu viria mesmo que demorasse um pouco.

— Você está bonita.

— Você também. Bem... lindo. Você está lindo — eu corrijo.

Todas as preocupações que me atormentavam se foram. Connor afasta todas elas apenas por estar perto de mim.

— Queria que tivéssemos um encontro de verdade.

— Estou vendo. Normalmente, alguém convida a garota, certo?

Ele encolhe os ombros e para na minha frente.

— Eu não acho que haja algo normal sobre nós, Anjo.

Ele está certo nisso.

A mão de Connor desliza pelo meu braço, deixando um rastro de arrepios antes de seu polegar roçar no meu queixo.

— Não se perca. — Sua voz é baixa e tem uma ponta de advertência. — Vou beijar você e preciso que um de nós tenha algum controle.

Minha respiração está vindo em rápida sequência, e não consigo acompanhar o que ele está dizendo. Controle? Beijar?

Antes que eu possa pensar muito mais sobre isso, seus lábios estão nos meus. Ele me beija suavemente no início, docemente, beijos lentos que fazem meus dedos dos pés dobrarem. Seguro seus ombros, precisando de apoio, porque eu poderia jurar que estou derretendo.

Então o beijo se torna mais intenso, e nem tenho mais certeza em que planeta estou. Eu me sinto leve, flutuando em um mar de desejo onde ele é tudo o que existe.

A música acaba, o bar desaparece e ficamos só nós dois.

Nossas bocas se movem juntas, não ásperas ou necessitadas, mas exploratórias — como se não tivéssemos tempo além do presente. É mágico, maravilhoso e não quero que acabe nunca. O som de batimento cardíaco enche meus ouvidos e abro meus lábios para ele. Sua língua se derrete contra a minha e eu gemo.

Deus, beijar assim é criminoso.

Ele inclina minha cabeça para o lado, me pedindo para lhe dar melhor acesso, e eu dou livremente. Eu desistiria de tudo para fazer esse beijo durar para sempre.

Meus dedos apertam seus ombros e seus lábios se movem para beijar meu pescoço.

— Você deveria manter o seu juízo — ele diz contra a minha pele, antes de pressionar outro beijo suave na minha garganta.

— Você sabe o que te beijar faz comigo?

Ele se endireita, um sorriso triunfante em seu rosto arrogante.

— Sim, e gosto dos resultados.

Eu sorrio e dou um passo para trás, cambaleando um pouco, o que o faz sorrir mais.

— Tenha cuidado.

— Sim, você também. Você não gosta de mostrar, mas também é afetado por isso.

Connor ri, um som gutural profundo que me faz querer beijá-lo novamente.

— Eu nunca disse que não era. Quando se trata de você, Ellie, não tenho limites.

— Acho que você tem muito mais do que gostaria de admitir.

Ele ergue uma sobrancelha.

— Ah, é? Como?

— Bem, estou em sua casa há dois meses e você não fez nada mais do que me beijar.

Depois que as palavras saem da minha boca, tenho vontade de me dar um tapa.

— Você quer que eu faça mais?

Sim. Não. Eu não sei.

— Eu não deveria e é por isso que estou feliz que você não tenha feito. Ainda estou tecnicamente casada e há uma parte de mim que não quer que façamos mais do que fizemos por esse motivo.

Não que eu ache que algum Deus no céu não entenderia depois de tudo com que lidei. Ainda assim, acho que é muito para começar uma coisa nova agora. Quero que meu relacionamento com Connor nunca tenha marcas negativas.

Passamos a noite juntos anos atrás e eu nunca deveria ter feito isso.

— Não, isso é... — Cubro o rosto com as mãos. — Não sou boa em nada disso, então, por favor, esqueça o que eu disse.

— Por favor, explique — ele pede, enquanto nos sentamos.

— Da próxima vez que estivermos juntos, quero que esteja tudo certo. Sem marido, sem segredos, sem coisas que pairem sobre nossas cabeças. Quero que você e eu sejamos tudo.

Ele estende a mão sobre a mesa e eu coloco a minha nela.

— Eu disse que esperaria para sempre por você, e estou falando sério. Sinto que esses oito anos têm sido minha missão de treinamento.

Tento sorrir, mas me sinto idiota.

— Sinto muito.

— Sente muito pelo quê?

— Estou basicamente dizendo que temos que esperar até que meu divórcio seja finalizado.

— Me diga uma coisa, posso beijar você?
— Sim.
— Posso te abraçar?
Aceno.
— É claro.
— Podemos ir a encontros?
— Espero que sim.
Connor sorri.
— Então, até que você esteja pronta para algo mais, faremos exatamente isso. Não estou com pressa.
— E quando seus seis meses acabarem? — pergunto.
— Então nós vamos dar um jeito.
Não sei por que esperava outra coisa. É injusto de minha parte esperar que ele faça promessas de algo a mais, e eu realmente sou grata por ele não fazer. Connor me conta a verdade — sempre. Ele é honesto comigo, sabendo que não posso lidar com jogos.
— Ok, nós vamos dar um jeito — eu digo em solidariedade.
— Agora, esta noite, estamos em nosso primeiro encontro oficial e pretendo cortejá-la.
Eu me inclino para trás e estendo a mão.
— Por favor, corteje.
O jantar está ótimo. Connor e eu rimos, contamos outras histórias de quando éramos mais jovens e conversamos sobre os bons tempos. Nós dois evitamos tópicos pesados e gostamos da companhia um do outro. Ele pediu ao bar que nos servisse palitos de muçarela como aperitivo em pratos que trouxe de casa, cheeseburgers para o prato principal e mandou separar as batatas fritas para servir de acompanhamento. Era fofo, atencioso e absolutamente perfeito.
— Conte-me sobre seus pais — Connor pede, e nos sentamos, esperando pela sobremesa.
— Não tenho certeza do que dizer. Eles foram incríveis, realmente maravilhosos. Morreram tragicamente e ainda é um mistério o que aconteceu.
— Um mistério?
Eu concordo.
— Nunca encontraram o carro que bateu no carro deles, então o caso esfriou.
— Sinto muito. — Sua voz está cheia de empatia.

Pela primeira vez, não me sinto tão triste. É engraçado como a cura acontece de maneiras que você não percebe. Antes, falar sobre eles me deixava deprimida, mas, neste momento, quero relembrar o bom e não o ruim. Estou cansada de sempre voltar ao que era quando eles morreram.

— Estive presa por tanto tempo e... Eu não sei. Acho que esqueci o quanto meus pais se amavam. Às vezes era quase nojento de assistir. Meu pai estava sempre beijando minha mãe. — Eu rio uma vez. — Me lembro de uma vez que entrei na cozinha e ele a colocou contra a parede. Eu tinha dezesseis anos, então sabia perfeitamente o que estavam fazendo.

Connor sorri.

— Nunca vi nada disso, graças a Deus. Para mim, minha mãe morreu virgem.

Ele é tão estúpido.

— Pelo que você me contou sobre o amor eterno de seu pai por ela, suponho que não seja verdade. Além disso, ela teve quatro meninos em cinco anos. Isso é muito sexo.

Seu rosto se contrai.

— Não, isso é uma vez para cada, e eles nunca se tocaram novamente.

— É disso que você gostaria se estivéssemos juntos? — Meus dedos deslizam contra sua palma.

Ele limpa a garganta.

— Não. Assim que eu tiver você, Ellie, você vai querer mais tempo comigo também.

— É isso mesmo?

Não que eu duvide dele. Eu o quero agora. Tocá-lo, beijá-lo, é uma droga que não consigo parar. Não consigo imaginar como será quando finalmente fizermos amor novamente.

— Definitivamente.

— Estou ansiosa para o desafio.

Connor se levanta e dá a volta na mesa.

— Dizem que dançar é como fazer sexo vestido.

— Dizem?

— Sim. Você dança comigo?

— Agora? Mas não temos música.

Ele sorri e estende a mão.

— Não precisamos disso.

Coloco minha mão na dele e nos afastamos um pouco da mesa,

que ocupava a maior parte da pista de dança. Connor para e eu me coloco em seus braços. Juntos, nós balançamos, nossas bochechas descansando uma na outra, os braços segurando um ao outro. Ele estava certo. Não precisamos de música.

Fecho os olhos e guardo esse momento na memória. Aqui estamos nós, no bar onde nos conhecemos há tantos anos, dançando exatamente como fizemos naquela noite.

Eu sinto tudo, o calor de seu corpo, os músculos fortes que me fazem sentir segura e a maneira como pareço me encaixar perfeitamente contra ele.

Connor se afasta para que nossos olhos se encontrem.

— Eu poderia ficar assim com você para sempre.

— Eu também.

E eu quero. Com ele, o mundo se enche de possibilidades e de segurança.

— Me diga o que você está pensando — pede Connor.

Quero confessar tudo porque ele precisa saber o que estou sentindo.

— Que quando estou com você, não sou a mulher quebrada que às vezes me sinto ser. Que você me olha de uma forma que eu apenas sonhei ser possível. Isso me assusta, sim, mas me deixa humilde também. Penso sobre o quanto eu quero mais com você, embora pareça ser muito cedo.

Seu polegar acaricia minha bochecha.

— Acho que se fôssemos outras pessoas, seria. Mas você é minha desde a noite em que nos conhecemos neste bar. Quando nos entregamos um ao outro, não foi assim que nenhum de nós planejou. Eu te conheço, Ellie. Vejo você por tudo o que é, e acho que talvez você esteja apenas começando a se ver.

Ele é o homem que quer matar dragões e tem a coragem para isso. Não tenho medo de dizer coisas a ele. Ele é a calma na tempestade que assola ao meu redor.

Eu balanço minha cabeça, negando e desviando o olhar.

— Eu não te mereço.

Seu polegar levanta meu queixo para que nossos olhares se fixem mais uma vez.

— Sou eu que não te mereço, Anjo, mas não vou desistir de você.

Ficamos assim, apenas nos movendo ao som de nossos batimentos cardíacos, fazendo nossa própria música.

Depois de mais alguns segundos, eu olho para ele, esperando que o que estou prestes a dizer não destrua a noite perfeita que estamos tendo.

— Eu recebi algo hoje.

— É sobre o caso do tribunal? Também recebi minha intimação hoje.

— Não, não é sobre isso. — Mastigo meu lábio nervosamente.

— Ellie. — A preocupação de Connor está ligada ao meu nome. — Eu prometo, vai ficar tudo bem. Estarei bem ao seu lado e, da maneira como o juiz decidiu da última vez, tenho certeza de que seguirá o mesmo caminho.

— Eu sei. Não é isso. Sei que você não vai deixá-lo nos machucar — digo. — Na verdade, recebi outra coisa. Resultado, na verdade. — Tento ignorar o em seus olhos e ando até minha bolsa. Pego o envelope e o seguro. — Eu não abri. Eu realmente queria, mas achei que deveria ser algo que faríamos juntos. Isto é, se você quiser. Ou posso abrir e te dizer.

Connor se aproxima, seus dedos roçando nos meus e pegando o envelope. Seus olhos estudam o papel pardo com o nome da empresa e a etiqueta do endereço antes de levantá-lo de volta para mim.

— Faremos isso juntos.

Eu aceno, incapaz de usar minha voz, mesmo se quisesse. Parece que algo está na minha garganta, a enormidade deste momento passando por mim.

Vamos descobrir se ela é dele.

Minhas mãos estão tremendo, assim como as dele ao retirar o papel do envelope.

Connor me olha mais uma vez.

— Estou falando sério, Ellie, isso não muda nada sobre como me sinto. Eu amo Hadley, e tudo o que está acontecendo conosco não vai parar por causa disso. Se ela for minha, juro agora que a protegerei com minha vida. Vou seguir sua liderança sobre como abordaremos isso, porque ela é o que importa. Se não for, ela nunca saberá de nada. Mas, independentemente de eu ser seu pai ou não, ela nunca mais vai temer aquele homem. Nenhuma de vocês vai.

— Mas você não vê que tudo vai mudar.

Ele balança a cabeça, discordando.

— Não, não vai.

— Se ela for sua, então você vai querer compensar todo o tempo que perdeu. Você terá necessidades porque, como pai, é assim que as coisas são. Você amará de uma forma que nunca entendeu completamente. Ela se tornará seu mundo, como deveria, e isso trará grandes mudanças para todos nós. Então, você pode pensar que não vai mudar... mas sim, vai. Vamos pelo menos reconhecer isso.

Connor coloca o papel sobre a mesa e me puxa para seus braços, os olhos procurando os meus.

— Tenho pensado em você desde aquela noite em que nos conhecemos. Eu te quis, te desejei, te amei de alguma forma por oito anos. A única coisa que vai mudar é que a família que eu pensei que nunca teria agora está na minha frente. A mulher que pensei ter perdido ainda é real e ainda temos uma chance de ter algo. Talvez algo mude, mas o que sinto por nós e o que estamos fazendo não.

Toco a mão em seus lábios, desejando que as suas palavras pudessem de alguma forma ser absorvidas em mim, porque ninguém nunca disse nada mais bonito.

— Para mim também não.

— Que bom.

Eu o beijo uma vez, porque ele está perto e não consigo evitar, então saio de seu abraço e pego a carta.

Com as mãos trêmulas, levanto a dobra e, em seguida, abaixo a outra, e as lágrimas enchem minha visão depois de ler a primeira linha.

Capítulo 24

Connor

Eu tenho uma filha.

Eu tenho uma menina. Ellie e eu temos uma filha. Isso é o que está acontecendo em minha mente repetidamente. É como se eu estivesse esperando as palavras mudarem na minha frente, me dizendo que não é real. Hadley é minha filha.

As mãos de Ellie caem do papel e eu olho em seus olhos azuis.

— Ela é minha.

— Ela é.

Quero dizer algo mais do que isso, mas nada parece adequado o suficiente. Eu queria tanto, mas não me permitia esperar que pudesse realmente acontecer. Hadley e eu nos unimos instantaneamente e, nos últimos meses, ela se tornou muito mais do que a garotinha que encontrei na árvore.

— Não sei o que dizer — admito, lendo as palavras novamente. Ellie enxuga os olhos e isso me tira do sério. — Você está bem?

Ela acena com a cabeça rapidamente.

— Queria que esse fosse o resultado. Deus, eu praticamente me convenci de que tinha que ser, mas me preocupei tanto que ela não fosse. Foi uma noite e fomos cuidadosos; pelo menos, pensei que tínhamos sido, mas então o momento e eu...

— Estou feliz pra caralho.

Ellie ri em meio às lágrimas.

— Eu também. Queria que fosse você.

Eu a puxo de volta para mim e a beijo asperamente. Estou na porra da lua. Realmente não tinha certeza se me sentiria assim. Claro, queria que ela fosse minha filha desde o momento em que Ellie disse isso, mas eu não poderia saber como seria descobrir que ela é.

Por muito tempo, me resignei a ser solteiro e nunca ter filhos. Agora, estou diante de uma mulher que amo e acabei de descobrir que tenho uma filha.

Meu coração está disparado e não tenho certeza se quero gritar, rir ou os dois ao mesmo tempo.

— É como se tudo dentro de mim estivesse pronto para explodir. Não posso explicar isso. Eu gostaria que muitas coisas fossem diferentes, mas então...

Ellie desvia o olhar e sua respiração acelera.

— Connor, eu sinto muito. Me desculpe mesmo.

— Desculpar?

Não tenho ideia do que ela deve se desculpar.

— Desculpe por nunca ter te encontrado. Lamento ter casado com aquele homem horrível e deixado que ele a criasse. Lamento que ela não saiba como a vida poderia ter sido com você! — Ellie soluça e eu a puxo contra meu peito. Ela chora e eu a abraço. — Lamento não ter feito mais por ela! Sinto muito!

Não consigo imaginar como ela se sente porque, se suas emoções são parecidas com as que estou suportando, ela está sobrecarregada.

Tenho uma garotinha que perdi de vê-la crescer, mas não culpo Ellie. Como diabos ela poderia ter me encontrado? Andar por uma cidade onde eu não morava, perguntando por um cara cujo nome ela não sabia? Claro, se ela soubesse que eu era um Arrowood, teria sido diferente, mas ela nem tinha ideia.

— Você fez o melhor que pôde. Não sabia que ela era minha até agora. Você a protegeu, Ellie.

Ela levanta a cabeça e eu limpo a umidade sob seus olhos.

— Ela nunca deveria ter precisado disso.

— Não podemos mudar os erros que cometemos. Deus sabe que tentei reparar o meu.

Se ela soubesse as coisas que fiz para apagar o que quero esquecer, ela poderia correr. O dia em que deixei esta cidade foi o dia em que deixei de ser quem eu era. Todos os meus irmãos fizeram o mesmo. Quando estávamos aqui, fomos forçados a uma vida que não queríamos. Meu pai nos quebrou e fiz tudo o que pude para reconstruir. Servi meu país e tentei fazer o bem. Nunca permiti que a merda que aconteceu afetasse quem eu sou agora.

— Sinto que nunca poderei consertar isso para ela ou para você. Ela deveria ter te conhecido. Olha o quanto ela já te ama.

— E eu estarei aqui para ela pelo resto da minha vida.

— Você sabe que isso significa que... tudo o que me preocupava com o divórcio não importa. Kevin nunca será capaz de tocá-la. Ele não é o pai dela e não tem direitos sobre ela — ela diz, seus olhos se enchendo de alívio.

Não, o ex dela nunca mais estará perto de Hadley ou Ellie.

— Para que isso aconteça, teremos que contar a ela.

Ela dá um passo para trás e depois se vira.

— Eu sei.

— Você não quer?

Ellie se vira.

— Não, eu quero. Mas não podemos simplesmente jogar isso sobre ela. Ela não sabe que nos conhecemos antes. Ela sempre conheceu Kevin como seu pai. Embora eu não ache que ela vá reagir mal, acho que ficará confusa.

Eu concordo. A última coisa que quero fazer é tornar isso mais difícil para qualquer uma delas. E mesmo quando você tem pais abusivos, você ainda os ama e quer que eles te amem — talvez até mais do que se você tivesse um pai amoroso. Eu implorava a Deus que deixasse meu pai ver que éramos bons filhos. Queria que ele se orgulhasse de nós e sempre fiz coisas para conseguir sua aprovação.

Isso nunca aconteceu, e eu só fiquei mais desapontado até que finalmente parei de me importar.

— E nós dois estaremos aqui para ajudá-la.

Ellie me dá um sorriso suave.

— Nós temos uma filha.

Dou um passo em sua direção, fechando a distância.

— Nós temos. E, em breve, espero ter você.

Capítulo 25

Ellie

— Mãe, olha isso! — Hadley grita, girando no balanço do pneu que Connor pendurou para ela na beira da casa da árvore.

Ele está trabalhando nisso pelo menos uma hora por dia, tornando-o mais especial do que ela poderia imaginar. Na última semana, ela ficou aqui até que um de nós veio arrastá-la para casa.

— Hadley, está ficando frio e você tem dever de casa.

— Mas eu gosto daqui!

— Eu sei que você gosta, mas tem que fazer seus trabalhos escolares. E temos que ir para casa para pegar algumas coisas.

Ela sussurra baixinho e se inclina para mim.

— Você não pode ir?

Já se passaram meses, e estou começando a pensar que não é mais o medo e sim que ela só gosta de estar na casa de Connor.

— Não, nós duas precisamos ir.

Principalmente porque, assim que o divórcio acontecer, não será mais minha casa, então precisamos tirar tudo de lá. Kevin possui todas as terras e a casa da fazenda. Eu não sei nada sobre isso e era a casa da família dele, não minha, então não tenho direito a ela, mesmo se eu quisesse.

— Eu odeio aquela casa.

— Você sabe que nada pode nos machucar lá, não é?

Hadley olha para mim, seus olhos verdes arregalados e confiantes.

— Eu sei. Papai está na prisão.

E isso é o mais triste. Ela só se sente segura porque Kevin está preso.

Quase contei a ela que Connor é o pai dela diversas vezes. Eu queria contar em vez de agonizar com cada palavra que quero dizer. Tem sido difícil saber a verdade e esconder dela, mas decidimos esperar. Quero que Kevin seja informado sobre o divórcio, o que acontece esta semana. Esta também é a semana que pedirei a dissolução dos direitos paternos, devido ao fato de que o DNA provou que Kevin não é seu pai.

Sydney conseguiu fazer com que Kevin concordasse com um teste de DNA, e ela está aguardando o resultado para procedimentos legais.

Tudo isso é confuso e feio, mas cada passo foi necessário para tirá-lo da minha vida.

— Tudo bem, que tal você voltar correndo, começar a fazer sua lição de casa e eu te encontro lá em alguns minutos?

Hadley sorri e sai correndo.

Eu começo a voltar para a casa, sem pressa, desfrutando do ar fresco do outono. Isso me lembra da minha mãe. Ela amava essa época do ano. Nossa casa cheirava a maçãs, abóboras e especiarias. Cozinhar deu a ela uma grande sensação de alegria, e meu pai adorava todas as coisas com tema de terror, então Halloween era seu feriado favorito.

Eu me movo pela grama alta, apenas respirando sem me preocupar. É uma vida totalmente diferente para mim agora. Não me preocupo em jantar na mesa ou em ter certeza de que a casa está perfeita. Como minha forma de agradecer a Connor, eu cozinho e limpo, mas é algo que ele agradece, não espera.

E ele exige que quem cozinha não limpe. Então, eu posso sentar lá depois da refeição e... fazer nada.

Quando chego mais perto de casa, vejo seu corpo alto com o sol em suas costas.

Meu Deus, ele é lindo.

Seu boné está para trás, escondendo o cabelo que adoro passar os dedos, e sua camisa branca está esticando os músculos, enquanto ele levanta o fardo de feno.

Aparentemente, agricultura é realmente muito sexy.

Eu fico a poucos metros de distância, mastigando o polegar e o observando.

Ele joga o fardo com pouco esforço e solto um suspiro suave. Nossos olhos se encontram, e ele me dá um de seus sorrisos sem fazer esforço.

— Olá.

— Oi, você.

— Gosta do que está vendo?

Sempre. Em vez de dar a ele a satisfação da minha resposta, encolho os ombros.

— Está tudo bem, eu acho...

Sua voz soa divertida.

— Você acha?

— Bem, quero dizer, você parece bem e tudo.

E então ele se lança para mim. Eu grito e corro, mas não tenho a menor chance contra ele. Connor me agarra e me puxa para seus braços. Minhas pernas chutam e, em seguida, Hadley corre para fora.

— Connor! — ela grita, e ele sai correndo comigo em seus braços.

— Você não pode nos pegar!

Meus braços estão em volta do seu pescoço enquanto ele faz círculos e Hadley o segue.

— Você pegou minha mãe!

— Eu peguei, e se você a quiser de volta, você tem que nos pegar!

Eu rio e ele se abaixa e se esquiva dela. Ela ri histericamente e o persegue; neste momento, estou mais feliz do que nunca.

Não há nada fazendo peso em mim.

Em seus braços, correndo por este campo, com nossa filha nos perseguindo — eu sorrio, e parece que o mundo está sorrindo conosco.

— A petição de divórcio foi oficialmente apresentada. O juiz analisará o caso e, independentemente de Kevin assinar ou não, ele dará uma decisão, porque seu marido está na prisão aguardando julgamento.

Eu nem sei o que dizer. Se passaram meses esperando a estúpida restrição de tempo acabar, e Sydney tem estado vigilante enquanto conta o tempo até que ela possa atacar.

— E a paternidade?

Ela puxa a cópia.

— Ele recebeu o divórcio ao mesmo tempo em que os resultados do teste. Quer ver?

Eu concordo. Eu sei que Hadley não é dele, mas será bom ver por mim mesma.

— Você olhou?

— Não, eu não pensei que poderia ver.

Eu sorrio. Sydney se tornou uma amiga de confiança, algo que nunca

tive antes. Hadley a ama, e ela adora irritar Connor. Tem sido divertido passar um tempo com ela.

— Obrigada, Syd.

— Pare com isso, mas, por favor, abra essa maldita coisa para que eu possa acabar com esse suspense.

Faço o que ela pede, sorrindo e lendo os resultados.

— Presumo que ele não seja o pai dela?

— Não — digo, com lágrimas de alegria. — Não, ele não é, mas nós já sabíamos disso. Isso meio que... confirma tudo de novo.

— Então... Connor?

— Sim, ele é o pai dela.

Sydney se recosta na cadeira, a expressão de surpresa é evidente em seu rosto.

— Eu achava que sim, quer dizer, Hadley tem os olhos Arrowood, mas não tinha certeza de como isso poderia ser possível.

— Eu sempre tive esperança.

Ela sorri.

— Eu também tive uma vez. Ouça — Sydney pede, antes de fazer uma pausa —, eu quero te avisar, como amiga, que os irmãos Arrowood têm muita... bagagem. Eu namorei Declan pelo que parece ser minha vida inteira. Ele me beijou quando eu tinha oito anos, disse que íamos nos casar e pronto. Eu o amava de todo o coração, e realmente acreditava que ele seria meu para sempre, mas ele mudou. Dia após dia, o menino que eu conhecia desaparecia nas mãos de seu pai. Era impossível assistir, mas tínhamos um plano. E então ele foi embora e nunca mais voltou. Amar aqueles meninos é fácil, mas perdê-los, bem, não é algo que realmente superamos.

Meu primeiro instinto é defender Connor, mas é um desejo que eu reprimo. Sydney não está me dizendo isso para me machucar, ela está sendo uma amiga. Eu também ouço a dor em sua voz. É claro que ela nunca superou a perda de Declan.

— Sei que eles tiveram uma infância difícil.

Ela bufa.

— Ellie, seja o que for que ele disse a você... foi o dobro. Esses meninos passaram por um inferno e foi horrível de assistir. Connor aguentou mais do que provavelmente sabemos, porque ele foi o último a sair de casa. Declan foi o primeiro a partir e, bem, enquanto eu estava na faculdade, ele também. Estávamos bem, foi ótimo mesmo. Fomos a universidades próximas um do outro, mas depois que Connor foi para o treinamento, Declan terminou comigo. Eu estava deprimida e não fui a mesma quando ele se foi.

— Sinto muito por ele ter te machucado.

— Eu também. A parte triste é que eu teria ido embora com ele. Teria seguido aquele homem até os confins da terra, mas ele me disse para ficar e que não me queria mais. Ele queria recomeçar e isso significava que tínhamos terminado.

Sydney pode estar fazendo o melhor que pode para mascarar a dor em sua voz, mas eu ouço em cada sílaba. Também ouço o amor que ela ainda sente por ele. Mas Connor não é Declan, e eu não sou ela. Nós conversamos sobre algumas coisas e tenho que acreditar que, depois de tudo que passei, Connor não está escondendo de mim alguma coisa sombria que vai fazê-lo fugir de novo.

Já resolvemos essa parte.

— Sei que você e o irmão dele tinham problemas, mas não somos jovens e estamos entrando nisso de olhos abertos. Connor conhece meus demônios e me contou sobre os dele. Agradeço que queira me ajudar e ouço suas palavras, de verdade, mas há algo entre nós. Temos uma filha juntos e... Não sei, Sydney, é apenas isso...

— Fácil de amá-lo?

Quero balançar minha cabeça em negação. Eu não o amo, pelo menos não assim ainda. Eu sei que não. Sei que meu coração quer pular, mas mantenho a cabeça sob controle. O amor é poderoso e pode ser usado contra alguém se seu portador não tiver boas intenções, e eu me recuso a saltar de novo sem saber primeiro em que estou entrando.

— É fácil querer amá-lo, pelo menos.

Syd estende sua mão e cobre a minha.

— Não estou dizendo para você ficar longe dele ou qualquer coisa assim, eu quero que tenha cuidado. Ver você ou Hadley experimentando metade da dor que eu senti... bem, eu faria qualquer coisa para garantir que isso não aconteça.

— Obrigada.

Ela sorri.

— Agora, vamos comemorar seu divórcio e conseguir alguma comida!

Pego a bolsa com o sorriso mais largo possível e aceno.

— Sim. Vamos.

O dia de hoje está repleto de possibilidades e alegrias, e pretendo aproveitar os dois, mas há algo me incomodando, dizendo que ainda não cheguei lá.

Não sei por que estou aqui.

Cada instinto e luz vermelha estão piscando, me avisando para voltar.

Mas aqui estou na Prisão do Condado de Luzerne com uma parede de vidro me separando de uma sala vazia.

Minhas mãos estão formigando porque meus nervos estão à flor da pele. Sei que ele não pode me machucar, me tocar ou fazer qualquer coisa neste momento. No entanto, só de saber que vou ver Kevin me deixa mal.

Ainda assim, preciso dizer essas coisas. Preciso enfrentá-lo e deixá-lo saber que não estou com medo.

Bem, eu estou, mas não vou mostrar.

Do outro lado da divisória de vidro, uma fileira de presidiários, todos vestidos com seus macacões laranja, começa a entrar. Seguro minhas mãos no colo abaixo do balcão e espero.

Ele caminha lentamente, os olhos não encontrando os meus até que se senta.

Este homem tem sido a causa do meu medo por tanto tempo. Ele me atormentou, me assombrou, e agora, quando olho, ele parece tão pequeno.

Kevin se senta, tira o telefone da parede e eu faço o mesmo.

— Você está aqui para me chutar quando eu já cai? — Sua voz profunda atravessa a linha.

— Não seria diferente do que você fez comigo. — Seus olhos se fecham, a cabeça caindo para a frente, mas ele mantém o telefone no ouvido.

— Não estou aqui para isso. Estou aqui porque... bem, eu realmente nem sei, mas senti que queria ter algum encerramento, independente de como o julgamento for.

Ele ri uma vez.

— Encerramento. Você é a porra da minha esposa, Ellie. Você me traiu e quer encerramento. Como *diabos* — ele diz com os dentes cerrados — você pôde mentir para mim por sete anos sobre ela ser minha filha? Você estava tão desesperada para ser amada que me manipulou todo esse tempo? Eu te dei tudo e é isso que consigo?

— Me deu tudo? Você me bateu, Kevin. Você me bateu quando não conseguiu me controlar. Me chamou de gorda, feia e inútil. Negou amor, afeição e usou sexo como arma. Você me bateu fisicamente e emocionalmente. Não sabia se Hadley era sua e não o manipulei. Honestamente, era mais plausível do que engravidar na única vez que estive com outra pessoa, antes de nos casarmos.

Ele bate a mão no balcão e eu pulo.

— Uma vez. Você é uma mentirosa do caralho e uma traidora. Quer o divórcio? Ótimo! Estou muito feliz por ter terminado com você e ela.

Meu peito aperta e as lágrimas ameaçam se formar. Eu não me importo que ele diga que está feliz por ter terminado comigo, realmente não me importo, mas pensei que talvez ele tivesse algum afeto por Hadley. Não sei por que, já que ele é um bastardo em todos os sentidos, mas ela o adorava.

— Ela significava tão pouco para você?

Kevin balança a cabeça em negativa, gesto que me lembra de como realmente é insensível.

— Por que você está aqui? Queria que eu olhasse nos seus olhos e lhe dissesse o quê? Assinei seus malditos papéis. Não quero ser casado com uma interesseira que trepa com outros homens. Você quer o divórcio, então vá. Pegue sua filha bastarda e vá embora.

— Eu vim porque uma parte de mim se sentiu mal por você, mas fui idiota. Pensei que talvez realmente te magoasse e você quisesse respostas.

Quando Kevin se inclina para a frente, a raiva enche seus olhos.

— Você me colocou na prisão, se divorciou de mim e então me disse que a pirralha que eu criei por sete anos nem é minha. Me sentir mal? Estou aliviado pra caralho por ter terminado com você, e quando o juiz ouvir que você é uma prostituta, tenho certeza de que não estarei aqui depois do julgamento. Se eu fosse você, Ellie, faria o que pudesse para evitar me encontrar.

E com isso, ele desliga o telefone e se levanta.

Olho para o homem que um dia amei e queria fazer feliz, agora um estranho para mim. Vim aqui para encerrar e acho que foi exatamente isso que consegui. Não havia amor entre nós. Era posse e controle. Isso era tudo que éramos para ele, nada além de bens dispensáveis o tempo todo.

Capítulo 26

Connor

— O que você quer dizer com você tem uma criança? — Declan pergunta, depois que termino de informá-lo sobre o que aconteceu na semana passada.

Tenho evitado suas ligações, dizendo que não tenho sinal e enviando mensagens de texto com atualizações. Não preciso de uma palestra ou lembrete do que meus irmãos e eu juramos um ao outro. Nada disso importa mais. Somos adultos e, se algum deles não entender, pode se foder imediatamente.

— Eu tenho uma filha.

O silêncio preenche o outro lado do telefone.

— Você está aí há o quê? Quase quatro meses? Como diabos você gerou uma criança em tão pouco tempo?

Suspiro e começo a explicar sobre Ellie e Hadley. Mantive aquela noite guardada comigo. Não havia razão para contar a ninguém porque pertencia apenas a mim. Contar tudo para Declan agora me faz sentir como um instrumento. Ele sempre foi mais pai do que qualquer coisa e sente a maior culpa e decepção com as coisas que suportamos e fizemos.

— Jesus Cristo, Connor.

Imagino meu irmão em seu elegante arranha-céu, se jogando na cadeira com a mão sobre o rosto.

— Olha, sei que você provavelmente está chateado comigo, mas estou feliz. Eu amo essa garotinha, e estou me apaixonando pela Ellie. Não consigo explicar, mas é como se ela fosse a outra metade perfeita de mim. Não estou pedindo sua permissão ou qualquer outra coisa que não seja sua compreensão.

Declan solta um suspiro longo e baixo.

— Entendo mais do que qualquer um, irmão. Já tive esse tipo de amor antes.

— Falando em Syd, ela é a melhor amiga de Ellie.

— Você a viu? — Há uma animação em sua voz que não existia um momento atrás. Ele pode fingir com qualquer outra pessoa, mas não comigo. Ele a ama. Ele sempre amou, e ela é a razão pela qual meu irmão nunca encontrará a felicidade.

— Ela esteve aqui na noite passada.

— Porra. Eu não posso vê-la.

— Você não terá escolha quando voltar a Sugarloaf para cumprir sua sentença de seis meses — eu o lembro.

Meu irmão pode ser algum figurão em Nova York, mas Sydney o deixará de joelhos.

— E o que você está planejando fazer com sua nova família? Vai se mudar? Vai conseguir um emprego? Fazer outra coisa?

Esta é a principal razão para a minha ligação. Ele vai perder a cabeça, mas os meus outros irmãos vão ser piores. Se tenho alguma esperança de lhes vender esta ideia, vou precisar de Declan ao meu lado.

— Eu gostaria de comprar uma parte do terreno.

— Me desculpe, *o quê*? — Ele quase engasga com as palavras.

— Hadley sempre conheceu Sugarloaf como sua casa, e temos terra suficiente para que eu possa comprar uma parte dela. Não há hipoteca, então eu gostaria de comprar uma parte.

— Você está louco, porra? Quer ficar nesta merda de Sugarloaf? Você se lembra das razões pelas quais fomos embora, Connor? De todas as coisas que pensei que ouviria, esta deve ser a mais estúpida de todas!

Agora é minha vez de gritar:

— Sim, estou louco, porque quero ser um pai para a minha filha! Quero dar a ela o que não tínhamos: estabilidade. Você pode fugir das coisas que ama, Declan, mas eu não. Encontrei a mulher com quem literalmente sonhei por oito anos e não vou deixá-la. Se ela quiser que eu viva aqui e seja enterrado nesta terra, eu o farei.

Ele bufa e não diz nada. Nós dois estamos putos, e nosso temperamento é conhecido por tirar o melhor de nós. Nós também amamos uma boa discussão verbal um com o outro, então duvido que quaisquer palavras que surjam terão qualquer efeito duradouro.

— E como você vai trabalhar? Como você planeja comprar este terreno?

— Eu não sou um idiota. Posso encontrar um emprego.

Não que eu tenha chegado a esse ponto ainda, porque estive ocupado cumprindo minha sentença, mas vou descobrir. Eu me formei enquanto estava na Marinha e, embora a pecuária leiteira não seja realmente o que quero fazer, provavelmente poderia me sair bem com um rebanho menor.

Talvez.

— Você não está pensando direito.

— Não, você não está ouvindo. Liguei para contar sobre sua sobrinha, que é maravilhosa, e que estou realmente bem e feliz, mas você é egoísta demais para ouvir.

— Posso dizer o mesmo, você pensa apenas em você. E quanto a Sean e Jacob? Nós vamos te fazer pagar por uma parte da terra que você herdaria? Por favor. Eu não quero essa maldita fazenda ou qualquer parte dela, mas todos nós fizemos uma promessa de nunca mais voltar!

Essa promessa foi a única coisa que me impediu de falar com ele sobre isso. Meus irmãos eram as únicas coisas neste mundo que importavam para mim, e eu os amo, mas não posso viver minha vida assim.

— Você, mais do que ninguém, deveria saber que as coisas mudam, Dec. Não somos os mesmos meninos que éramos.

Ele não diz nada imediatamente e eu olho para o meu telefone para ver se ele desligou.

— Não — sua voz quebra o silêncio —, acho que não. Me conte sobre Hadley…

Então me lembro de que meu irmão não é um cara mau. Ele é apenas protetor.

Hadley vem correndo para o celeiro, cabelo castanho preso em um rabo de cavalo e nariz vermelho brilhando de frio.

— Onde está a mamãe?

— Ela foi ver Sydney. Tenho certeza de que vão conversar por horas. Me passe a chave inglesa — eu a instruo, enquanto trabalho neste trator idiota.

Não importa o que eu conserte, substitua ou remende, a maldita coisa não funciona. Embora eu quisesse nada mais do que atear fogo nele e comprar um novo, ele tem apenas três anos e deve funcionar. É um teste para a minha força de vontade neste ponto, e eu me recuso a desistir.

— As vacas marrons fazem leite com chocolate? — Hadley pergunta, aleatoriamente.

— Uhh, não.

— Sério? Porque os hipopótamos têm leite rosa, o que é estranho. Eu me pergunto se é com sabor de morango. Eu gostava de morangos, mas uma vez comi muitos e fiquei doente.

Essas histórias podem parecer estúpidas antes, mas agora, quero saber tudo. Eu me esforcei pra caralho para não olhar para Hadley de forma diferente ou abraçá-la com muita força. Tudo o que quero fazer é contar a verdade, puxá-la para perto e prometer-lhe o mundo.

Quero recuperar o tempo que perdemos, o que não é possível.

— Sim, eu amo morangos.

— Eu poderia amá-los de novo — ela diz, rapidamente.

Eu sorrio. Realmente amo essa garota.

— Do que mais você não gosta?

— Patos.

Minha cabeça vira para olhar para ela.

— Patos?

Ela concorda.

— Sydney disse que nós dois temos anatidaefobia. É uma palavra grande, eu sei.

Sydney está nisso? Ótimo.

— O que exatamente Sydney disse?

— Bem, ela me perguntou se eu gostava de patos, e eu disse, eles são legais, mas têm olhos estranhos. E ela concordou e me disse que você também não gosta de patos, o que significa que decidi que patos são realmente estúpidos. Quando contei para a Sydney, ela disse que você tem anatidaefobia. Eu pesquisei e decidi que nós dois temos, porque não gosto quando eles olham para mim e nem você. Nós temos muito em comum.

Não tenho certeza se devo rir ou dirigir até a casa de Sydney e deixar cem aranhas falsas em sua cama para ver quem rirá. Mas então olho para minha filha e parece que nosso ódio por patos solidificou seu lugar no meu mundo, e não me importo.

— Nós realmente temos.

Seu sorriso radiante fica mais brilhante.

— Você sabe do que mais tenho medo?

— Não, do quê?

— Da fada dos dentes.

Eu rio.

— Sério?

— Ela é tão assustadora! Quem entra no seu quarto quando você está dormindo e arranca os dentes? Se eu pudesse ser algo legal, não seria isso. Eu provavelmente gostaria de ser o Papai Noel, porque ele dá presentes e faz as pessoas felizes. Gosto de fazer as pessoas felizes. Eu te faço feliz, Connor?

Coloco minha chave inglesa no chão e me movo para sentar ao lado dela, pegando nossas garrafas de água que Ellie encheu para nós antes de sairmos para trabalhar no celeiro.

— Você definitivamente me faz feliz, Ligeirinha. Encontrar você naquela casa da árvore foi a melhor coisa que me aconteceu em muito tempo.

— De verdade? — Seus olhos verdes brilham.

— De verdade.

— Eu te amo! — diz, e então envolve seus braços em volta de mim, me deixando atordoado.

Envolvo o braço ao seu redor e a puxo com força, não me importando com as regras que criei.

— Eu também te amo, garota. Eu também te amo.

Capítulo 27

Ellie

— Quer assistir a um filme? — pergunto, voltando para a sala de estar.

Acabei de fazer Hadley dormir e estou fazendo tudo que posso para impedir minha mente de ir ao que aconteceu hoje. Estou exausta, tensa e preciso de uma distração.

— Sim, já estou pronto para começar.

— Já escolheu?

Ele acena.

— Claro que escolhi.

— Estou preocupada.

— Você deveria estar, Anjo, mas, já que você me convidou para um encontro hoje à noite, é justo que eu possa escolher.

Não tenho certeza sobre a lógica dele, mas estou disposta a deixá-lo ganhar porque não tenho energia para lutar.

— Então eu escolho os lanches.

Connor come de forma saudável em sua maior parte. Seu café da manhã e almoço são todos sobre macros e algum outro termo que não entendo, e sua ideia de um bom lanche é cenoura ou pimentão. Sinto que precisamos de Oreos e leite esta noite.

Há alegria dançando em seus olhos, como se ele pudesse ler minha mente e saber que está em apuros.

— Não tenho certeza se quero assumir esse compromisso.

— O que posso fazer para te persuadir?

— Você poderia me beijar.

Chego mais perto, parando na frente de onde ele está sentado na beira do sofá. Eu gosto de estar sobre ele.

— Acho que posso te obrigar.

Eu me inclino, meu cabelo criando uma cortina ao nosso redor, e embora Connor possa ter me pedido para beijá-lo, é ele quem assume quando nossos lábios se tocam. Sua mão desliza em meu cabelo, me segurando onde ele me quer, mas eu quero estar mais perto, então o empurro de volta contra o sofá e o monto.

O olhar de surpresa em seus olhos me faz sorrir, mas não dura muito, porque preciso de seu beijo.

Quero me perder em seu toque, calor e afeto.

Seus braços envolvem minhas costas e eu o beijo com tudo que sou. Nossas línguas se movem juntas, meus dedos percorrem seu cabelo e eu o pressiono. Não sei se é o que aconteceu hoje que me deixa tão desesperada por ele, mas quero esquecer tudo. Quero que o mundo desapareça da maneira que só Connor faz.

— Calma, Anjo — ele murmura, enquanto eu o beijo novamente.

— Eu preciso de você.

Ele segura meu rosto em suas mãos, me estudando.

— Eu estou bem aqui.

A culpa me assalta, porque não é certo usá-lo dessa forma. Não tinha planos de dizer a ele que fui ver Kevin. Não planejei contar a ninguém, mas ele merece a verdade, não importa o que aconteça.

— Eu fui na prisão hoje.

— Por favor, me diga que é porque você tem um parente distante encarcerado.

— Conversei com Kevin.

Seu corpo fica tenso e eu recuo, esperando pela raiva e não pelo horror que recebo.

— Você achou que eu ia te machucar? — Começo a me levantar, precisando de espaço, mas Connor agarra meus quadris, me forçando a ficar.

— Ellie, eu nunca vou te machucar com raiva.

— Eu sei...

— Eu vou te dizer até que você acredite. Estou chateado agora? Sim. Não porque você foi, mas porque odeio a ideia daquele idiota perto de você. Eu teria ido com você se tivesse pedido. Tudo que eu quero, tudo que sempre vou querer, é manter você e Hadley seguras, e qualquer coisa que coloque você em perigo me deixa no limite.

— Eu estava segura. Ele não poderia me machucar lá.

Connor solta um suspiro pelo nariz.

— Então por que você está no limite? O que ele disse para você?

Essa deve ser a conversa *mais incômoda* na posição *mais incômoda*. Estou sentada no colo do cara que estou morando junto e por quem estou me apaixonando, falando sobre o homem de quem estou me divorciando.

— Ele disse que eu não valia nada e que ele assinou os papéis do divórcio. Ele me quer longe e não quer que minha filha bastarda seja um problema dele. Ele basicamente me disse que não está nada chateado com isso e que eu sou uma prostituta.

— Eu vou matá-lo, porra — Connor solta, com os dentes cerrados.

Coloco a mão em sua bochecha.

— E depois? Eu te perderia de novo? Hadley perderia você. Ele não vale a pena.

Ele fecha os olhos e dá uma pausa antes de abri-los.

— Aquele homem nunca mais falará com você, entendeu? Eu não posso lidar com isso, porra. Ele nunca vai chegar perto de Hadley, e eu juro por Deus, Ellie, você não pode ficar sozinha com ele.

— Eu não tenho intenção.

Depois de hoje, não há mais nada a dizer. Estaremos divorciados, já que ele assinou os papéis. E considerando as acusações e as anotações do juiz sobre o que aconteceu, eles vão assinar em vez de nos obrigar a passar por mediação. Sydney forneceu muitas notas e evidências para apoiar a alegação de abuso, incluindo fotos. Agora que está claro que ele não quer nada com Hadley, é mais simples.

— Só de pensar em você estar perto dele...

Posso ver o quanto ele está angustiado e odeio ter causado isso.

— Era algo que eu precisava fazer. Mesmo que isso apenas confirmasse o que eu já sabia...

Seus olhos cheios de compreensão encontram os meus.

— Entendo.

— Seu pai? — chuto.

Ele solta um suspiro e depois coloca uma mecha de cabelo atrás da minha orelha. É um gesto tão simples, mas a ternura que ele mostra, mesmo com raiva, fala mais do que qualquer palavra. Ele não está me xingando ou gritando. Ele está me mostrando compreensão.

— Eu o confrontei mais vezes do que gostaria de contar. Nunca consegui falar com ele, e ele não sentiu remorso pelo que nos fez passar, por isso, quando eu saí, nunca mais voltei. Você não pode fazer os monstros verem a luz, Anjo. Não pode mostrar a eles um caminho melhor porque a escuridão é o que os chama.

Eu me mexo em seu colo novamente, me sentindo um pouco autoconsciente de que, da primeira vez que estivemos assim, eu o fiz para esquecer.

— Connor — eu digo baixinho, passando as mãos por seus cabelos.

— Sim?

— Podemos começar esta noite de novo? Posso beijar você, porque você me deu algo esta noite que eu não sabia que precisava? Posso deitar em seus braços enquanto assistimos a um filme e desfrutar do que é possível fazer?

Ele leva as mãos ao meu rosto, agarra minhas bochechas com cuidado e, em seguida, leva minha boca à sua. Este beijo é seu e só seu. Minha cabeça gira com as sensações e emoções que ele parece estar infundindo em seus lábios. Sinto seu amor e mais do que isso... eu me sinto querida.

Nós dois aprofundamos o beijo, sem saber onde um começa e o outro termina. Meus dedos se movem para seu peito e eu me deleito com a forma como seus músculos flexionam sob meu toque.

Em seguida, suas mãos descem pelo meu pescoço e nas minhas costas, roçando os lados dos meus seios antes de pousar na minha bunda.

Ele me agarra, me puxando um pouco mais alto até que posso sentir sua ereção crescendo.

— Connor. — Seu nome é uma oração.

— Eu te quero tanto.

— Eu te quero também. — E eu quero, ainda mais quando estamos nos beijando. Quando posso saborear, cheirar e respirar tudo o que há de glorioso e perfeito nele. — Você me faz tão bem.

— Você conduz isso, Ellie. Não farei nada que não me peça. — Ele me beija novamente e então se afasta, me fazendo choramingar. — Me diga, querida. O que você quer?

Meu coração bate tão forte que me deixa tonta.

— Me beija.

Ele o faz. Ele me beija como se fosse a única coisa que ele sabe fazer. Nossas línguas se chocam continuamente, me deixando louca. Eu preciso de mais. Eu quero mais. Quero que ele me toque e me ame.

— Me toque. — Eu mal consigo pronunciar as palavras antes de voltar aos lábios dele.

Ele é o único homem que já me fez sentir assim. Nunca na minha vida alguém me beijou de forma tão completa quanto Connor. É uma experiência completa e, agora, meu corpo quer mais.

Já fui amada por ele antes.

Eu o senti dentro de mim.

E quero sentir tudo de novo.

As mãos de Connor sobem nas minhas costas e depois voltam para baixo. Ele interrompe o beijo e observamos enquanto suas mãos se movem para o meu peito. Sabendo que ele está medindo minha resposta, tiro a camisa, revelando meus seios para ele, e então agarro seus pulsos para que possa guiá-lo até lá.

O calor em seu olhar é o suficiente para me derreter, e minha cabeça cai para trás enquanto ele esfrega os polegares contra meus mamilos e massageia meus seios. Juro que poderia gozar assim. Trago a cabeça para cima, e seu toque, seus olhos e o poder que ele está me dando são demais.

— Você é tão perfeita. Você é tudo, Ellie. Me diga o que quer.

— Mais.

Ele me dá um sorriso afetado, mas nega, a respiração quente acariciando minha pele nua.

— Seja específica. Você quer minha boca em seus lindos seios? Quer que eu beije seus lábios de novo? O que você quer, Anjo?

Eu nunca fui de falar. Na verdade, sempre fui forçada a ficar quieta e obedecer. Não sei como fazer isso, mas aqui está esse homem grande e forte se rendendo a mim, o que é algo que acho que ele nunca fez por outra pessoa. Eu quero ser corajosa por ele.

— Quero sua boca em meus seios.

Flashes de calor em seus olhos verdes, e então, sem quebrar nossa conexão, sua língua circula meu mamilo, que é a coisa mais quente que eu já vi. Meus dedos deslizam em seu cabelo e ele me adora. Ele beija, chupa e acaricia minha pele antes de ir para o outro lado.

É o paraíso e o inferno ao mesmo tempo. Começo a mover os quadris, precisando de mais.

— É isso, Anjo, pegue o que quiser. Me use. Me monte e pegue o que você precisa.

Suas palavras deveriam me envergonhar, mas não acontece, e eu faço o que ele diz, dando a mim mesma a fricção de que preciso tão desesperadamente. Fazemos isso como adolescentes inexperientes, mas é perfeito.

As sensações começam a crescer quando a boca de Connor está em meus seios e seu pau pressiona contra sua calça jeans no ângulo exato que eu preciso. Meu coração está batendo forte, o corpo tenso ao buscar alívio.

— Solte, Ellie. Deixe ir, eu vou te pegar. Você está em meus braços e não vou te deixar cair.

Empurro com mais força, me movendo mais rápido enquanto ele geme. Sua língua rola meu mamilo e então sinto seus dentes morderem o suficiente e então... eu voo.

Meus olhos fecham, a cabeça caindo para trás, e ele está bem ali, beijando minha pele, e eu tenho o melhor orgasmo da minha vida.

Minha respiração começa a voltar ao normal e o constrangimento toma conta de mim.

Connor me olha.

— Essa foi a coisa mais sexy que eu já vi. Assistir você gozar foi lindo.

Eu mexo, e ele estremece.

— Mas você...

Ele pega meu rosto em suas mãos e me beija ternamente, antes de colocar minha testa na dele.

— Eu consegui tudo que queria, mas preciso — ele se mexe — ir ao banheiro por um minuto. Quando eu voltar, vou abraçá-la e forçá-la a assistir a um filme. Não vá a lugar nenhum, ok?

Não sei se minhas pernas funcionariam mesmo se tentasse.

— Ok.

— Obrigado.

— Pelo quê?

Connor me dá um sorriso que derrete minha timidez.

— Por confiar em mim.

Eu o beijo novamente.

— Obrigada por ser um homem em quem posso confiar. Eu... — Eu me contenho, sabendo que é muito cedo para dizer a ele que estou me apaixonando por ele.

Nem tenho certeza se devo amá-lo, mas aqui estou, sentindo desesperadamente como se não tivesse escolha. Eu o amo. Acho que posso ter me apaixonado por ele naquela noite, oito anos atrás, e só agora estou me permitindo reconhecer isso.

— Você?

— Queria dizer que significa muito para mim.

— Você significa muito para mim, Ellie.

— E eu sinto o mesmo por você.

Ele leva minha palma à boca e a beija.

— Volto já.

Eu me levanto e o vejo caminhar em direção ao banheiro, me sentindo culpada por ele ter ficado insatisfeito, mas então ele se vira e pisca. Ele é realmente o melhor homem do mundo e, por enquanto, é meu.

Depois de alguns minutos, ele retorna, e eu estou saciada e cheia de contentamento. Connor passa os braços em volta de mim e nós nos aconchegamos no sofá. Ele aperta o *play* e eu começo a rir de sua escolha de filme. Apenas Connor escolheria *A Bela e a Fera*.

Capítulo 28

Ellie

É o dia de outono mais lindo que já vi. O ar está limpo e fresco, e o sol está forte, iluminando todas as lindas cores das folhas. Estou na varanda com uma xícara de café, olhando para as diferentes tonalidades de vermelhos e laranjas que parecem acalmar minha alma.

Connor, Hadley e eu vamos sair para uma aventura hoje. Não tenho ideia do que estamos fazendo, mas me disseram para me vestir bem porque estaremos fora.

As surpresas costumavam ser indesejáveis, mas com Connor nunca me preocupo. Ele é muito atencioso e, a cada dia que estou perto dele, me apaixono ainda mais.

Desde a noite no sofá, há uma semana, não temos brincado muito, mas é tudo o que penso. Quando ele passa por mim no corredor, quero agarrá-lo e beijá-lo. Ele encontra essas pequenas maneiras de me tocar sem realmente me tocar. Isso está me deixando maluca.

— Mamãe! Onde você acha que estamos indo? — Hadley pergunta, quebrando a calma da manhã que eu estava saboreando.

— Não tenho certeza, amendoim. O que você acha?

— Acho que ele está nos levando para passear a cavalo.

Inclino a cabeça e estreito meus olhos.

— Ele tem um cavalo?

Para ser honesta, não tenho ideia do que Connor tem nesta fazenda além de muito trabalho. Ele está trabalhando no celeiro e em todo o equipamento desde que chegamos aqui. Quando ele consertou o trator ontem, você teria pensado que ele ganhou na loteria. Ficou tão feliz que foi cômico de assistir.

— Não... — Eu a assisto pensando. — Você não acha que ele acha que podemos montar as vacas, né?

Eu rio e nego com a cabeça.

— Acho que ele sabe que é melhor não.

— Tem certeza? Ele não é muito bom com as vacas.

Ela não está errada. Felizmente, o capataz, Joe, e os trabalhadores da minha fazenda me amam e vieram aqui para ajudar Connor. Eles odiavam Kevin e ficaram muito felizes em deixá-lo, especialmente depois que descobriram que ele me batia.

Mudamos as vacas Walcott para as terras Arrowood para garantir que nada acontecesse com elas, mas a fazenda de Kevin não está mais funcionando.

— Acho que podemos avisá-lo se ele tentar — eu digo, conspiratoriamente. — Mas ele parecia muito animado.

— Mamãe, tudo bem se eu amar Connor?

Sua pergunta tira o ar dos meus pulmões. Ela e Connor se tornaram muito próximos, e ele deixou bem claro que quer Hadley e eu em sua vida.

— Sim, querida, está tudo bem que você o ame.

— Que bom, porque eu amo.

— Estou feliz. Ele também te ama.

Ela sorri.

— Eu sei, ele me disse. Acha que papai vai ficar bravo?

Merda. Não sei o que dizer a ela, mas também não quero mentir. Ela não disse nada sobre Kevin recentemente. Na verdade, ela tem evitado completamente qualquer coisa que pertença, mesmo que remotamente, a ele. Não dissemos a ela ainda que Kevin não é seu pai biológico, e sei que Connor quer que ela descubra de uma maneira especial.

Eu não quero tirar isso dela.

— Hadley. — Agacho e pego seus pulsos em minhas mãos. — Você se lembra do que eu te disse sobre o amor?

Ela franze os lábios e encolhe os ombros.

— Não.

Crianças.

— Bem, eu te disse que, quando você ama alguém, é um presente e a pessoa do outro lado deve sempre ser grata por isso. Como você acha que se sentiria se Connor fizesse parte de nossa vida? Gostaria que ele sempre estivesse por perto?

— Como um pai?

Eu concordo.

— Sim, assim. Se passássemos um tempo com ele e talvez o amássemos de todo o coração.

Estou em terreno muito instável, mas gostaria de avaliar um pouco a receptividade dela. Ela é uma grande parte do meu processo de tomada de decisão. Se a ideia a assusta, eu recuarei. Nunca mais vou colocá-la em uma posição em que fique cheia de medo.

— Você ama Connor?

— Eu amo.

Ela sorri tão largo que me preocupo que vá quebrar o rosto.

— Acho que ele também te ama, mamãe. — Sua voz é apenas um sussurro.

— Por que você pensa isso?

— Ele te observa.

— Me observa?

Hadley concorda.

— Ele olha para você, e acho que ele te ama e quer te beijar.

Oh, ela estaria muito certa na parte do beijo, mas Connor e eu claramente não estamos indo muito bem em esconder nossos sentimentos.

Vejo ele caminhando até a casa como se tivesse saído de um romance de Jane Austen. Ele caminha pela grama espessa como se fosse o Sr. Darcy com o sol brilhando atrás de si. Ele é tão lindo que, se eu não estivesse segurando a mão de Hadley, correria em sua direção.

— Olhe — a voz de Hadley é baixa —, ele está te observando.

Olho para ela com um sorriso.

— Sim, acho que está.

— Eu quero ficar com Connor.

— Aí estão minhas meninas. Que tal começarmos nossa aventura?

Eu iria a qualquer lugar com ele.

Hadley solta minha mão e pula da varanda em direção a ele, sem aviso. Quase grito, mas ele a pega sem perder o ritmo.

— Onde estamos indo? — ela pergunta, envolvendo os braços em volta do pescoço dele.

— É uma surpresa.

— Vamos lá! — Hadley exclama.

Pegamos nossas jaquetas e entramos em seu carro. Hadley está com os fones de ouvido, assistindo a um programa, sem saber para onde estamos indo. Ao longo da viagem, fico olhando furtivamente para ele, e cada vez que ele me pega encarando, sorri. Sutilmente, ele coloca a mão no console central e se aproxima da minha. Seguindo seu exemplo, faço o mesmo, até que as pontas dos nossos dedos se enganchem.

Olho para trás para Hadley, que está concentrada em seu programa.

— Ela perguntou sobre você e nós hoje.

Ele olha para cima no espelho e depois de volta para mim.

— E?

— Acho que devemos contar a ela.

— Você sabe o que isso significa?

Eu sei. Isso significa que o que estamos fazendo é real. Significa que ele quer que sejamos uma família e que vamos morar com ele e nos comprometer com algo mais.

Por mais que o medo seja um sentimento muito relevante, quando olho para ele, ainda não consigo imaginar outro desfecho. Fugir dele não é possível. Eu o amo. Pode ter sido rápido, mas é o que sinto no meu coração.

Connor é altruísta e eu nunca tive isso antes.

— Eu quero tudo, mas preciso ir devagar.

— Eu sei.

— Contanto que você entenda isso.

Sua mão muda e ele entrelaça as nossas um pouco mais apertadas.

— Podemos contar a ela e o resto vai no seu ritmo. Só saiba que, quando se trata dela, posso não ser capaz de pisar no freio.

Essa parte está perfeitamente bem. Eu quero que ela o ame e quero que ela seja a única coisa que ele ama mais do que tudo. Ele e eu podemos nos controlar um pouco e não precisamos trabalhar em uma linha do tempo, mas não vou roubar mais momentos deles juntos.

— Seja gentil com ela... se ela deixar.

Ele sorri.

— Eu não acho que você sabe o quão feliz me fez.

Minhas bochechas queimam. Isso é tudo que quero fazer, e ele não tem ideia do que faz por mim. Cada minuto com Connor é um presente.

— Você faz o mesmo por mim. — Olho para trás novamente para ter certeza que ela não está ouvindo. — Só espero que ela não nos odeie depois disso.

— Vamos lidar com cuidado.

Não posso deixar de ficar nervosa e ansiosa com isso. Ela ama Connor, mas o conhece como um amigo. Quando ele assumir o papel de pai, o relacionamento dela com ele mudará. Não será só diversão e brincadeiras — ele será seu pai, e a primeira vez que ele tiver que discipliná-la será um desafio.

Isso sem levar em consideração como ela se sentirá sobre as coisas que eu fiz. Ela vai saber que menti, e espero que isso não diminua sua confiança em mim.

Com sorte, faremos a transição sem muitos solavancos, mas, novamente, esse não parece ser o tema da minha vida.

Fazemos uma curva em uma estrada de terra e minha curiosidade aumenta. Para onde diabos ele está nos levando?

Hadley puxa seus fones de ouvido e seu rosto está grudado na janela.

— Já chegamos?

— Sim, chegamos — Connor responde, continuando no caminho.

— Há vacas aqui?

Começo a rir e Connor me olha como se fosse eu louca.

— Ela acha que você está nos levando para andar de vaca, porque você parece muito inepto quando se trata do gado que cria.

— Ei! Eu sei que não se coloca sela nas vacas, a menos que esteja em um rodeio! — ele protesta, em tom de brincadeira.

— São touros! — ela grita com ele antes de cobrir os olhos com as mãos.

— Dá no mesmo. E eu sei das coisas.

Sua mão cai e ela balança a cabeça, negando.

— Você também não sabia que precisava ordenhar as vacas.

— Sabe, você *era* minha favorita, agora estou reconsiderando te dar a Betsy, a nova bezerra que nasceu.

— Maçãs! — Hadley exclama, em vez de responder, sua atenção totalmente focada em sua janela. — Você nos trouxe na colheita de maçãs!

Olho de volta para Connor e ele balança a cabeça.

— Bem, nós dois amamos torta de maçã, pensei que talvez devêssemos pegar algumas e tentar convencer sua mãe a assá-las.

Ela ri e seus pés chutam descontroladamente.

— Melhor dia de todos!

Levo Hadley para colher abóbora e maçã todos os anos, mas Kevin nunca veio conosco. Ele estava sempre muito ocupado — ou muito zangado — para fazer coisas com a gente. Connor não apenas está aqui, mas também planejou. Queria passar um tempo com nós duas. Pensou e se esforçou em algo que não sabia que gostávamos de fazer, mas, de alguma forma, ele sabia.

O homem conseguiu pegar um comentário irreverente sobre as tortas de maçã — um comentário que fiz na pior noite da minha vida — e transformá-lo em um momento de alegria.

Ele estaciona o carro e Hadley sai.

Eu me viro para ele e, antes que possa me conter, meus lábios se abrem.

— Eu te amo.

Os lindos olhos verdes de Connor se enchem de emoção.

— Eu te amei desde o primeiro momento em que te vi.

— Acho que eu também, mas é tão cedo e há muito que ainda precisamos resolver.

Ele sorri e segura minha mão.

— Temos bastante tempo. Agora, vamos colher maçãs e, talvez hoje à noite, possamos começar a fazer um plano sobre como transformar esse trio disfuncional em uma família.

E, com isso, ele sai do carro, e me pergunto como posso agradecer a seu pai horrível por forçar Connor Arrowood a voltar para que pudesse me encontrar.

Capítulo 29

Connor

— De quantas maçãs realmente precisamos? — pergunto, enquanto Hadley coloca outras duas na carroça. Sim, temos uma carroça, porque a garota colheu metade do pomar.

— Eu gosto de maçãs. Elas fazem bem para nós.

Ok, ela tem razão, mas... não precisamos de cinquenta.

— Justo, mas acho que temos o suficiente.

Hadley para, se vira para mim e coloca as mãos nos quadris.

— Se não tivermos maçãs suficientes, a mamãe não pode fazer tortas.

Não tenho certeza de como discutir isso, mas posso desviar sua atenção para outra coisa.

— Você gosta de torta de abóbora?

Ela torce o nariz.

— Eca.

Agora não tenho certeza se ela é minha filha. Como pode não gostar de torta de abóbora?

— Você já provou?

— Não, porque é nojento. Abóboras são como vegetais.

Ellie suspira ao meu lado.

— Você não tem ideia de como isso pode ser divertido.

Não acho que ela entende que eu não poderia me importar menos com essas discussões. Quero ter um milhão delas. Vou debater o que quer que a garotinha ao meu lado queira debater, desde que eu passe um tempo com ela.

— Não tenho certeza se ela pode fazer algo que eu não ache interessante.

Ellie balança a cabeça, discordando.

— Oh, mal posso esperar para ver você dizer isso em um mês.

Eu também não posso. Espero nunca enjoar disso, embora, eu saiba que não é assim. Meus irmãos provavelmente pensaram que eu era fofo e interessante em algum momento. Quando eu tinha dois anos, me tornei sua ferramenta de barganha e bode expiatório. Ser o mais novo significava que eu era estúpido e os ouvia.

— Tenho certeza de que vai passar em cerca de cinco anos.

— Connor, Connor! Olha, eles têm uma abóbora enorme! — Ela aponta para o que deve ser a maior coisa que eu já vi. — Podemos pegar?

— Eu sou forte, mas não tão forte.

Ellie bufa ao meu lado.

— Hadley, não cabe no carro.

Os olhos da menina encontram outra que é apenas ligeiramente menor do que a primeira.

— Podemos pegar uma grande como esta?

— Você trouxe o trator? — pergunto.

— Funciona? — Ellie rebate, com uma risada.

Meus olhos se estreitam.

— Ainda não. Aparentemente, precisa de outra parte.

Hadley agarra minha mão e me puxa para mais perto dela.

— Então não podemos trazer porque ainda está quebrado.

Como uma criança de sete anos já domina esse nível de sarcasmo?

— E não podemos pegar uma abóbora do tamanho do carro.

Hadley dá um suspiro dramático.

— Bem. Podemos pegar um pônei?

— Uhh — digo, sem entender como passamos de uma abóbora a um pônei.

Ellie está lá com um sorriso, como se isso fosse a coisa mais engraçada de todas, e uma expressão que diz: "mal posso esperar para ver como Connor lidará com a pergunta".

— Eu não posso prometer isso, Ligeirinha. Eu mal consigo controlar as vacas.

Ela olha para o lado, parecendo refletir sobre isso.

— Ok.

Essa foi fácil.

— Talvez em breve — ela acrescenta, antes de pegar minha mão, me impedindo de dizer mais alguma coisa. — Vamos dar uma olhada nas abóboras. Sabe, aquelas que Connor *pode* levantar sem um guindaste.

Caminhamos até onde há uma fileira de abóboras e ela estuda cada uma atentamente.

— Você pode levantar essa aqui? — Hadley questiona, pegando uma que é do tamanho de sua mão.

Dou a ela um olhar penetrante e ela ri.
— Você está apenas brincando comigo.
— Acho que você poderia levantar todas as abóboras.
— Você deve realmente pensar que sou forte.
Ela concorda.
— Você tem músculos grandes, não é, mamãe?
Olho para Ellie com um sorriso malicioso.
— Sim, mamãe, eu tenho músculos grandes?
— Você tem um grande ego.
Hadley coça a cabeça.
— O que é um ego?
Ellie suspira.
— É o que você pensa sobre si mesmo. E parece que Connor se acha superforte e bonito.
— Ele é bonito. Você disse a Sydney que achava que ele era — Hadley nos informa.
Os lábios de Ellie se abrem e não consigo evitar provocá-la um pouco. É muito divertido.
— Você disse, hein?
— Eu devo ter mencionado isso. Uma vez.
Hadley coloca sua abóbora na mesa e se aproxima para pegar nossas mãos nas dela.
— Eu acho você bonito.
— Bem, obrigado, Ligeirinha — digo, apertando sua mão. — Eu acho sua mamãe muito bonita.
— Você acha que eu sou bonita?
— Eu acho você linda — digo a ela. — A garota mais bonita de todo o mundo.
Hadley sorri pelo meu elogio e então libera a mão de Ellie. Seus braços envolvem minhas pernas e ela me segura com força. Os abraços dela são os melhores. Eles vêm do centro do seu corpo e são como tentáculos se enrolando em você.
— Você não precisa me arranjar um pônei, Connor.
Eu rio, porque sua mente só salta por um capricho.
— Isso é bom.
— Vou ficar com um cachorrinho em vez disso.
Ellie bufa.
— Vamos começar com uma abóbora e continuar daí.

Capítulo 30

Connor

Hoje foi perfeito. Tudo foi ainda melhor do que eu poderia ter planejado. Hadley se divertiu, temos uma tonelada de maçãs, abóboras e algumas coisas de aparência estranha que Ellie chamou de cabaças.

Ela está guardando as maçãs e Hadley está esperando para ir para a casa da árvore. Não só colhemos abóboras para a casa, mas também para a casa da árvore, porque ela explicou que todos os lugares precisam de decoração.

Posso transformar um dos pastos de vacas em um canteiro de abóboras para manter essa criança feliz.

— Está pronto? — Ellie pergunta, saindo com as duas abóboras e uma toalha de mesa.

— Para que é isso?

— Cortinas.

— Cortinas?

— Hadley precisa tornar o lugar um pouco mais aconchegante, e as cortinas fazem da casa um lar.

Nunca soube que elas eram tão importantes. Olho para trás, para a casa, que está sem cortinas. Acho que meu pai ficou bêbado uma vez e arrancou todas as hastes das cortinas das paredes. Não que eu ache que elas fariam *desta* casa um lar. A única coisa que fez isso foi meu pai ter morrido e não estar mais aqui.

— Acho que as pessoas fazem a casa ser um lar — digo a ela, puxando-a para o meu peito. — Você fez desta casa um lar.

Ellie sorri suavemente e me dá um beijo rápido.

— Acho que devemos contar a ela agora.

— Agora?

Meu coração começa a acelerar e o nervosismo me atinge. Não sou um cara que sente medo. Depois do meu tempo na marinha, aprendi a respirar e não permitir. Neste momento, não consigo parar. Assim que contarmos para

Hadley, o mundo dela mudará. O meu já foi inclinado em seu eixo, mas sou adulto. Ela é uma criança e me preocupo em como ela vai lidar com as notícias.

— Quanto mais esperamos, mais sinto que estamos tirando isso dela. Ela deveria saber que seu pai se importava o suficiente com ela para lhe dar um dia como este. Quero dar isso a ela: você como pai.

Minha boca se abre, mas as palavras não saem. Posso sentir minhas palmas começando a suar e me sinto como uma criança de novo, não como o homem adulto que sou.

É nervosismo, excitação, adrenalina e expectativa.

— Você não está pronto?

— Não, eu estou — afirmo rapidamente. Não tem nada a ver com estar pronto. Nunca estive mais pronto para nada. — Tenho certeza, eu quero contar a ela. Só não achei que você estivesse.

— Está na hora.

Ela está certa. Está na hora.

— Vamos para a casa da árvore.

Hadley sai correndo, carregando uma cesta e sua boneca.

— Eu trouxe cidra, xícaras e biscoitos.

— Onde você conseguiu os biscoitos? — Ellie pergunta.

— Na cozinha.

— Eu pedi isso.

Seguro uma risada porque Hadley tem um ótimo *timing* para uma criança de sete anos. Nós três caminhamos até a árvore que passou a significar mais para mim do que eu jamais poderia imaginar. Foi aqui que me escondi quando tive medo e descobri o que havia perdido.

Agora, espero, será o lugar onde mais um pedaço da minha vida vai se encaixar.

Caminhamos em silêncio, bem, Ellie e eu ficamos quietos, Hadley tagarela sobre cachorros e abóboras até avistar a casa da árvore. Então dispara como uma flecha e sobe a escada que construí. Não é nada como nenhuma casa na árvore que eu jamais teria. Tem um telhado, duas janelas e uma pequena varanda nos fundos, que foi minha adição nesta semana.

Não quero que este lugar seja um lugar onde ela se esconde, quero que signifique outra coisa para ela. A casa da árvore deve trazer sua alegria e ser um lugar onde as memórias são formadas. Então, provavelmente vou acabar dando a ela um banheiro, cozinha, eletricidade e encanamento quando terminar.

— Você colocou uma varanda? — Ellie pergunta.

— Não tenho ideia de como isso chegou aqui.

Ela revira os olhos.

— Você sabe que ela ficava feliz apenas com o pedaço de madeira compensada como piso, desde que você viesse aqui com ela.

É exatamente por isso que fui além ao construir este lugar.

— Eu sei, mas ela deve ter tudo o que posso dar a ela. Aquela criança passou por um inferno, e se isso é a única coisa que posso fazer para ela sorrir, eu farei.

Ellie pega minhas mãos e me encara. As palavras que ela me disse antes ainda ecoam em meu coração e estou ansioso para ouvi-las novamente.

Ambos estamos alheios até que ouvimos a voz de Hadley ao nosso lado.

— Você vai se casar com minha mãe?

Ninguém pode dizer que essa garota é sutil.

— Talvez um dia, mas agora, vamos viver um dia de cada vez. — Espero que seja a resposta certa.

— Você gostaria que Connor estivesse em sua vida para sempre? — Ellie questiona, e fica claro para onde ela está planejando fazer a transição dessa conversa.

Sufoco meus nervos. Se Ellie pensasse que dizer a ela que sou seu pai biológico iria perturbá-la, não estaríamos aqui agora.

— Sim! Eu o amo e ele é meu melhor amigo. Além disso, ele é engraçado, bonito e vai me dar um cachorrinho.

— Eu nunca disse isso.

— Vai sim, você me ama e eu sou adorável. — Ela pisca os cílios e seus lábios são uma linha apertada. Ela é adorável e tenho a sensação de que provavelmente está certa. Eu sou um otário quando se trata dela, daí a varanda em uma casa na árvore.

— Bem, seja como for — Ellie começa rapidamente, claramente impressionada com seu charme. — E se eu te dissesse que, há muito tempo, antes de você nascer, conheci Connor.

— Vocês se conheciam? — Hadley olha para trás e para a frente entre nós e eu aceno.

— Conhecíamos.

— Nós nos encontramos uma vez, e foi... bem, foi muito especial — continua Ellie. — Veja, sua avó e seu avô morreram não muito antes disso e eu estava muito triste. Connor me fez me sentir feliz e ajudou meu coração naquele dia.

Ela olha para mim e sorri.

— Como ele fez por mim?

— Exatamente — interrompi. — Acontece que gosto de fazer vocês duas felizes.

Ellie solta um suspiro trêmulo.

— O que eu quero te dizer é que... bem, naquela noite, Deus me deu um bebê.

— Eu?

Ela confirma com a cabeça rapidamente com um sorriso.

— Sim, você. Minha linda, perfeita e doce garotinha. Connor e eu fizemos um teste que nos disse que ele é seu pai verdadeiro.

— Mas... eu já tenho um pai.

Eu agacho ao lado dela.

— Você tem, mas você e eu temos o mesmo sangue.

Ellie fica de joelhos e pega as mãos de Hadley nas dela.

— Não sabíamos, até alguns dias atrás, e seu pai e eu nos casamos logo depois que conheci Connor. Mas Connor é seu pai, não Kevin.

Nós dois ainda estamos parados como pedras, esperando que Hadley diga alguma coisa. Ela fica lá, processando o que acabou de descobrir.

— Papai não é meu papai? — ela pergunta, sua voz treme um pouco.

Porra, isso está partindo meu coração. Eu a amo e não quero causar nenhuma dor, mas, ao mesmo tempo, estou feliz por estarmos contando a ela.

— Não, baby, mas você não tem que parar de amá-lo. Não sei quando você o verá novamente, mas ele sempre pode estar no seu coração.

Penso no que ele disse a Ellie e tenho que manter minha exigência de que Hadley nem dê tanto a ele.

Ela é gentil e tudo de bom neste mundo, e ele não é nada além de veneno.

Estou feliz por ele estar tão disposto a desistir dela, porque estou mais do que disposto a mantê-la.

— Hadley — pronuncio, com o coração na garganta —, não quero te confundir ou te deixar triste. Você não precisa me chamar de pai ou qualquer coisa até que queira, e se nunca o fizer, sempre serei Connor para você. Se eu soubesse que você era minha filha, teria te encontrado imediatamente, mas farei parte da sua vida tanto quanto você quiser que eu faça, e nada precisa mudar para nós até que você esteja pronta para isso.

Ela olha para mim, seus olhos cheios de confusão.

— Você é meu pai?

— Eu sou, e realmente estou feliz que você seja minha filha.

Hadley solta o aperto de Ellie e caminha até mim. Suas mãozinhas enquadram meu rosto e ela sorri.

— Eu queria que você fosse meu pai também.

Com isso, meu mundo inteiro muda e eu juro que poderia chorar.

— Não estou cansada — reclama Hadley.

— Se você não for para a cama agora, nunca vai se levantar para ir à escola. — Ellie não permite que ela tenha espaço para negociar. — Vá escovar os dentes.

Há uma parte de mim que quer pedir a Ellie para deixá-la ficar em casa. Depois de um dia como o que tivemos, certamente, podemos fingir que o mundo ao nosso redor não existe por um pouco mais de tempo.

— Vá em frente, Ligeirinha — declaro, apoiando Ellie, porque posso querer manter Hadley em casa, mas não sou idiota.

A expressão de agradecimento em seu rosto me diz que me saí bem e quero me sair bem. Quero ser o parceiro que a apoia, o que significa que nem sempre posso ser o mocinho.

Se Dempsey e Miller pudessem me ver agora...

Aqui estou, um homem caseiro e feliz pra caralho em lidar com isso. Eu nunca tinha entendido antes — como uma criança pode mudar todo o seu mundo. Assisti Liam literalmente passar de solteiro do ano para homem de família em apenas alguns meses. Pensei que talvez Natalie tivesse algum tipo de boceta dourada ou algo assim, mas eu era a porra de um idiota. Foi amor.

Descobrir que outro ser humano é tão importante que você fica disposto a esquecer todas as suas regras estúpidas. Ellie é o pedaço do meu coração que eu não sabia que estava faltando. Ela me colocou de joelhos e não me importo se não poderei ficar de pé novamente. Por ela, ficaria, a seus pés, enquanto a tivesse aqui.

Hadley vai para o banheiro e, um segundo depois, ouço a água correr enquanto ela começa sua rotina de dormir.

— O que você está pensando? — Ellie indaga, se aproximando de mim, envolvendo os braços em minha cintura em uma demonstração de afeto que ela geralmente só faz quando Hadley está dormindo.

— Que eu te amo.

Ela sorri com isso, seus olhos se enchendo de amor e um pouco de apreensão. Mal posso esperar pelo dia em que não verei a segunda parte.

— Diga de novo.

— Eu te amo.

Eu digo sem pausa, e direi um milhão de vezes até que ela acredite.

Ela nunca vai saber o que significou ter dito isso para mim sem aviso prévio.

Ellie se inclina na ponta dos pés e me dá um beijo suave.

— Eu também te amo, Connor, e hoje foi... bem, foi tudo. Ela aceitou melhor do que eu jamais poderia imaginar, e parece que o mundo está sorrindo para nós.

— Porque está. Nós merecemos ser felizes, e acho que nós dois tivemos merda suficiente para durar a vida toda.

— Eu concordo, e com sorte... — Ela me beija novamente, e seus olhos escurecem um pouco. — Teremos mais um pouco de felicidade esta noite.

— Quanta felicidade?

Ellie encolhe os ombros.

— Veremos.

Meu Deus, esta mulher está tentando me matar. Eu gostaria de ser muito, muito feliz, mas vou levar o que puder com ela. Posso ser paciente, mas sou um homem que ama a mulher em meus braços e gostaria de mostrar a ela.

Ela se desembaraça e enfia o cabelo atrás da orelha quando Hadley irrompe na sala de estar.

— Connor, pode ler para mim esta noite?

Ellie olha para mim. Isso normalmente é algo que ela faz por Hadley, então espero que me dê permissão.

— Claro — Ellie afirma, com um sorriso que não consigo ler.

— Você tem certeza?

— Tenho cem por cento de certeza.

— Obrigada, mamãe! — Hadley corre até ela, a abraça com força e depois corre para mim. — Pronto?

— Pronto.

Então Hadley praticamente me arrasta para o quarto que se tornou dela. A cama foi afastada da janela porque ela estava com medo de algo do lado fora, e os lençóis são rosa em vez do azul profundo que costumava estar na cama de Sean.

Era estranho para mim que meu pai nos odiasse o suficiente para nos bater, mas não tivesse jogado fora nada que o fizesse se lembrar de nós depois que partimos.

Tudo estava como quando morávamos aqui.

Como minha mãe deixou. Até limparmos e nos livrarmos de tudo.

Nos últimos meses, as coisas mudaram... tem uma planta na sala, flores na mesa e aquelas esteiras no chão do banheiro.

Dia após dia, Ellie transformou esta casa em algo mais. Agora, estamos nos tornando uma família.

E aquilo me faz feliz.

— Então, como sua mãe costuma fazer isso?

Hadley se senta na cama e dá um tapinha no cobertor.

— Primeiro você tem que escolher um livro. Gosto daqueles ali.

— Ok, escolher o livro. — Sinto-me um idiota total. Eu deveria saber disso. Ando até a pilha e procuro por um que parece mais usado. Presumo que ela tenha um favorito. — Algum deles você gosta mais?

Ela encolhe os ombros.

— Eu amo *todos* eles.

— *Green Eggs and Ham*? — pergunto. Quem não ama o Dr. Seuss? Meus irmãos e eu amávamos *Go, Dogs. Go!* Sem surpresa. Era tudo sobre ir rápido e não gostar de chapéus.

Os olhos de Hadley brilham.

— *Não gosto de ovos verdes e presunto...* — começou, recitando a história.

— Eu não gosto deles, mas Hadley pode — continuo o texto. Pisco para ela e vou para a cama, sem ter certeza de onde sentar.

Hadley se aproxima e eu entendo sua deixa. Descanso as costas na parede e então ela imita minha posição, mas, em vez de colocar a cabeça para trás, apoia no meu braço. Suas pequenas mãos seguram meu bíceps, e eu juro, ela está segurando meu coração em vez disso.

Olho para ela, me perguntando se Deus pensou que eu era digno o suficiente para ser pai. Depois de todas as coisas ruins que fiz, não a mereço.

Ainda assim, ela é minha e faço uma nova promessa agora. Nunca farei nada para envergonhá-la. Serei honesto, dedicado e confiável.

— Você vai ler? — pergunta, olhando para mim.

— Eu vou — respondo, mas não para a pergunta e sim para meu próprio voto silencioso.

— Como você conheceu minha mãe? — indaga, depois que eu li a primeira página.

Droga.

Não posso deixar de responder, então vou ser vago. É um bom plano, eu acho.

— Nós nos conhecemos em um restaurante. — Não é mentira. Eles servem comida lá e eu, na verdade, levei Ellie para um encontro na semana passada. Ele se qualifica como restaurante.

— Você a beijou?

Oh, Deus. Onde está Ellie?

— Sim, eu a beijei.

Hadley pondera sobre isso.

— Você a amou?

— Sua mãe é muito amável.

Na minha cabeça, continuo ouvindo a palavra: evite. Quero fugir de todas as perguntas possíveis e fazer com que a história seja lida. Então, abro o livro de volta e começo, mas Hadley não está aceitando.

— Você acha que vai se casar com ela?

Talvez responder a uma pergunta com outra seja a melhor aposta?

— Você quer que eu case com ela?

Ela concorda.

— Então você realmente será meu pai.

É aqui que estou pisando novamente. Não quero assustá-la com a realidade do que tudo isso significa para ela, mas, ao mesmo tempo, quero tranquilizá-la de que, quando se trata de mim, estou aqui para sempre. Nunca vou abandoná-la.

— Eu sou realmente seu pai agora. Sempre serei seu pai, Hadley. Sempre. Você e eu somos uma família no sangue e nos nossos corações.

Ela sorri com isso.

— Então, não importa o que aconteça, sempre serei sua filha?

— Sempre.

— Mesmo que você e a mamãe não se casem?

— Mesmo que isso nunca aconteça.

Os olhos de Hadley brilham antes que ela coloque a cabeça no meu braço.

— Estou feliz.

— Eu também, Ligeirinha. Eu também.

— Você pode ler agora.

E eu leio. Depois de vinte minutos e mais dois livros, porque não consigo negar nada a ela, vou para a sala de estar onde espero encontrar uma Ellie feliz.

Eu a encontro lendo um livro no sofá e me inclino contra o batente da porta para encará-la. Ela é tão bonita. Seu cabelo castanho-escuro está puxado para cima e ela está de óculos. Não há esforço em sua beleza, simplesmente é assim. Ela mastiga o lábio inferior e depois vira a página.

Quero puxá-la em meus braços e beijá-la até perder os sentidos.

— Lendo alguma coisa boa? — pergunto, incapaz de ficar longe dela por mais um minuto.

Ela pula um pouco e depois sorri.

— Um romance sobre duas pessoas que se encontraram novamente. Eles ficaram separados por um tempo, ambos se perguntaram sobre o outro, mas alguns obstáculos os mantiveram separados.

— Então, é uma autobiografia?

— Parece um pouco como a gente, só que menos drama.

Eu sorrio e me movo em direção a ela.

— Eu gostaria de menos drama.

Ellie abaixa o livro e se aconchega em meus braços depois que me sento.

— O drama é o que mantém real, no entanto. A vida está cheia de altos e baixos. É a dor que nos permite sentir as partes boas. Se eu nunca tivesse conhecido a tristeza de estar com o homem errado, quando você voltou para o Sugarloaf, não sei se teria sido a mesma coisa.

Talvez ela esteja certa, mas isso não significa que eu goste da ideia de Ellie alguma vez ter sentido esse tipo de tristeza.

— Eu preferia ter te encontrado feliz com ele do que no inferno que estava. Mesmo que isso significasse que eu nunca poderia ter você.

Ela se acomoda ao meu lado.

— Eu preferiria ter você. Acho que meu coração nunca foi realmente de outra pessoa. Estou onde pertenço agora.

— Odeio que você tenha passado por tanto no tempo que levei para te encontrar novamente.

Ellie inclina o rosto para olhar para mim e me dá um sorriso suave.

— Está tudo acabado agora. Meu divórcio será finalizado em breve e Hadley é nossa. Podemos dar um jeito no resto e seguir em frente com o nosso passado.

Começo a dizer mais, porém há uma batida na porta.

— Fique aqui — ordeno.

Ninguém nunca passa por aqui. Vou para a prateleira que abriga um cofre de armas escondido. Leva um segundo para escanear meu dedo, mas então a frente se abre e eu pego a arma.

Os olhos de Ellie se arregalam, mas ela não se move. Eu provavelmente deveria ter mencionado que a casa tem muitas coisas assim. Quando prometi protegê-la, falei sério.

Seguro a arma ao meu lado, pronto para eliminar qualquer ameaça.

Há outra batida.

— O que posso fazer por você? — digo, a mão pronta para reagir.

— Você pode abrir a porra da porta antes que a minha bunda congele.

Porra. Eu realmente não precisava disso esta noite.

Coloco a arma na mesa lateral, abro a porta e solto um suspiro, olhando para o idiota em pé na varanda. Declan veio fazer uma visita e eu me pergunto o porquê.

— O quê? Não está feliz em me ver? Nada de seja bem-vindo ao lar, irmão... é bom te ver?

— Não esperava te ver, Dec, não sabia que você viria.

— Sim, eu conversei com Jacob e Sean e tirei o palito para vir verificar as coisas, ter certeza de que a conversa que tivemos não foi por causa de algum ferimento na cabeça e conhecer sua garota.

Bom para ele, mas não o quero aqui. Eu estava prestes a ter uma noite feliz e ela simplesmente desapareceu.

— Vá encontrar um hotel — digo, tentando fechar a porta.

— Connor? — Ellie chama, do outro lado. — Está tudo bem?

Meu irmão empurra a porta, seu sorriso tão amplo e encantador como sempre.

— Você deve ser Ellie, eu sou Declan, o irmão mais velho e mais ousado deste ingrato. — Sua mão dá um tapa no meu ombro. — Não tive a intenção de me intrometer na sua noite, mas tenho alguns dias sem reuniões e queria vir.

— Oh! — Ela corre para a frente com a mão estendida. — É tão bom conhecê-lo. Sou Ellie, o que você já sabe, e bem, ouvi muito sobre você. —

A voz de Ellie é suave, e então ela olha para baixo. — Estou uma bagunça. Por favor, não me julgue por isso.

— Claro que não. Está tarde e eu apareci inesperadamente. Por favor, não me julgue pelas maneiras que meu irmão não tem, e ficaremos quites.

Ela ri e eu atiro adagas na parte de trás de sua cabeça. Egoísta do caralho.

— Dec estava indo encontrar um hotel.

Faço meu caminho para ficar ao lado de Ellie. Não tenho ideia de quais são exatamente os motivos do meu irmão vir aqui. Mas não acho que seja apenas para uma visita amigável. Se eu tivesse que adivinhar, ele está aqui para ter certeza de que Ellie é real e que meu pedido de terra não é porque estou sendo atropelado por meu pau. Deus me livre de ser feliz. Só porque ele é covarde demais para fazer o que quer, não significa que eu seja.

— Um hotel? — Ellie pergunta.

Declan olha para mim e depois para Ellie.

— Tem hotel em Sugarloaf? Achei que você me ofereceria um quarto, pelo menos.

Ellie dá um tapa no meu peito.

— Você não pode obrigá-lo a ir para um hotel!

— Sim, eu posso.

— Eu não estava interrompendo uma noite importante, estava? — O sorriso de Declan me faz querer socá-lo.

— Sim.

— Não — Ellie responde, ao mesmo tempo.

Ele sorri para mim como se soubesse o que estragou esta noite. Tudo bem, ele não é o único que tem algo para usar contra o outro. Declan esquece que esta cidade é pequena, e não estamos em uma época sem telefones celulares, onde temos que fugir para ver alguém. Posso mandar uma mensagem para uma garota que ele está evitando muito rapidamente.

— Acabamos de colocar Hadley... nossa... minha...

— Nossa filha — eu respondo, salvando-a de tentar descobrir se eu disse a ele ou não.

Seu sorriso é caloroso, o rosto brilha de alegria.

— Nossa filha na cama. Tenho certeza de que vocês têm muito o que pôr em dia e está ficando tarde, então vou para a cama.

— Por favor, não sinta que precisa fugir por minha causa. — Declan tenta impedi-la.

— Não, não, não é isso. Tenho trabalho pela manhã e estou realmente exausta.

Eu quero sufocar meu irmão.

— Dec, por que você não vai para a cama. Tenho certeza de que está cansado depois de sua longa e indesejável viagem até aqui. Ellie e eu íamos conversar.

— Connor, está tudo bem, podemos conversar a qualquer hora. Você e seu irmão provavelmente querem se atualizar. — Ela se aproxima de mim e dá um beijo na minha bochecha. — Boa noite.

— Eu realmente queria que fôssemos felizes. — Sei que pareço uma criança petulante, mas não me importo.

Ela sorri.

— Podemos ser felizes amanhã.

Declan ri, mas cobre com uma tosse.

Ele está morto.

Ellie cora e dá um passo para trás.

— Boa noite e foi um prazer conhecê-lo.

— Você também, Ellie.

Quando ela está fora de vista, eu me viro para meu irmão.

— O que diabos você está fazendo aqui, Declan?

— Precisamos conversar e achei melhor falar pessoalmente.

Ele se vira e sai, não me dando outra opção a não ser segui-lo.

Capítulo 31

Connor

Declan e eu caminhamos em silêncio, e posso sentir a tensão saindo dele.

Ele continua, e por mais que eu queira pará-lo e exigir que fale logo, eu conheço meu irmão. Sean e Jacob podem ser manobrados, Dec não. Ele trabalha com as coisas em sua mente, pesando cada possibilidade antes de atacar. É por isso que tem sucesso em seu negócio. Ele observa o campo antes de fazer uma jogada.

Quando chegamos ao celeiro que ralei para consertar, ele finalmente para.

— Ela é linda.

No começo, não tenho certeza se está se referindo ao celeiro ou Ellie, mas então ele olha para trás em direção à casa.

— Ela é mais do que apenas bonita.

— É isso que é? Uma paixão ou como você quiser chamar?

— Ah, vai se foder por me perguntar isso — cuspo de volta para ele. — Eu tenho uma filha, Dec. Uma filha, merda! Eu amo aquela mulher e amo minha filha.

Ele levanta as duas mãos.

— Calma! Estou perguntando porque, da última vez que te vi, você estava todo "foda-se esse lugar" e "vamos queimá-lo". Agora você está pedindo para comprar algumas das terras da mesma fazenda para onde juramos nunca mais voltar. Não sei como diabos você pensou que qualquer um de nós não viria ver se alienígenas te sequestraram ou algo assim. Pelo que pensamos, ela descobriu quem eu era e estava extorquindo dinheiro de você.

Cerro os punhos e os solto pelo menos três vezes antes de decidir que preciso ir embora. Nunca houve um momento em que eu realmente quisesse agredir um dos meus irmãos. Posso estar disposto a quebrar minhas outras promessas, mas essa nunca. Declan deve saber o quanto estou chateado, porque permanece em silêncio enquanto eu trabalho com isso.

Quando estou calmo o suficiente, me viro e o encaro.

— Você pode estar disposto a se afastar do que deseja, mas esta não é uma opção para mim. Se vocês três não quiserem me vender o terreno, tudo bem. Vou pegar o dinheiro da venda e comprar o meu. Você não tem que entender ou concordar comigo, mas achei que pelo menos respeitaria minha decisão.

— Eu respeito! É por isso que estou aqui! Liguei para Sean e Jacob, que pensam que você é louco, mas também querem que seja feliz. Quanto você sabe sobre Ellie?

Juro que ele está tentando me irritar de propósito.

— Eu sei o suficiente.

— Eu não acho que você saiba, Connor. — Há um pequeno período de silêncio onde quero exigir que ele me diga o que diabos está acontecendo, mas me forço a esperá-lo. — Vim porque você precisa saber de algo e, como disse, não faria isso por telefone.

— Se for tão importante, me diga agora. — Estou cansado e meu irmão estragou o que parecia ser uma boa noite. Não tenho paciência para ouvi-lo falar em círculos.

Declan suspira e, em um movimento incomum, passa a mão pelo rosto. Já vi Declan chateado, zangado, desapontado e orgulhoso, mas não conheço essa emoção. Ele parece quase... triste.

— O que você se lembra daquela noite?

Meu corpo trava porque, de todas as coisas sobre as quais falamos em nosso passado, aquela noite não é uma. Nunca tocamos no assunto, contentes em fingir que não aconteceu. Foi quando eu soube que, não importa o que acontecesse, nunca poderia perdoar meu pai. Foi a noite em que ele fez quatro meninos lidarem com algo que nunca deveriam ter feito. Ele nos forçou a uma vida inteira de arrependimento e raiva.

Declan tentou proteger nós três, mas não havia como ele conseguir. Papai certificou-se de que, se um caísse, todos nós cairíamos. Ele queria ter certeza de que, por meio de nossa culpa, nós o protegeríamos, já que sempre protegemos um ao outro.

— Me lembro de tudo.

— Eu também. Por mais que tente esquecer, não consigo.

— Por que você está trazendo isso à tona, Dec?

Ele suspira e depois se senta no fardo de feno.

— Preciso que me escute antes de enlouquecer e agir como se eu tivesse feito algo que você não teria, se os papéis fossem invertidos.

— Ok.

Eu digo isso, mas não quero dizer de verdade. Se ele fez algo que prejudique meu relacionamento com Ellie e Hadley, meu irmão não gostará dos resultados.

— Certo. Bem, vou colocar tudo para fora e você vai ouvir, porque, acredite ou não, só me preocupo com esta família, e qualquer pessoa que a ameace é problema meu. Eu trabalhei duro demais para manter nós quatro fora da prisão ou nos transformar em bêbados degenerados como nosso pai.

— O ponto, Dec.

Agora posso acrescentar que protelar é algo em que meu irmão não é bom. É inevitável, então ele pode muito bem acabar com isso.

No entanto, Declan parece lutar com o que quer que seja que ele levou quatro horas para vir me contar.

— Depois da nossa ligação, pedi à minha equipe de segurança para verificar Ellie.

Agora eu vou enlouquecer.

— Desculpe?

— Jesus Cristo, eu fiz o que qualquer um de nós faria, Connor. Eu a investiguei.

Meus lábios se achatam e me concentro em respirar pelo nariz.

— Você cruzou a linha, Declan. Não tinha o direito de fazer isso.

Ele joga as mãos para cima.

— Eu não tinha direito? Sou seu maldito irmão que ficou ao seu lado, te protegeu, desistiu de tudo, assim como você! Não estou brincando, Connor. Não fiquei nada feliz. A última coisa que eu queria fazer era vir aqui e mostrar isso a você!

— Me mostrar o quê? — Mantenho minha voz calma. É claro que Declan está chateado, o que me deixa nervoso.

Ele passa as mãos pelos cabelos e balança a cabeça, negando.

— Primeiro, deixe-me explicar o que encontrei.

Aceno para ele ir em frente.

— Eu não tinha muito com o que começar a não ser que ela estava em Sugarloaf e tinha que morar nos arredores. Depois de algumas pesquisas, eles encontraram Ellie Walcott, que era casada com Kevin Walcott, que foi recentemente preso, e eles tinham uma filha.

Rolo os olhos e bufo.

— Eu sei de tudo isso.

— Cale a boca e me deixe terminar.

— Ok. — Minha paciência está se esgotando.

— Eles tiveram dificuldade em encontrar qualquer história sobre Ellie. Ela não era da área como eu... presumi, porque, quem diabos se muda para Sugarloaf? Então, eles cavaram mais fundo e foi quando descobrimos sua história.

— Ela é algum tipo de traficante de drogas e seus pais morreram de alguma forma sinistra? — eu o provoco, porque isso é um pouco melodramático.

Então ele estende um envelope.

— Não exatamente, mas você não está tão longe.

— Longe do quê?

— Nesse envelope está sua certidão de nascimento, certidão de casamento e um boletim de ocorrência. Tudo que te fará entender.

Ainda não estou acompanhando.

— O que isso tem a ver com alguma coisa?

Declan espera, sua hesitação quase enjoativamente densa.

— Abra o arquivo, Connor.

Respiro fundo e faço o que ele pede. Pego os documentos, primeiro vendo sua certidão de nascimento e, em seguida, a certidão de casamento, mostrando que ela se casou com Kevin, e depois o relatório policial. Aquele com a data que nunca esquecerei.

Olho para ele, o sangue desaparecendo do meu rosto.

— Não.

— O sobrenome dela — ele diz o nome, ao mesmo tempo em que leio novamente.

Deve ser verdade. Meu irmão não dirigiu quatro horas para vir me ver só para mentir para mim. Ele não teria essa expressão de pavor em seus olhos se não fosse o único nome que poderia destruir tudo.

— Cody.

E então a perfeição do dia se foi.

Porque meu pai é quem matou os pais de Ellie, e eu ajudei a encobrir.

Declan balança a cabeça.

— Sinto muito.

Agarro o cabelo e gemo.

— Não! Puta que pariu! Esta não pode ser a minha vida! Jesus, ela nunca vai entender.

— Olha, eu sei que isso é muito, mas você não pode contar a ela, Connor. Tem que nos proteger. Não se trata apenas de você, isso pode foder todos nós.

Encaro meu irmão como se ele tivesse dez cabeças. Ele não pode querer dizer que preciso esconder isso dela.

— Você não pode me pedir isso.

— Acha que é fácil para mim?

Eu não me importo.

— Eu a amo pra caralho, Dec! Você não pode me pedir para mentir para ela.

— Quer ver todos nós na prisão? Você estará lá também, ao lado de seus irmãos. — Sua mão agarra meus ombros. — Somos uma família. Somos tudo o que cada um tem e temos que nos proteger.

Dou um passo para trás.

— Então, por que me contou? — grito e o empurro. Declan tropeça um pouco para trás, mas se segura. — Por que você colocaria isso em mim, seu filho da puta? Como você pode pensar que eu seria capaz de continuar com minha vida depois do que me contou? Não vê o que isso significa? O avô de Hadley matou seus avós. Quer dizer, meu Deus do céu, como diabos eu mantenho esse segredo?

A pena enche os olhos do meu irmão e ele suspira.

— Não sei, mas até eu falar com Sean e Jacob, este segredo não é seu para contar ainda. Eu disse a você, porque, se você aprendeu com Ellie, teria feito exatamente isso.

Até agora, sempre admirei a capacidade de meu irmão de pensar com clareza. Nesse momento, ele não entende. Ele não poderia entender. Ellie não é apenas um pedaço de carne que estou disposto a me afastar. Ela é meu futuro.

— Não sei por quanto tempo posso aguentar — admito. — Eu não vou perdê-la, Dec. Se ela descobrir por conta própria, seria o fim. Eu perderia a ela e Hadley, e sinto muito, eu amo você, Sean e Jake, mas... eu a escolho. E se você, entre todas as pessoas, não entende isso, então vá para o inferno.

Declan fez uma escolha há oito anos, e isso custou a ele tudo o que amava.

Sydney.

— Eu preciso de alguns dias. Deixe-me falar com eles e... nós daremos um jeito. Sinto muito, irmão. Eu realmente sinto. Acredite em mim, fiz com que verificassem as informações três vezes e retirassem o boletim de ocorrência, porque não queria que fosse verdade. Sei que acha que estamos todos chateados por você ter encontrado alguém, mas estamos felizes por você. Não queremos que se afaste disso. Somente... me dê alguns dias, e então as fichas podem cair onde devem corretamente.

Alguns dias mentindo e fingindo... Deus me ajude.

Capítulo 32

Ellie

Estou sentada na sala dos professores, tentando me concentrar no trabalho. Hoje minha chefe vai me observar, e tudo em que consigo pensar é em Connor.

Preciso me recompor.

Ele e o irmão já tinham saído quando me levantei esta manhã e senti falta de tomar um café com Connor na varanda da frente. Tornou-se nosso ritual matinal e agora meu dia parece ter acabado porque não o tivemos.

Hadley foi algo totalmente diferente esta manhã. Levantá-la foi quase impossível. Ela estava mais lenta do que o normal e tinha que fazer uma pergunta a cada três segundos. Foi um milagre ter conseguido chegar a tempo ao trabalho hoje.

A porta se abre e a Sra. Symonds entra.

— Pronta para hoje?

Não.

— Claro — respondo, em vez disso.

— Você não precisa mentir, sei que meus professores temem que eu apareça, mas esta é uma observação para algo empolgante, Ellie.

É a minha última também. Se eu passar hoje com bons comentários, é mais provável que me ofereçam o cargo permanente. Eu realmente espero que seja o caso.

Nunca tive nada que me permitisse escolhas. Ter este emprego me dá uma renda que proporciona a independência de que preciso. Embora Connor e Kevin possam não ser nada parecidos, isso não significa que algum dia estarei em dívida com outro homem.

Eu quero amar e ser igual a Connor.

— Estou realmente pronta para isso e muito esperançosa de que o resultado seja adequado para nós duas.

Ela se senta à mesa e pousa as mãos nas minhas.

— Nos últimos meses, você realmente floresceu. Não apenas sorri mais do que acho que já vi antes, mas também seus alunos estão prosperando. Nunca quis me intrometer na sua vida pessoal, faço um esforço para não fazer isso com nenhum dos meus professores, mas quero que saiba que estou aliviada por você estar em um lugar melhor.

— Eu também. É triste que tenha acontecido da maneira que aconteceu, mas estou feliz agora.

— Sabe, Connor era um dos meus alunos — ela diz, com um sorriso melancólico. — Ele era o mais doce dos meninos Arrowood. Aquele Jacob era uma pedra no meu sapato, mas Connor sempre foi o bondoso, mesmo que ele não achasse que era.

Não é difícil imaginar como ele era naquela época. Ele tinha apenas dezoito anos e eu também. Éramos quase adultos, crianças que foram forçadas a crescer muito rapidamente.

— Ele é um bom homem.

— É triste como aqueles meninos cresceram. Eu conhecia a mãe deles, ela era uma mulher maravilhosa, e seu pai a amava com uma ferocidade sem igual com tudo que eu já tinha visto antes. Quando ela morreu, ele perdeu o controle. Eu me lembro de ter tentado passar por lá uma vez, e ele estava tão bêbado que não acho que sabia o próprio nome, muito menos o meu.

Eu fico quieta, me alimentando de qualquer informação que ela esteja disposta a compartilhar. Connor e eu conversamos sobre coisas, mas pedir a ele para voltar no tempo não é algo que eu queira fazer.

— De qualquer forma... — Ela parece se lembrar de si mesma. — Eu gostaria de ter interferido. Todos nós vimos os hematomas, mas, naquela época, não era algo que os professores relatavam com frequência. Pelo menos não em uma cidade pequena como essa. Então, todos nós ficamos calados, comentando uns com os outros sobre a tragédia que aconteceu com os irmãos Arrowood, e tenho vivido com arrependimentos desde então. Também me ensinou a não ficar quieta quando vejo as coisas.

— Mais pessoas precisam falar por aqueles que não podem — digo, e espero que ela entenda que é parte do que me forçou a acordar. — Se não fosse pelas pessoas que se importavam comigo e com Hadley, não sei se estaria sentada aqui hoje.

A Sra. Symonds torce as mãos e suspira.

— E teria sido uma perda da qual eu nunca teria me recuperado. Espero que hoje corra bem, Ellie. Gostaria que tivéssemos mais conversas no futuro.

Sua dica não tão sutil me faz sorrir. É mais uma coisa pela qual ser grata na minha vida.

— Eu também.

— Vejo você em breve, preciso ir tomar uma xícara de café.

Assim que a Sra. Symonds sai, pego o telefone e vejo uma mensagem de Sydney.

> Sydney: Ei! Falei com o juiz e sua papelada do divórcio está sendo assinada hoje! Devo ter uma cópia do decreto muito em breve.

Minhas costas atingem a cadeira e uma lufada de ar é expelida. Parece que tudo aconteceu muito rápido. Sydney compareceu ao tribunal hoje por mim, e como o divórcio não foi contestado e eu não queria nenhum dos bens de Kevin, o juiz deve ter assinado.

Eu vou me divorciar hoje.

Achei que me sentiria diferente, talvez até um pouco triste. Não porque o amava e queria que as coisas dessem certo, mas porque não consegui fazer o casamento dar certo. Em algum recesso da minha mente, eu tinha a crença de que seria como meus pais eram. Felizes, apaixonados e com vontade de criar uma família, e acho que é parte do motivo pelo qual fiquei, mesmo quando as coisas estavam tão ruins.

Eu queria ser como eles.

Minha mãe se casou com um homem que não era como Kevin, no entanto. Ela não era atormentada por raiva, punhos e a sensação interminável de não ser boa o suficiente.

Às vezes, me pergunto se ela teria ficado se estivesse no meu lugar.

Gosto de pensar que não.

Envio uma mensagem de texto para Sydney.

> Eu: Estou em choque, mas também há uma grande sensação de alívio. Obrigada. Obrigada por tudo.

> Sydney: De nada. Obrigada por confiar em mim.

Quase digo a ela que Declan está na cidade, mas tenho certeza de que não seria uma boa notícia. Além disso, não sei quanto tempo ele vai ficar. O bilhete que Connor deixou esta manhã explicava que eles tinham negócios a tratar, mas que *ele* me veria mais tarde — não que eles me veriam mais tarde.

Contei a Hadley sobre ele estar aqui para o caso de ela ver algum cara muito alto que se parece com Connor andando por aí.

> Eu: Você é uma ótima amiga, Syd.

De repente, não me sinto uma.

A última coisa que quero é que ela seja pega de surpresa, então talvez eu deva pelo menos avisá-la que há uma possibilidade de ela topar com ele. Quando começo a digitar a mensagem de texto, a campainha toca e tenho que voltar para a aula.

— Merda — digo, olhando para o telefone. Se eu enviar isso agora, não poderei responder às suas perguntas inevitáveis, o que provavelmente a deixará em pânico durante a próxima hora.

Vou ter que contar a ela mais tarde. Agora, tenho um emprego para garantir.

— Eu consegui o emprego! — grito, passando pela porta para encontrar Connor, Hadley e Declan, todos na sala de estar.

— Você conseguiu? — ele pergunta, com um sorriso que não alcança seus olhos.

Eu concordo.

— Sim. A Sra. Symonds disse que eu arrasei e me ofereceu um cargo em tempo integral! Isso significa benefícios e folgas. Estou tão animada!

Hadley corre e envolve os braços em volta das minhas pernas.

— Bom trabalho, mamãe!

— Parabéns — Connor diz e então beija minha bochecha antes de recuar rapidamente.

Não sei por que ele está sendo estranho, mas presumo que seja porque o irmão está sentado aqui.

— É um dia de muitas notícias boas.

— O que mais?

Levanto o dedo, pedindo a ele que me dê um minuto. Esta última parte eu não quero Hadley aqui. Independente de quão bem ela pareça estar levando tudo, prefiro não dizer nada. Ela sabe que estou me divorciando de quem ela sempre conheceu como pai, mas não precisa saber todos os detalhes.

Olho para Hadley.

— Terminou todo o seu dever de casa?

— Sim.

— E fez suas tarefas?

— Sim.

Claro, o único dia em que ela está com tudo em ordem é o dia em que preciso que ela tenha outra coisa para fazer por um ou dois minutos. Eu procuro uma ajudinha de Connor.

Ele põe a mão nos ombros dela.

— Por que você não mostra a casa da árvore ao meu irmão?

Seus olhos se arregalam e ela volta seu sorriso para Declan.

— Você quer ver?

Ele olha para Connor e tenta corresponder ao entusiasmo dela, mas parece quase doloroso.

— Uhh, claro.

Obviamente, ele não se dá bem com crianças, e se eu não quisesse contar a Connor sobre as notícias que recebi de Sydney, eu seguiria Hadley e Declan até a casa da árvore apenas para assistir o homem escalar em seu terno de aparência cara.

Connor sorri.

— Oh, você vai adorar, Dec. Você pode subir em uma árvore de novo e, com sorte, não cair.

— Ótimo. Parece muito divertido.

— Leve o seu tempo com ele, Hadley. Ele está velho e provavelmente vai ser difícil para ele se mover rapidamente — Connor diz, com uma risada.

Declan olha para ele.

— Vou te mostrar o velho.

— Você pode tentar, mas pode quebrar o quadril. Se estiver ferido, não irei ajudá-lo.

Há um tom de provocação em sua voz, mas então há uma tendência de outra coisa. Quase como se estivesse com raiva dele, o que eu não entendo.

Declan tem sido muito bom desde que chegou aqui. Espero encontrar os seus outros irmãos em breve, e que um dia eles aceitarão Hadley e eu, já que ela é sobrinha deles.

Esse pensamento me deixa sóbria.

Ela ganhou uma família inteira. Onde antes era Kevin e eu, agora ela tem Connor e sua família inteira.

— Eu não vou demorar muito, mas, novamente, você não precisa de tanto tempo de qualquer maneira — Declan diz, dando um tapinha nas costas dele. — Você sempre foi o tipo de cara que termina rápido demais.

Agora não consigo mais segurar e começo a rir.

— Viu? — A voz de Declan dança com alegria. — Até Ellie sabe disso.

— Ah, não. Eu não disse nada — falo rapidamente.

— Hadley, certifique-se de fazer chá da tarde. Declan adora conversar e brincar com bonecas.

— Ok! — ela responde, com toda a alegria que pode reunir.

Os dois saem da casa, e antes que eu possa dizer uma palavra, Connor me puxa para seus braços e me dá o beijo mais quente e intenso que já me deu. Ele normalmente não é tão agressivo, mas parece que algo mais o está impulsionando.

Eu me agarro a ele e devolvo, me derramando nele. Ontem à noite, eu tinha planos para algo muito parecido com isso. Eu queria me entregar a ele — pelo menos dar o máximo que eu pudesse.

Sua boca é quente e macia contra a minha, e eu quero mais. Meus lábios se abrem e nós dois nos movemos ao mesmo tempo. Com minhas costas contra a parede e seu corpo forte pressionando contra mim, estou presa da melhor maneira.

Meus dedos sobem em seus braços até a nuca e ele aprofunda o beijo. Suas mãos se movem pelo meu corpo e então engancham sob minhas coxas, me levantando do chão.

Instintivamente, envolvo as pernas em sua cintura e ele me carrega.

— Connor — eu digo, sem fôlego.

— Deus, você me deixa louco. Eu te quero tanto.

— Preciso de você.

E é verdade. Eu preciso dele, e preciso de nós, e não me importo se não for como planejei. Nada na minha vida é assim mesmo. Se tivesse sido, eu não estaria nos braços desse homem, o que seria um pecado.

— Ellie — ele murmura e, em seguida, traz seus lábios de volta para mim. — Meu lindo anjo.

Nós nos beijamos continuamente — cada um se derramando mais e fazendo meus lábios incharem sob o ataque. Quero continuar para sempre. Minutos se passam e eu juro que quero arrancar minhas roupas e tomá-lo agora.

Eu nem sei se estou respirando, já que o que existe neste mundo é Connor e sua boca perfeita na minha.

Ele me empurra mais alto contra a parede, usando as coxas como alavanca para me segurar, e então suas mãos estão em meus seios. Eu gemo, a cabeça caindo para trás quando ele me toca.

Sei que tinha algo a dizer a ele, mas não consigo me lembrar. Algo grande.

Algo sobre...

— Estou divorciada — digo as palavras, sabendo que preciso soltá-las enquanto lembro meu nome.

Suas mãos param e ele me observa.

— Você está...

— Divorciada. A partir de hoje.

— Que significa... — Ele faz uma pausa.

— Isso significa que você e eu, bem, espero que signifique que o que estávamos fazendo aqui pode ser algo que fazemos quando não estamos tentando roubar alguns minutos.

Ele olha para a nossa situação e prageja.

— Porra!

— Ei — eu digo rapidamente, tocando sua bochecha. — O que há de errado?

— Não é nada... Jesus, Ellie, sinto muito. Eu estava como um louco há um segundo.

Ele lentamente coloca meus pés de volta no chão e, em seguida, segura meu rosto em suas mãos quentes, que eu realmente gostei de terem estado em meus seios um momento atrás.

— Eu queria você tanto.

— Há coisas que precisamos conversar e eu perdi minha cabeça por um minuto.

— Está tudo bem — eu o tranquilizo. — Eu prometo, temos muito tempo para conversar.

Seus olhos brilham com algo que não consigo entender.

— Só... Não quero fazer isso agora ou aqui. Não quando Hadley e

Declan podem voltar. Você e eu precisamos de algum tempo.

Eu aceno.

— Concordo. Temos muito o que conversar.

— Sim. — Ele respira a palavra.

— Ok, quando seu irmão vai embora?

Ele olha para fora da porta e passa os dedos pelos cabelos.

— Esta noite. Ele tem que voltar para Nova York.

Isso me dá um certo alívio da culpa por não ter ligado para Sydney quando saí do trabalho para falar sobre ele estar aqui.

— Ok, então talvez eu possa pedir a Syd para ficar com Hadley amanhã?

Eu pretendo ter Connor só para mim.

Seu sorriso não chega a atingir os olhos.

— Amanhã, então.

— Amanhã.

Capítulo 33

Ellie

Paro em frente à casa e verifico meu rosto no espelho. Eu realmente gostaria de ter algum tempo para me transformar em algo sexy ou realmente fazer algo melhor. Felizmente, passei uns bons vinte minutos extras no chuveiro fazendo a depilação e esfregando as áreas que deixei passar nos últimos meses.

Esta noite, preciso que tudo seja perfeito.

Hadley está na casa de Sydney, onde elas têm uma noite de garotas inteira planejada com unhas, cabelo e filmes. Eu tinha deixado minha filha falar sem parar sobre tudo o que ela faria até que minha amiga me enxotou com um comentário sobre fazer boas escolhas e balançou as sobrancelhas com um sorriso.

Sim, todos nós sabemos o que vai acontecer esta noite.

Os nervos me atingiram como uma tonelada de tijolos, me firmando no lugar. Sei que o amo e quero isso. Sei que, se não estivéssemos preocupados com Declan e Hadley voltando na noite passada, eu o teria deixado me despir ali mesmo no corredor.

Desejo e confiança não são o problema — é o medo de não ser o que ele deseja.

Eu só estive com ele naquela noite, e então fiquei com Kevin. Se você perguntar ao meu agora ex-marido, ele dirá que sou péssima na cama.

Tenho medo de que Connor sinta o mesmo.

Minha cabeça cai para o volante e me preocupo com um novo conjunto de coisas por alguns longos minutos até que ouço uma batida na janela ao meu lado e grito.

— O que...

Connor está parado ali, olhando para mim com preocupação em seus olhos.

— Você está pensando em ficar aqui?

— Estou pensando em tentar me lembrar de como respirar primeiro.
Ele me dá um sorriso suave e abre a porta.
— Ouvi o carro e esperei, mas você não entrou na casa.
— Eu estava tendo uma espécie de surto, mas estou bem agora.
Saio do carro e pego sua mão. Quando chegamos à porta da frente, ele se vira para mim.
— Ellie, não quero que você fique nervosa. Quero conversar e, com sorte, podemos...
Minha mão pressiona contra seus lábios, silenciando-o. Nós conversamos, conversamos e conversamos. Não estou disposta a mais disso esta noite.
Não, esta noite, estou farta de palavras.
— Não estou nervosa, Connor. — E então eu me paro. Não quero mentir para ele. — Ok, eu estou, mas não pelos motivos que você pensa. Estou nervosa porque, pela primeira vez na vida, sinto que as coisas estão bem. Você é tudo, e eu quero você agora...
Os lábios de Connor estão nos meus antes que eu possa dizer qualquer outra coisa. Eles são suaves, doces e nada como eram na noite passada.
Não estamos preocupados com o tempo ou qualquer outra pessoa esta noite. Não temos nada que nos impeça de nos amarmos agora.
Eu me afasto, precisando dizer o que está em meu coração.
— Eu te amo.
— Você não tem ideia do quanto te amo, Ellie. Eu nunca poderia explicar isso.
Levanto a mão, passando meus dedos contra sua barba.
— Então me mostre. Podemos conversar depois.
Ele hesita por um segundo antes de se inclinar e me pegar em seus braços. Não falamos mais nada porque, às vezes, palavras não são necessárias.
Chegamos ao seu quarto e ele empurra a porta. Minha cabeça repousa em seu peito e posso ouvir o bater constante de seu coração. Quero memorizar esse som. Cada segundo desta noite, eu quero gravar em meu cérebro. Ser amada, realmente amada, é tudo o que sempre quis. Ele me coloca na cama e dá um passo para trás.
— O que há de errado?
— Errado? — ele pergunta.
— Você... você está... bem, você está parado aí.
Connor fecha os olhos e respira pelo nariz.
— Tenho coisas que preciso dizer.

Eu fico de pé e vou até ele.

— Nós conversamos muito nos últimos meses, e agora eu quero sentir. Você vai me deixar sentir?

Ele quer que eu peça o que quero, e estou fazendo isso. Não quero falar sobre nosso passado ou nosso futuro. Eu quero o presente.

— Vou te dar tudo o que você quiser.

Nego com a cabeça.

— Tudo o que eu quero é você.

Eu me inclino na ponta dos pés e uno nossos lábios. Ele não tem ideia de como meu coração está batendo freneticamente no meu peito e dizer essas palavras foi o suficiente para me colocar de joelhos, mas aconteceu. A confiança que tenho em nós é impressionante.

Nunca antes pensei que seria capaz de fazer isso. Ser vulnerável é assustador e brutal. Muitas vezes, tentei evitar, porque aprendi que, quando você permite que outra pessoa tenha o poder de te machucar, ela o fará.

No entanto, eu não acho que ele vá.

Ele nunca me machucaria — não intencionalmente.

As mãos de Connor se movem dos meus braços até o pescoço para que ele possa inclinar meu rosto e aprofundar o beijo. Ele nos leva para trás, nossas bocas ainda juntas até que eu bato na cama.

— Deite-se — ele instrui.

Faço o que ele pede e deslizo de costas. Ele não segue, no entanto. Ele se afasta, olhando para mim.

— Por favor, não me faça implorar — digo, com uma respiração instável.

Eu preciso dele. Não importa o que esta noite prove em relação a como estamos juntos agora, eu preciso dele.

— Nunca. Eu nunca vou te fazer implorar.

— Então me ame.

— Sempre. Mesmo que eu não te mereça, quero que saiba que você é a dona do meu coração.

— E você é o dono do meu.

— Deus, espero que sim.

Antes que eu possa pensar muito sobre isso, ele se move para mim e levanta a camisa do meu corpo. Eu também me certifiquei de usar calcinha combinando, então Connor encontrou um sutiã roxo profundo com renda que mal cobre qualquer coisa.

— Jesus Cristo — ele diz baixinho, e então sua boca está no meu pescoço.

Ele beija o caminho para baixo, mas não move o tecido. Sua boca quente cobre meu mamilo muito duro através da renda, me dando tantas sensações diferentes ao mesmo tempo.

Há o roçar da renda contra meu mamilo excessivamente sensível misturado com a umidade de sua língua encontrando minha pele que o tecido não cobre. Meus dedos estão em seus cabelos, meus olhos estão fechados e eu me permito me perder nele.

Ele se move para o outro lado e seus dedos se enfiam sob a alça, lentamente puxando para baixo. A sensação de suas mãos calejadas na minha pele é esmagadora.

— Você quer mais, Anjo? — pergunta, sua boca se movendo de volta para o meu ouvido.

— Sim, quero tudo.

Seu gemido é rouco e ele arrasta os lábios pelo meu pescoço.

— Então você terá tudo que eu tenho. Tudo que eu sou será seu.

Ele puxa o outro lado do meu sutiã para baixo, expondo meus seios. Sua língua se lança para fora, circulando ao redor do meu mamilo, e então ele o leva em sua boca, espalhando seu calor.

Eu podia morrer agora. Achei que o que fizemos da última vez foi quente, mas estar na cama dele, onde tudo ao meu redor é dele, é quase demais.

Não consigo respirar sem sentir o cheiro de sua colônia. Não consigo abrir os olhos sem ver algo que é dele. E eu o sinto. Em toda parte.

Sua mão se move pela frente do meu corpo até meu jeans. Lentamente, ele abre o botão e o som do zíper é alto, mas não é nada comparado ao som da minha respiração. Estou tão excitada.

Connor me observa, e eu aceno, deixando-o saber que ainda quero isso. Ele desliza minha calça para baixo, tirando minha calcinha também, e eu nunca me senti mais exposta e livre ao mesmo tempo.

Ele me olha como se eu fosse uma obra de arte inestimável que ele ganhou. Lábios separados e olhos quentes, seu olhar acariciando meu corpo nu.

— Você me traz de volta à realidade, Ellie. — Sua voz está cheia de emoção.

Não digo nada por medo de começar a chorar, e isso não seria a coisa mais constrangedora de todas? Então, eu me sento e passo os dedos ao longo da curva de sua mandíbula antes de deixá-los cair na bainha de sua camisa e levantá-la.

Da última vez que brincamos, não entendi essa parte. Ele não me deixou tocá-lo e, desta vez, seremos iguais. É justo tê-lo nu também.

Nós dois nos movemos lentamente, saboreando os segundos que temos. Não preciso me apressar esta noite; na verdade, se pudesse, colocaria em câmera lenta, permitindo que cada momento durasse um pouco mais.

Connor é absolutamente deslumbrante sem camisa. Sei que não é a melhor palavra, mas é tudo o que tenho. Meu cérebro está confuso ao olhar para o melhor exemplar masculino que eu poderia sonhar.

Cada músculo é firme e a pele se tensiona contra eles. Seu estômago tem entradas e vales que meus dedos coçam para explorar. Os músculos de seus braços são grossos e, embora tenham estado em volta do meu corpo ao me segurarem, não entendi totalmente o quão poderosos eles eram.

Sigo as pontas dos dedos do seu antebraço até seus ombros e então abaixo em seu estômago, apreciando a forma dos músculos quando o toco. Ele está perfeitamente imóvel, permitindo que eu explore, então passo para o outro braço e olho para a tatuagem em seu ombro.

— O que isso significa?

É uma série do que parecem ser laços celtas na forma de um triângulo.

— É o símbolo da fraternidade.

— Parece a lança de uma flecha e é lindo.

Seu sorriso é suave.

— Cada um de nós tem um.

Eu me inclino para a frente e pressiono meus lábios nele. Então fico de joelhos e dou a volta em suas costas, precisando ver cada centímetro de pele que ele tem em exibição. Encontro outra tatuagem logo abaixo de sua omoplata.

— E isso?

Meus dedos traçam a tinta preta do esqueleto de uma rã segurando um tridente de algum tipo.

— Essa é uma tatuagem que os Seals fazem quando perdemos alguém durante uma missão. É um sapo feito de ossos, porque somos homens-rãs.

— Lamento que você tenha perdido alguém.

A mão de Connor envolve meu pulso e ele me puxa de volta para sua frente.

— Perdi muitas pessoas na minha vida e, meu Deus, oro para nunca perder você.

— Você nunca vai.

Seus olhos se fecham e sua testa repousa na minha.

— Estou tentando ser paciente, mas você está me matando, amor. Eu preciso tocar sua pele perfeita — diz, enquanto sua mão percorre o meu lado. — Preciso beijar cada centímetro de você. — Seus lábios encontram apoio na parte superior do meu peito, logo acima de onde eu realmente quero sua boca novamente. — Quero me sentir dentro de você. — Faço um som incoerente de prazer e ele me deita de volta. — Mas agora, eu realmente quero fazer você gozar na minha língua.

E então tenho certeza que derreto no limbo.

— Connor — profiro, porém não tenho certeza do que estou pedindo. Eu o quero, mas, meu Deus, faz muito tempo que ninguém se preocupa comigo ou com o meu prazer.

Eu nem sei o que gosto ou quero.

— O quê, amor?

— É só que... tem sido... eu não sei.

— Shh — ele murmura. — Apenas me diga se eu fizer algo que você não goste.

Solto uma respiração profunda e tento relaxar. Ele nunca vai me machucar ou me forçar a fazer algo que eu não queira ou goste. Tenho que confiar nele, e confio.

Ele separa minhas pernas e depois beija o interior das minhas coxas. Relaxo o máximo que posso com a mesma quantidade de nervosismo e desejo girando ao redor. Então sinto sua boca se mover em direção à junção das minhas pernas, e minha respiração está tão pesada que minha cabeça está girando.

— Relaxe, Ellie, vou fazer você se sentir bem.

E então ele faz. Sua língua desliza contra a minha abertura, extraindo prazer de mim de uma forma que não senti desde a última vez com... ele. Ele lambe, suga e provoca meu clitóris, me empurrando cada vez mais alto e, em seguida, me puxando de volta para baixo. Ele faz isso algumas vezes, o que me dá vontade de gritar, chorar e implorar para que ele nunca pare. É tão bom que quase não consigo aguentar.

Estou ofegante e segurando os lençóis com força, um orgasmo à beira de explodir. Chamo seu nome, e ele chupa com mais força e depois estala a língua. Então estou fora de órbita.

Tudo é leve, perfeito e eu nunca quero descer.

Ele rasteja por todo o comprimento do meu corpo, e fico olhando para ele, me perguntando como diabos nós nos encontramos de novo e que golpe de sorte foi. Eu aproveito esta posição e me movo para sua calça jeans, precisando tocá-lo.

Ele me ajuda a tirar e então minha respiração falha. Ele é magnífico. Seu pau é grosso e longo, e tudo de que eu me lembro e fantasiava. Meus dedos o envolvem e começam a se mover. Os olhos de Connor se fecham e eu preciso que ele fale. O silêncio é ensurdecedor.

— Eu estou fazendo a coisa certa?

— Oh, amor, você não poderia fazer isso errado. Você me toca e eu estou na porra do céu.

Ele se mexe um pouco, deitado de lado e esse ângulo é bem melhor. Nossos lábios se encontram novamente e continuo a acariciá-lo.

— Quero que você faça amor comigo — peço. — Agora, Connor. Eu preciso de você.

Ele me beija com mais força e depois se move para ficar em cima de mim.

Seus lábios estão de volta nos meus e ele se acomoda entre nós. Nós olhamos um para o outro e tenho que arrancar tudo que está dentro de mim. É muito. A emoção, o prazer, os sentimentos que não consigo conter.

— Eu te amo. Eu te amo, porque você me faz feliz. Você dá sem querer, e eu nunca tive isso. Eu te amo porque você amou Hadley e eu antes de saber que éramos verdadeiramente suas, mas eu sou sua, Connor. Acho que, de alguma forma, sempre fui. Por favor, me leve e me ame.

Ele não diz nada, mas não precisa. Eu vejo todo o seu coração em seus lindos olhos verdes. Sinto o que sua alma está dizendo, seus lábios reivindicam os meus e ele lentamente desliza para dentro de mim, mudando minha própria alma irrevogavelmente.

Capítulo 34

Connor

Eu vou para o inferno.

Não consigo me importar o suficiente com a descida até lá. Todo o meu plano foi jogado pela porta quando ela implorou. Negar a ela era impossível, e eu precisava tê-la apenas uma vez.

Sei que sou um bastardo. Não há dúvida em minha mente de que ela vai me odiar por isso, mas, pelo menos, posso manter esta noite comigo quando ela se for.

— Isso foi… — Ellie começa, tentando recuperar o fôlego.

Foi toda fantasia que já tive.

Foi toda fantasia que eu nunca soube que tinha.

Era tudo que eu esperava e temia, e será a última vez.

— Sim — eu digo, deitado de costas, olhando para o teto, e desejando a Deus que eu pudesse ter mais tempo. — Isso foi.

Ela se enrola ao meu lado, com o braço apoiado no meu peito, e eu a seguro com mais força. Fico dizendo a mim mesmo para pronunciar as palavras, para contar a ela o que sei, falar a verdade, mas então barganho por outro momento. Eu voltaria no tempo, faria qualquer coisa para desfazer o passado, mas não posso, e me odeio mais do que posso expressar.

Tudo o que quero é fazê-la feliz, e agora, algo que aconteceu há oito anos — algo que mudou nossas vidas, mas não foi nossa culpa — vai me forçar a partir o coração dela. Por sua vez, também destruirá o meu.

Sempre pensei que, se contasse a alguém o que aconteceu, o peso seria tirado de mim. Por muito tempo, eu segurei isso, empurrei isso da minha mente para que eu pudesse viver comigo mesmo. Quão errado eu estava. Faria qualquer coisa para mantê-lo agora e até o fim dos tempos.

Foi por isso que trabalhei tanto na marinha, porque precisava ser uma pessoa melhor e tentar salvar alguém.

Eu sabia que voltar aqui ressuscitaria muitos fantasmas do meu passado, mas nunca pensei que isso colidiria com o meu futuro. Um futuro que quero mais do que apenas respirar em meus pulmões ou no coração em meu peito.

Foda-se meu pai.

Foda-se Declan.

Foda-se todos que sabiam ser a única fonte de dor para a pessoa que amavam e eram muito egoístas para ir embora.

Meus irmãos e eu estamos prontos para quaisquer consequências. Eles estão dispostos a assumir a responsabilidade porque sabem que não posso ser um pai para Hadley ou o homem de que Ellie precisa com este segredo entre nós.

Eu não posso fazer isso com ela, e ainda, eu tenho que fazer.

Como vou dizer as palavras? Tento armar um plano que possa acalmar os danos, mas não há nenhum.

— Connor?

Olho para uma Ellie muito saciada, que não parece ter nenhuma preocupação no mundo.

— Sim?

Eu me pergunto se ela pode ver minha culpa. Se pode sentir a angústia que está rolando dentro de mim, o ressentimento que cresce a cada minuto. Ela sabe que eu a amo? Sabe que eu estava disposto a lutar contra meus irmãos por ela? Isso vai importar?

— Eu te amo.

E essa é a minha ruína. Ela me ama, um homem cujo pai roubou duas vidas dela. Ela me contou como foi difícil perder os pais. Todos esses anos, o mistério dela não foi resolvido e agora meu pai não pode nem pagar pela dor que causou a ela.

Por que tinha que ser ela?

Por que não poderia ser outra pessoa?

— Eu te amo, Ellie. Eu te amo com toda a porra do meu mundo e...

— Eu tenho que dizer isso. Tem que ser agora. Aqui, na cama, nu depois de amá-la com tudo que sou, tenho que quebrá-la.

Quando ela se senta, seus olhos estão cheios de um milhão de perguntas.

— O que há de errado?

— Eu tenho que te dizer uma coisa.

— Ok. — Sua voz treme um pouco.

Mexo para que estejamos um de frente para o outro. Tenho que ser um maldito homem e confessar o que aconteceu quando eu era basicamente uma criança.

Não estou pronto para perdê-la.

— Oito anos atrás, na noite em que nos conhecemos, você se lembra de que eu disse que meu pai e eu discutimos?

Ela parece relaxar visivelmente e concorda.

— Sim, claro.

— Estávamos discutindo sobre algo que aconteceu na noite da minha formatura do ensino médio, que foi na semana anterior. Meus irmãos estavam em casa para minha cerimônia de posse. Eles sabiam que eu havia entrado na Marinha e queriam estar aqui para isso.

Seus dedos se ligam aos meus e eu engulo em seco. Jesus, ela está me confortando, porra. O nó no estômago é tão forte que dói.

— Não precisamos falar sobre isso...

— Sim, nós precisamos. Naquela noite, Ellie, a noite da minha formatura do ensino médio foi uma porra de pesadelo. Meu pai tinha bebido, como sempre, e estava fora de controle. Ele estava gritando com todos nós, xingando meus irmãos e eu. Ele tentou dar um soco em Sean, mas ele não era mais uma criança, então eles acabaram brigando. Isso foi... bem, outra noite divertida para os irmãos Arrowood. Nós quatro corremos para o celeiro, como sempre fazíamos quando queríamos fugir. E foi aí que aconteceu o erro número um.

— Eu não entendo.

— Nós fugimos.

Ela nega com a cabeça.

— Eu ainda não entendo.

— Ele nunca tinha acesso às chaves do carro. Ele não era um bêbado divertido ou bobo. Ele era agressivo e pensava que era melhor e mais inteligente do que qualquer um de nós. Nosso bom e velho pai achava que poderia fazer o que quisesse, porque ninguém diz a um Arrowood como viver.

Ela começa a mexer as mãos.

— Ele dirigiu?

Não há como voltar agora. É aqui que devo dizer as palavras.

— Sim, dirigiu, mas não a caminhonete dele. Ele queria dar uma lição em Sean, então pegou seu carro. Declan viu os faróis se afastando da casa e corremos. Entramos na traseira da caminhonete de Jacob e saímos. Mas não tínhamos um plano. Quero dizer... como você faz um motorista bêbado parar?

— Connor... Eu não entendo.

Claro, que ela não entende. Ela tem um bom coração e não somaria dois mais dois. Ou talvez ela some. O olhar em seus olhos me diz que ela sabe para onde essa história horrível está indo.

— Nós o seguimos por três cidades, tentando descobrir uma maneira de fazê-lo parar. O tempo todo, discutimos sobre o que fazer. Eu queria tirá-lo da estrada, deixá-lo se matar, porque seria um presente, mas Jacob recusou. Ainda estávamos discutindo quando vimos outro carro chegando. Eu juro, Ellie, os corações de nós quatro pararam de bater. Estávamos gritando, piscando as luzes para fazer o carro que se aproximava parar. Eles não viram que meu pai estava desviando tanto que provavelmente nem sabia em que pista estava. Jake tentou, bateu na traseira do carro de Sean, esperando que isso o empurraria para uma vala, mas...

— Mas isso o enviou para o tráfego de veículos mais próximo. — Ela mal consegue pronunciar as palavras.

— Para o outro carro.

Seus olhos se fecham e uma lágrima cai por sua bela bochecha.

— Para os meus pais.

Espero até que ela olhe para mim, rezando para que veja o arrependimento e a tristeza em meus olhos.

— Sim.

Capítulo 35

Ellie

Fico aqui, repetindo as palavras na minha cabeça demasiadamente. Seu pai foi o responsável.

Parece que há milhares de cacos de vidro cutucando meu corpo. Continuo apertando as mãos, esperando que a sensação volte. Eu me esforço para puxar o ar para os pulmões, e é como se as paredes estivessem desabando. Não posso ficar aqui. Não posso simplesmente... ficar sentada aqui.

Pulo de pé, puxando o lençol comigo e o envolvendo em meu corpo, meu estômago revirando e saliva inundando a boca. Vou vomitar se ficar parada mais um segundo.

Ele estava lá. Viu meus pais serem mortos. Por seu pai.

Ele sabia. Sabia o que aconteceu, e todo esse tempo, escondeu de mim.

— Ellie — ele diz, atrás de mim.

— Não! Não! Não diga outra palavra.

Minha mente está dando voltas enquanto olho para ele. Connor, o homem por quem estou tão apaixonada que me entreguei totalmente, o homem que me segurou depois que fui espancada, estava mentindo para mim. Ele jurou me proteger, construiu uma casa na árvore para Hadley, me fez acreditar nele, e tudo para quê? Tudo para que ele... pudesse... quebrar a porra do meu coração?

Seu peito sobe e desce enquanto ele estende a mão em minha direção.

— Ellie, me deixe explicar.

Ele não pode explicar. Ele me usou, assim como Kevin. A raiva se agita em meu intestino e eu explodo:

— Você sabia! — grito. — Você sabia, e você, o quê? Veio e me resgatou para que pudesse aliviar sua consciência? Eu era parte de algum jogo? Foi divertido para você? Salvar a garota cujos pais você matou?

Seus olhos se arregalam.

— Não! O que aconteceu conosco não teve nada a ver com isso.

— Certo. — Eu ri. — O inferno que não teve. Você estava lá, Connor! Você estava lá e guardou seu grande segredo, e apenas agora me conta? Depois de tudo isso! — Aponto para a cama onde o deixei me amar. Senti seu amor por todos os meus ossos e agora quero quebrar até o último deles.

Como ele pôde fazer isso comigo? Como pôde me usar assim?

— Eu não sabia até outro dia.

Por favor.

— Eu não sou idiota. Claro, eu tenho agido como uma e fui a garota burra que continuou em um casamento abusivo, mas não vou fazer isso novamente. Eu te dei tudo! Eu te dei meu coração, meu amor, nossa *filha*! — grito a última palavra, em meio a um soluço. — Meu Deus, você me deixou dizer a ela! Seu idiota de merda! Como você pôde fazer isso com ela?

Minhas lágrimas caem facilmente e meu coração se quebra em um milhão de pedaços. Eu confiei nele. Achei que ele não mentiria para mim, mas mentiu. Ele tem feito isso o tempo todo.

Limpo o rosto, me sentindo com raiva e quebrada.

— Eu não sabia até que Declan veio aqui. Ele que juntou as peças, e juro que é verdade. Eu te amo e amo Hadley, nunca iria machucá-las de propósito.

Bem, ele está um pouco atrasado. Porque foi exatamente o que ele fez. Ele me usou para conseguir o que queria.

— Se isso for verdade, então você ainda sabia antes de nos deixar compartilhar uma noite juntos. Por quê? Para que você pudesse transar antes de me contar que viu quem matou meus pais? — Não consigo parar de gritar com ele. Eu me sinto tão traída. Ele deveria ser diferente.

Connor era o homem que nunca faria isso comigo, mas foi quem fez.

— Eu não planejei isso, Ellie. Tinha toda a intenção de te contar! Inferno, eu tentei quando você chegou aqui!

— Não se atreva a colocar a culpa em mim! Você teve muitas oportunidades, mas não disse.

Ele agarra o lado de sua cabeça antes que seus ombros caiam.

— Não estou colocando nenhuma culpa em você. Eu deveria ter contado, você está certa.

— Então por que você não fez isso?

Ele me observa, sua respiração vindo em rajadas curtas, e então olha para o teto.

— Porque eu não queria dizer isso. Não queria dizer nunca essas palavras, muito menos para você. Talvez eu seja um bastardo, mas preciso de você. A ideia de te machucar estava me matando, mas você merecia saber mais do que eu queria me proteger.

— Não há um talvez sobre você ser um bastardo, Connor. Você mentiu para mim. Me usou e usou o fato de que eu te amo para ganhar o que queria.

Eu sou uma idiota. Sempre uma maldita idiota com a mão dentro do pote de biscoitos, na esperança de encontrar um ali e depois ser mordida por alguma coisa.

Isso é o que eu sou.

— Eu não te usei. Fiz amor com você porque sabia que isso seria tudo o que eu teria. Sabia que, uma vez que te contasse a verdade, você me deixaria, e eu te amo mais do que tudo no mundo.

Discordo com a cabeça, lágrimas caindo, e olho para o homem que não conheço mais.

— Ama? Quem ama não faz isso. O amor não rouba a escolha de alguém. O amor doa, o amor cuida. E você tirou algo de mim, não apenas naquela noite, mas agora.

Seus olhos estão cheios de pesar e tristeza enquanto eu o rasgo.

— Eu me apaixonei por você sem saber quem você era. Há oito anos, vivi com a culpa do que aconteceu. Eu não sabia, Ellie. Machucar você vai contra cada fibra do meu ser. Eu levaria um tiro, cortaria meu braço ou qualquer coisa para evitar isso.

Ele pode pensar que é isso que ele quer dizer, mas eu não acredito nele. Ele atirou bem na porra do meu coração.

— Volte para onde você disse que não sabia. Quando você não sabia?

Connor lambe os lábios e fecha os olhos.

— Desde o dia em que te conheci...

— Quando nos conhecemos no bar onde meus pais estavam pela última vez — digo, com um novo conhecimento surgindo em mim. — Eu quero saber tudo. Quero que me conte todos os detalhes de como isso aconteceu. — Ele... ele sabe o que aconteceu, sabe o quanto estou quebrada por causa disso, e nunca me contou. — Depois que o carro deles capotou e eles morreram, o que aconteceu então?

Connor engole, seu pomo de adão balançando antes de falar.

— Nós paramos imediatamente, e Declan e eu pulamos para ajudar seus pais enquanto Jake e Sean foram atrás do meu, que continuou dirigindo como se isso não tivesse acontecido. Tentamos ajudá-los, mas... eles estavam...

— O legista me disse que eles morreram instantaneamente. — Minha voz parece desligada.

— Quando cheguei ao carro, eles não estavam respirando.

É como eles disseram.

— Então, você nem... tentou? Você apenas fugiu e os deixou?

— Não estou orgulhoso do que fizemos. Você me conhece, Ellie. — Connor dá um passo mais perto, mas eu recuo. Ele não pode me tocar. Vou perder o controle e mal estou me segurando. — Eu não sou um monstro. Estava um caco, e meus três irmãos literalmente me puxaram para dentro da caminhonete. Eu queria ir até a polícia, mas, porra, éramos crianças. Não sabíamos o que fazer ou o que isso significava. Tínhamos um plano para levá-lo para casa, chamar a polícia e mandar prendê-lo.

Balanço a cabeça com nojo.

— Então por que você não fez isso?

Nenhuma dessas respostas faz nada para conter a tempestade dentro de mim. Tudo o que posso focar é que o homem que amo foi um pouco responsável pela morte de meus pais. Todo esse tempo, pensei no quanto eles o amariam. Eu esperava que eles ficassem orgulhosos do homem que encontrei e passei a amar. Como eles poderiam se sentir assim agora?

— Quando ele acordou no dia seguinte, nós quatro contamos o que ele tinha feito. Ele riu e nos chamou de tolos por pensar que poderíamos nos safar se o denunciássemos. Afinal, foi o carro de Sean que causou o acidente e ele disse que provavelmente alguém viu meu irmão dirigindo o carro de volta para a fazenda na hora do acidente. Éramos conhecidos como encrenqueiros, então ele ameaçou contar a todos que era Sean dirigindo o tempo todo.

Que homem horrível era seu pai.

— E o carro do Sean?

A única coisa que sempre me escapou foi o que aconteceu com o carro que os tirou da estrada. Era a única pista que esperávamos encontrar. Tudo o que juntamos foi que era um carro vermelho devido à tinta.

Ele se move em minha direção e então para. Posso ver quanta dor está sentindo, mas preciso saber.

— Está em uma das garagens de armazenamento da propriedade.

O tempo todo que estive procurando, estava na porta ao lado.

— Seu pai sabia quem eu era? — Eu mal consigo pronunciar as palavras. Meu coração está batendo forte e realmente dói respirar.

— Eu não tinha visto ou falado com ele desde a noite em que parti. Nenhum de nós falou. Meus irmãos e eu saímos da cidade e juramos que nunca mais o veríamos. Ele era um pedaço de merda manipulador que quebrava tudo que tocava. Fizemos um pacto de que nunca nos casaríamos, nunca teríamos filhos e nunca seríamos como ele.

Realmente não dou a mínima para o pacto dele. Não quando me sinto morta por dentro. Meus dedos tremem tanto que estou preocupada que eles quebrem, mas já fui derrubada antes e aguento levar um soco.

— Responda minha pergunta.

— Se eu tivesse que adivinhar com base no fato de que ele conseguiu forçar seus filhos a voltar para o lugar onde eles nunca mais quiseram pisar novamente, então sim, acho que ele provavelmente sabia quem você era.

Não pode ser real. Que homem horrível ele deve ter sido para usar seus filhos para encobrir um atropelamento e fugir, apenas para se virar e ser bom para Hadley e eu. É muito pra processar. Eu o odeio pelo que ele tirou de mim, mais uma vez.

— Como isso pode estar acontecendo? — pergunto em voz alta. Connor avança novamente antes de parar. — Se eu pudesse trazê-lo de volta à vida para matá-lo eu mesmo, eu o faria. Eu o odeio, Ellie. Eu lutaria com ele uma e outra vez, mas não posso mudar nada disso. Se não tivéssemos brigado naquela noite, eu nunca teria te conhecido, e mesmo se eu te perder, que Deus me ajude, você ainda é a melhor coisa da minha vida.

Limpo meus olhos, pensando em mais uma coisa.

— Naquela noite em que nos conhecemos, sobre o que você realmente brigou com seu pai? Sobre a coisa toda?

Ele se senta na cama, a cabeça caindo e seus olhos se erguendo para os meus.

— Eu era o único irmão que ainda morava aqui, mas ele descobriu que eu estava partindo para o acampamento pela manhã. Ele me ameaçou, exigindo que eu ficasse porque meus irmãos e eu estávamos sob seu controle. Ele me disse que tinha o poder e a capacidade de foder todas as nossas vidas e que eu não iria para a marinha se fosse preso. Sean estava jogando baseball na faculdade, Jacob tinha acabado de conseguir seu primeiro papel como ator em uma sitcom e Declan já estava no caminho com sua empresa startup. Todos nós tínhamos algo a perder, mas ele não. Ele já havia perdido tudo. Ele só se importava com duas coisas: minha mãe e esta fazenda. Eu disse a ele que, se ele dissesse uma palavra sobre isso, eu arruinaria seu negócio.

volte *para* mim

Eu diria a cada fazendeiro, fornecedor e comprador que ele era um bêbado abusivo que matou duas pessoas e culpou seus filhos. Nós o arruinaríamos tanto quanto ele nos arruinou. Ele me disse para ir embora e nunca mais voltar. Então, eu saí e conheci você...

Meu estômago despenca e minha cabeça está confusa com a enxurrada de informações. Antes que eu possa recuperar o fôlego, começo a desmoronar, e então os braços de Connor estão ao meu redor. Enterro o rosto em seu peito. Choro por meus pais, que perderam a vida na beira da estrada. Choro pelos quatro meninos, cujo pai era tão abominável que usava os filhos para se safar de um assassinato. E choro por mim e por tudo que perdi.

Pelo que ainda vou perder quando sair deste quarto.

Choro porque nunca amei ninguém do jeito que o amo e não posso ficar. Deixo tudo sair no conforto de seus braços, porque não sou forte o suficiente para fazer de outra maneira.

— Sinto muito, Ellie. Você não tem ideia. Eu me odeio. Gostaria de poder voltar no tempo, mas não posso. Por favor, não me deixe, porra. Eu te amo e vou passar o resto da minha vida provando isso a você. Por favor, diga que não vai me deixar.

Eu gostaria de não precisar. Mas essa não é uma promessa que posso cumprir. Talvez eu pudesse ter feito isso, se eles não tivessem deixado meus pais sozinhos na beira da estrada, se tivessem esperado os paramédicos aparecerem. Se tivessem feito isso, eu, pelo menos, teria respostas.

Ele não tem ideia do que passei depois, nas semanas que fiquei sem fazer nada além de procurar pistas. Liguei para todas as oficinas, postos de gasolina e ferros-velhos em busca de um carro vermelho que havia sido deixado com danos inexplicáveis. Ligava para a polícia três vezes por dia, perguntando se havia alguma pista. Eu estava desesperada por respostas, esperando que pudesse apenas... saber.

Aquela noite mudou a trajetória da minha vida, e talvez se eu tivesse respostas não teria ficado tão emocionalmente destruída a ponto de me casar com um homem como Kevin.

Se pensar por esse lado, se eu tivesse obtido minhas respostas naquela época, nunca teria conhecido Connor naquele bar. Hadley não existiria.

É insuportável para mim considerar isso, e me recuso a trilhar um caminho desses.

Meu Deus, eu quero desesperadamente acreditar que ele não sabia de nada disso até que seu irmão apareceu. Eu realmente quero. Mas a confiança se foi e não sei se vou acreditar nele novamente.

Cometi esse erro com Kevin cada vez que ele me dizia que nunca mais me bateria, e não vou seguir cegamente um homem, independente do amor que tenho por ele. Depois de tudo que suportei, prefiro aceitar a perda agora do que mais tarde, quando estiver no fundo do poço.

Não que eu ache que já não tenha chegado a esse ponto. O amor que tenho por Connor é diferente de tudo que já senti antes. Perdê-lo... bem, isso pode me destruir.

Os soluços continuam até meu corpo ficar vazio. Estou vazia e em pedaços. Não me lembro de como voltei para a cama. Não tenho lembranças de envolver meus membros em torno dele como se, caso eu apenas segurasse com força suficiente, não teria que deixá-lo ir, mas aqui estou.

Eu me inclino para trás, esperando que ele me diga que este foi um sonho ruim, mas o olhar em seus olhos me diz que não é.

— Eu tenho que ir — digo, minha voz crua e rouca.

— Não — rebate, rapidamente.

Eu me levanto de cima dele, meu coração quebrando com a perda de seu toque.

— Você tinha que saber que esse seria o resultado.

— O que você quer que eu faça? Me entregar? Eu vou fazer isso. Vou agora mesmo ver o xerife Mendoza e confessar.

Nego com a cabeça, uma nova onda de lágrimas vindo.

— Eu não quero ou preciso disso, Connor. Com certeza não quero outro pai de Hadley na prisão.

Ele segura meu rosto com as mãos.

— Me diga o que posso fazer.

É isso, não há nada. Ele não dirigiu realmente o carro que os matou, nenhum deles o fez. Se ele fosse ao xerife, tudo isso faria mal às pessoas que já pagaram pelos pecados de seu pai.

— Você pode tornar isso o mais fácil possível para mim. Pode mostrar que me ama, permitindo que eu saia desta cama e saia pela porta sem que isso seja mais difícil do que já é.

Sua mandíbula se contrai como se ele quisesse discutir, mas então se senta e vai para o lado da cama. Ele está fazendo exatamente o que pedi e, ainda assim, parece outra traição. Eu não quero perdê-lo. A ideia de ir embora está me matando, mas preciso colocar a cabeça no lugar.

Não posso cometer os mesmos erros.

Deslizo para fora da cama, pego minhas roupas e vou para o banheiro.

Uma vez vestida, eu me olho no espelho. Quem é esta mulher? Já se passaram meses desde que chorei. Meses me sentindo forte, bonita e inteligente. Tudo isso se foi em um instante. Penso em Hadley e nas lições que lutei para ensiná-la.

Ela vai ficar arrasada — mais do que qualquer coisa que Kevin fez. Ela ama Connor. Adora morar aqui e tem esperanças, que irão se dissipar como uma névoa quando eu contar a ela.

Mais uma vez, escolhi errado.

Saio do banheiro e o encontro encostado na parede. Nossos olhos se encontram e eu tenho que desviar o olhar. Ele é minha fraqueza e, agora, preciso de força.

— Aonde você irá? — finalmente pergunta, quebrando o silêncio.

— Vou ficar com a Sydney esta noite. Depois eu não sei. Acho que vou procurar um lugar.

— Fique aqui.

— Aqui?

Ele empurra para sair da parede, chegando perto, mas sem me tocar.

— Sim, é aqui que Hadley está feliz e confortável. Você pode ficar aqui e eu encontrarei outro lugar.

— Quer que eu fique nesta casa?

— Eu quero que você fique comigo, mas estou tentando tornar isso mais fácil e te deixar ir.

Nada sobre isso é fácil.

— Preciso de um tempo. Não posso fingir que nada disso aconteceu. Quero acreditar que você não sabia e que seu irmão acabou de te informar, mas é tudo muito…

— Você não tem que dizer mais nada. Se precisar de tempo, eu te darei.

Quero me jogar contra ele, implorar para que me abrace e me recusar a permitir que qualquer espaço ou tempo nos separe. Mas desejos são sonhos, e agora tenho os dois pés na realidade.

— Hadley vai querer te ver.

Um suspiro profundo sai de sua garganta e seu rosto empalidece.

— Estarei aqui. A qualquer momento… para qualquer uma de vocês.

Vou para a porta da frente, sem me importar com roupas ou qualquer coisa porque nada importa. Pego minha bolsa da mesa da frente e paro com a mão na porta.

Apenas abra, Ellie. Vá embora porque sabe que precisa fazer isso.

Mas minha mão está congelada porque posso senti-lo às minhas costas.

— Ellie...

Quando fecho os olhos, outra lágrima cai e um soluço se aloja na minha garganta. Nada nunca doeu tanto.

Nada.

Eu levaria mais mil surras se isso significasse que eu nunca teria que suportar este momento.

Solto a respiração, endireito os ombros e busco qualquer força que eu possa ter para empurrar para a frente.

— Adeus, Connor.

E então eu saio pela porta e chego ao meu carro.

Uma vez que estou na metade do caminho e a casa não está mais à vista, eu paro o carro e choro mais forte do que nunca.

Capítulo 36

Ellie

Já faz dois dias.

Dois dias de sofrimento total e absoluto. Não consigo comer. Não consigo dormir. Consigo ser forte quando Hadley está por perto, mas mesmo assim é indiferente.

— Mamãe, onde está Connor?

Os olhos que estou tentando evitar me encaram. Seu lábio treme, e eu estendo minha mão para parar o tremor.

— Ele está na casa dele.

— Por que ainda estamos na casa de Sydney?

Porque não temos para onde ir.

Mentir para ela vai contra tudo que eu acredito, mas não posso contar a verdade.

— Ele não está se sentindo bem, então vamos ficar aqui até que ele esteja se sentindo melhor.

Ela inclina a cabeça para o lado.

— Não deveríamos estar lá para cuidar dele?

Meu coração parece que está prestes a sair do peito. Eu quero estar lá com ele, mas como posso?

Como posso perdoá-lo depois de tudo o que aconteceu? Ele mentiu para mim. Todo esse tempo, estive dando minha alma a ele, apenas para tê-la esmagada.

— Agora não.

— Quando podemos ir para casa? — insiste.

Sento, pegando suas mãos e tentando sorrir. Ela já passou por tanta coisa e sinto que falhei com ela novamente. Coloquei minha fé, mais uma vez, em um homem que não merecia. Todos esses anos, minha vida percorreu um caminho por causa das escolhas que sua família fez.

Agora tenho que preparar nossa filha para o nosso novo caminho.

Aquele em que a família que estávamos construindo se desfaz.

— Hadley, Connor e eu... estamos... bem, estamos nos separando um pouco.

— Mas, mãe! — Ela arranca as mãos das minhas. — Eu o amo.

— Eu também o amo, mas às vezes não é tão simples.

A cabeça de Hadley se move de um lado para o outro em negação.

— Temos que voltar, mamãe! Nós precisamos. Connor nos ama e ele te faz feliz. Você não chora mais e Connor não bate em você!

Existem feridas que não são físicas.

— Eu sei disso, querida, mas nós brigamos e concordamos que precisávamos fazer uma pausa.

Seus olhos se arregalam e ela toca meu rosto com a mão.

— Ele é meu melhor amigo.

— E ele é seu pai e sempre fará parte da sua vida. Eu nunca vou tirar isso de você.

Lágrimas escorrem de seus olhos e tudo dentro de mim está apertando. Uma respiração por vez, ela se contrai, e observo meu bebê lutar contra o que estou dizendo.

Certamente, não deveria ser essa a sensação. Quando eu deixei Kevin, foi libertador. Isso não se parece libertador. Parece agonia.

— Por favor, mamãe! Por favor! Nós temos que voltar. Eu tenho uma casa na árvore e ele não sabe o que fazer com os animais! Temos que ajudá-lo. Ele precisa de nós e... e... ele nunca nos deixa tristes. Connor nos leva para pegar abóboras e maçãs. Por favor!

Por favor, faça isso parar.

Eu não consigo evitar as lágrimas que caem pelo meu rosto. Vê-la desmoronar dessa maneira vai me destruir.

Meus dedos roçam sua bochecha, enxugando a lágrima que cai.

— Você sempre terá Connor, Hadley. Sempre. Sei que é difícil entender, mas às vezes temos que nos afastar de alguém de quem gostamos, mesmo quando eles nos levam para pegar abóboras e maçãs. Às vezes, não funciona.

E às vezes, você quer morrer no processo.

Seu peito sobe e desce rapidamente, a respiração saindo em baforadas altas.

— Eu quero voltar para Connor!

Eu também.

— Eu sei e sinto muito. Você não tem ideia do quanto eu te amo, Hadley, e faria qualquer coisa por você, mas não posso te dar isso.

volte *para* mim

— Você sempre perdoou o papai. — Sua voz treme. — Não sei por que não pode perdoar Connor.

E com isso, um soluço irrompe de seu peito enquanto ela foge pelo corredor. Quando a porta bate, eu pulo junto e outra parte de mim se quebra.

— Ellie, estou preocupada — diz Sydney às quatro da manhã.

Eu chorei sem parar desde minha conversa com Hadley. Quando eram lágrimas histéricas que ela estava vendo, eram um fluxo constante.

Não fui capaz de relatar o que aconteceu porque é muito doloroso, e não estou cem por cento certa de quais seriam as responsabilidades legais de Sydney. Não tenho ideia se ela tem que denunciar. Inferno, ela já deve saber, já que ela e Declan namoraram.

Tudo está uma bagunça.

— Eu vou ficar bem.

— Você vai? Porque nunca vi ninguém chorar tanto. O que aconteceu?

Quero falar com alguém, mas não tenho certeza de que as palavras virão.

— Aprendi muito naquela noite. Coisas que Connor provavelmente esperava que eu nunca soubesse e... Eu não posso ficar com ele.

— Ele te machucou? Porque, juro por Deus, vou matá-lo.

— Não, não assim. Não... fisicamente ou qualquer coisa. São apenas algumas coisas sobre a noite em que nos conhecemos.

— Oh — ela solta, esfregando minhas costas. — Bem, isso foi há oito anos, certo?

— Sim, mas é complicado.

— Tenho certeza de que sim, mas vocês percorreram um longo caminho. Odeio te ver desmoronar por causa de algo que aconteceu quando você ainda era praticamente criança.

Se ela soubesse o que era, tenho certeza de que não pensaria nisso. No final, as duas únicas pessoas cujas opiniões importariam não estão aqui para expressá-las.

— Eu não tenho certeza se há uma maneira de consertar isso. Inferno, não sei como poderia ignorar isso, mesmo se eu quisesse.

Ela balança a cabeça, negando.

— Gostaria que você me contasse para que eu pudesse ajudá-la.

— Os detalhes não importam. — Bem, eles importam, mas não em relação a ela.

— Ok, então me diga sem os detalhes.

Eu me inclino para trás no sofá, segurando o travesseiro contra o peito.

— Connor sabia o que aconteceu com meus pais.

Seus olhos se arregalam. Sydney sabe como meus pais morreram e que o caso deles esfriou anos atrás.

— Ele sabia?

— Sim, sim. Ele afirma que não sabia quem eu era quando nos conhecemos e que ele realmente não descobriu isso até quatro dias atrás, mas ele sabia o que aconteceu naquela noite.

Essa é a parte que mais me confunde. Como ele não conseguiu encaixar as peças? Se eu soubesse que o pai dele estava envolvido em um acidente e fugiu na mesma noite em que meus pais morreram, eu teria pensado nisso.

Ele não pensou.

— E você acredita nele?

— Eu não sei.

Sydney se inclina para trás, colocando as pernas por baixo da bunda.

— Eu conheço Connor desde que éramos crianças, e ele é muitas coisas, mas mentiroso não é uma delas. Aquele menino não poderia mentir com uma arma apontada para sua cabeça. Costumávamos ter que nos esgueirar para ter certeza de que ele não nos visse e fofocasse. Não estou dizendo que ele não cresceu e mudou, mas ele também é ferozmente leal e protetor. Você acha que ele quer te machucar de propósito?

Não... pelo menos, eu acho que não.

— Como você explica isso então?

— Eu não sei, Ellie. Realmente não sei. Já tenho lidado com algumas merdas malucas no meu trabalho e depois como voluntária. Gosto de acreditar que sou uma boa juíza de caráter e não acredito que ele pudesse te machucar. Nunca. Eu vi a maneira como ele olha para você, e juro... é diferente de tudo que já encontrei antes. Há uma ferocidade em seu amor.

Eu vi tudo isso também. Ele estava sempre em guarda, disposto a fazer qualquer coisa que me deixasse feliz. Ele foi paciente em um momento em que a maioria dos homens provavelmente não seria. Quando estava com raiva, nunca descontou em mim ou mesmo levantou a voz.

A outra parte de mim pensa em sua lealdade. Ele estava protegendo as pessoas que amava, temendo que ele e seus irmãos sofressem por algo que nem mesmo fizeram. E então me lembro de tudo o que ele disse sobre se entregar. Ele estava disposto a assumir quaisquer que fossem as consequências se isso me desse paz.

Eu solto uma respiração pesada.

— Talvez não tenha sido assim. Eu não sei. De qualquer forma, não torna nada mais fácil.

— Não, acho que não. E Hadley não está aceitando bem, eu acho.

— Não. — Limpo uma lágrima. — Nenhuma de nós está. Ela o ama muito e, meu Deus, Syd, eu também. Eu o amo muito, e é isso que está me matando. Como posso superar isso? Como podemos seguir em frente? Não parece possível.

Ela levanta os ombros ligeiramente antes que caiam.

— Eu não sei. Vocês conversaram?

— Eu perdi o controle quando descobri, e então nós... Não sei, estava muito tenso.

Ela se mexe um pouco e há um leve sorriso em seus lábios.

— O quê?

— Você diz que não confia nele, e eu entendo que os dois tenham alguns problemas agora, mas me responda: honestamente, você teria perdido o controle com Kevin?

Eu recuo, porque não há nenhuma maneira no inferno que eu teria.

— Não, ele teria me batido. Nunca perdi a paciência. Não acho que tive emoções.

Quando Sydney se recosta, há uma espécie de presunção dela que não entendo.

— Eu tenho a noite toda...

Qual é o ponto dela?

E daí se eu ficar com raiva de Connor e nunca conseguir...

— Eu fui capaz de ficar com raiva — digo, quando o ponto dela me atinge.

Ela sorri.

— Se você não confiasse nele, nunca poderia ter gritado. Você teria corrido ou se desligado, mas não o fez. Sei que está com raiva, e tem todo o direito do mundo de estar, mas se pergunte se quer passar o resto da sua vida tentando encontrar um homem que seja metade tão maravilhoso quanto Connor. Você tem uma chance de ter uma família de verdade com ele. Ele amava Hadley antes de saber que ela era seu sangue. Não conheço muitos homens como este, Ellie. Não estou dizendo que você não tem o direito de se machucar, mas se machucar juntos e encontrar uma maneira de superar isso.

— E se ele não me quiser de volta porque o deixei?

— Então ele não é o homem que eu acho que nós duas sabemos que ele é.

Capítulo 37

Ellie

— Você pode olhar Hadley até eu voltar? — pergunto, já me levantando.

— Claro, mas aonde você vai às quatro da manhã?

Forço um sorriso torto e fico de pé.

— Vou ver as duas pessoas com quem preciso falar e espero que estejam ouvindo.

Sei que nunca vou encontrar ninguém como ele novamente. Ele é o meu único na vida. O problema não é se eu o amo ou não, porque vou amá-lo para o resto da minha vida. É encontrar uma maneira de deixar para lá.

E só posso pensar em um lugar para ir.

Sydney me puxa para seus braços.

— Sinto muito que você esteja sofrendo, Ellie. Ninguém neste mundo merece menos do que você. Mas eu quero que saiba que, embora Connor não tenha desculpa para mentir para você, aqueles garotos tiveram uma vida difícil enquanto cresciam e isso bagunçou suas cabeças. Também quero que lembre que sei como se sente agora, e que, mesmo depois de oito anos, não há um dia que eu não gostaria de voltar e fazer Declan ser meu novamente.

E é com isso que me preocupo. O arrependimento por terminar com ele vai deixar um buraco no meu coração para sempre.

— Obrigada.

Ela sorri, um olhar de compreensão preenche seus olhos.

— Vá, eu vou cuidar de Hadley.

— Obrigada, Syd.

— A qualquer momento. Encontre suas respostas e se pergunte se sua vida é melhor ou pior sem Connor Arrowood. Provavelmente, você já sabe a resposta.

Eu me inclino e beijo sua bochecha.

— Eu sempre quis uma melhor amiga. Obrigada por ser uma.

Saio correndo de casa e entro no carro. Os últimos dias foram um inferno. Meus olhos estão inchados, meu cabelo está uma bagunça e meu coração está destroçado. Penso na pergunta que ela fez e sei a resposta. Minha vida está pior.

Meu mundo está triste e solitário.

Ele trouxe riqueza, amor e compreensão para nossa vida. Connor mostrou a Hadley e a mim o que é ternura. Tudo que eu quero são seus braços em volta de mim.

À noite, agarrei o travesseiro, desejando poder sentir seu calor. Sei como é deixar alguém, se for a escolha certa, e não é o caso agora.

Estaciono o carro e atravesso os portões do cemitério com as pernas tremendo. Estou cansada. Fiquei acordada a noite toda, meus nervos estão em frangalhos e me sinto quebrada por dentro.

E sinto falta dele.

Se dois dias são assim, uma vida inteira sem ele será insuportável.

Eu me ajoelho em frente às lápides dos meus pais e coloco uma mão em cada uma delas.

— Descobri tudo e me sinto pior do que antes. Como eu poderia amar o homem que sempre soube o que aconteceu com vocês? Como posso viver com alguém que estava lá e não contou a ninguém? Cujo pai tirou vocês de mim? — Eu me sento nos calcanhares e enxugo uma lágrima. — Estou tão confusa e não tenho ninguém. Nos últimos meses, eu o tive, mas... — Olho para o céu, desejando poder vê-la, e respiro fundo. — Mas então penso sobre como ele deve ter se sentido, e isso só faz minha culpa piorar. Estou traindo vocês e tudo que prometi? O pai dele está morto e não posso obrigá-lo a pagar, mas vocês mereciam muito mais do que receberam. Você e o papai não deveriam estar neste terreno frio.

— Deveria ser eu — a voz profunda de Connor diz atrás de mim. Eu congelo, incapaz de pensar, muito menos me mover. — Sua família estava inteira, e meu pai a quebrou. E então eu fiz um ótimo trabalho de te machucar.

— O que você está fazendo aqui? — pergunto, ainda sem olhar para trás.

— Senti que deveria prestar meus respeitos e me explicar a eles. Venho aqui uma vez por mês desde que voltei. — Sua voz está se aproximando e minha respiração acelera. — Eu estava indo embora quando te vi, fiquei preocupado.

— Não estou bem — digo a verdade.

— Eu também não estou. Não consigo dormir, Ellie. Não consigo respirar sem você. — Eu me viro para fazer um comentário, mas, quando o vejo, nenhuma preparação poderia ter impedido meu coração de parar. Seus olhos brilham com lágrimas não derramadas e ele cai de joelhos na minha frente. — Eu não posso deixar você. Não posso te ver ir embora sem saber como me sinto. — Sua voz falha. — Eu me odiei por anos por causa do que aconteceu. Achei que, se me lembrasse, isso me mataria, então o empurrei para o fundo da memória. Eu estava errado e sinto muito.

Tudo dentro de mim está em guerra. Vê-lo assim, triste, sozinho e magoado por causa dos pecados cometidos por seu pai me faz querer abraçá-lo, mas não o faço. Entrelaço meus dedos para me impedir de pegar os dele.

— Não sei o que dizer.

— Então me diga que vai voltar para mim. Eu preciso de você, Ellie. Não quero viver em um mundo sem você, droga. Já fiz isso antes e não quero fazer de novo. Eu quero a nossa família.

Meu peito arfa e meu choro continua. Tudo dentro de mim está uma bagunça. Sua cabeça cai para a frente, e eu quero dizer a ele para olhar para mim, quero me lançar sobre ele e dizer que não vou deixá-lo, mas ainda estou uma estátua.

— Eu já contei a eles a história de tudo isso antes. Eu vim um dia depois de te conhecer e deixei flores. Sei que você não acredita em mim, mas, Ellie, eu juro, eu não sabia quem você era.

Agora que o choque inicial passou, acredito nele.

— Não tenho certeza se essa parte importa.

— Você sabe que eu tinha apenas dezoito anos. Eu não era um homem, embora pensasse que era. Imagine se fosse Hadley, o que ela pensaria se seu pai estivesse ameaçando jogá-la na prisão. Por anos, ele nos manipulou para fazer o que ele quisesse. Não foi uma decisão fácil, então ficamos mais velhos e nós… não sei, fizemos o que podíamos para sobreviver e ser boas pessoas.

Deixo cair minha cabeça em direção ao chão, olhos fechados, desejando poder ouvir a voz da minha mãe. Ela era a pessoa mais gentil que eu já conheci e quero pensar que ela perdoaria os meninos. Não sei sobre meu pai, mas ela perdoaria.

Eles não estavam dirigindo o carro. Eles não incentivaram o pai a beber e dirigir.

Tudo que Connor está procurando é redenção, e ele precisa do meu perdão tanto quanto eu vim buscar o dos meus pais. Ele e seus irmãos fizeram o que tinham que fazer para sobreviver, como todos nós. Foi certo? Não. Mas eles estavam protegendo um ao outro.

De repente, é meu dever dar isso a ele. Ele não deveria carregar consigo a culpa por algo que não era culpa dele ou por não ter me contado antes. Acho que ele não sabia quem eu era quando me encontrou naquele bar ou quando apareceu na minha garagem naquele dia. Se tivesse, isso seria um nível de crueldade do qual ele não é capaz. Fecho os olhos e me viro para os primeiros raios do sol da manhã quando eles surgem no horizonte.

— Você sabia que minha mãe não bebia?

— Eu não sei nada sobre eles além do que você me disse.

— Minha mãe foi criada por um pai alcoólatra. Sempre imaginei que ele fosse muito parecido com a forma como você descreve seu pai. — Eu me viro para ele. — Ela queria algo melhor para mim. Mesmo que meu pai gostasse de beber todas as noites, ela se casou com um homem que a idolatrava como se ela fosse o sol, e todos os achavam perfeitos.

— Do jeito que eu vejo você.

Meu coração dispara.

— Estou longe de ser perfeita, e eles também estavam. Por mais que eu tenha tentado idolatrá-los, a verdade é que minha mãe nunca foi ensinada a usar sua voz quando pensava que ele estava errado, e ele tinha tendência a fazer escolhas erradas.

Olho de volta para o túmulo do meu pai. Ele não era um bêbado, de forma alguma, mas gostava de sua cerveja todas as noites. Mamãe não se importava, contanto que fosse apenas uma.

— Não quero que você silencie sua voz, nunca. Quero que possamos conversar. Vamos brigar e vou irritá-la. Coisas vão acontecer, mas eu te amo e falei sério sobre como consertar isso. Eu poderia ter mentido para você, Ellie. Poderia ter fingido que não sabia nada sobre a morte de seus pais, mas eu não faria isso. Não só porque te amo, mas também porque não quero segredos entre nós. Nós dois passamos pelo inferno, mas quando estou com você, é como se estivesse no paraíso.

Meus olhos ficam embaçados e eu aceno com a cabeça porque sinto o mesmo.

— Sei que você não foi o responsável. Eu sabia disso antes de sair de sua casa e precisava de tempo para processar tudo, mas...

Ele se inclina para a frente, esperança em seus olhos.

— Eu posso esperar.

Embora eu tenha certeza de que isso é verdade, não quero isso. Ele estava disposto a fazer o que precisasse para ficar em paz, arriscou que eu fosse embora apenas para que eu soubesse a verdade e se ofereceu para se entregar, embora isso colocasse seus irmãos em risco. Ele enfrentou algo de que estava fugindo há anos porque não queria que eu vivesse mais um dia com meus próprios demônios.

Eu o amo.

Eu o amo de uma forma que desafia toda a lógica e, embora alguns possam não entender, não me importo.

Coloco a mão sobre seu enorme coração.

— Eu não posso.

— Não pode, o quê?

— Esperar. Já vi monstros e vivi em pesadelos. Você também não pode. Embora o que aconteceu seja trágico, não é sua culpa, e é injusto da minha parte te culpar. Seu pai estava dirigindo aquele carro, não você ou seus irmãos. — Como eu disse, o sol começa a subir mais alto acima das nuvens. — Não consigo imaginar o que teria feito se meus pais estivessem me ameaçando. Eu fiquei com raiva, ainda mais quando pensei que tudo o que tínhamos era uma mentira.

— Nada disso era mentira.

— Eu sei disso agora.

— Quando você saiu por aquela porta, pensei que enlouqueceria. Queria ficar de joelhos e implorar para você ver o que temos.

Eu nego com a cabeça, levando meus dedos até sua bochecha.

— Eu não quero que você implore. Eu te perdoo, Connor. Perdoo todos vocês, e acho que meus pais também fariam isso. — O sol aquece meu rosto e olho para cima com um sorriso.

— Eu odiei ter que te machucar.

— E é por isso que acho tão fácil perdoar. Porque você, Connor Arrowood, é um bom homem. — Seguro seu rosto em minhas mãos. — Você é um pai maravilhoso. Você é doce… — Beijo seus lábios. — Você é generoso… — Repito o gesto novamente. — Você é a única pessoa que me fez sentir segura.

Suas mãos deslizam pelas minhas costas, me segurando com força contra seu corpo. Ele me beija mais profundamente — mas não de uma forma lasciva. De uma forma que me permite sentir na minha alma.

Seus lábios se afastam dos meus, e então descanso a cabeça em seu ombro, permitindo que o calor do sol e a força de seu abraço me curem um pouco.

— Eu não mereço você.

Solto uma respiração profunda e me aninho mais perto.

— Eu mereço você. Me leve para casa.

— Vou te levar a qualquer lugar, desde que eu esteja ao seu lado.

Capítulo 38

Ellie

— São apenas meus irmãos — Connor me garante, pela centésima vez hoje.

— Não é qualquer coisa. É o dia em que conheço seus irmãos e eles conhecem a sobrinha e é o aniversário dela e...

— E tudo vai ficar bem. É um churrasco familiar onde você vai conhecê-los e todos podem colocar seus medos para descansar.

Fácil para ele dizer. Ele não é aquele que está prestes a conhecer as três pessoas mais importantes de sua vida.

Eu estou enlouquecendo.

Pelo menos Hadley está na casa de sua amiga por algumas horas para que possamos nos preparar e eu possa, com sorte, tirar as apresentações iniciais do caminho. Não que isso mudasse nada se ela estivesse aqui, mas sinto que nós cinco precisamos de um pouco de tempo primeiro.

— Do que eles têm medo?

— De você realmente não os ter perdoado.

Eu suspiro.

— Claramente, eu perdoei. Afinal, planejei a festa e os convidei.

— Eu sei disso, você sabe disso, mas eles são idiotas que também querem aliviar um pouco a culpa.

Acho que entendi, mas não está melhorando minha ansiedade.

— Bem, há coisas a serem feitas e eu preciso fazê-las.

Não posso ficar aqui, ou vou surtar. Eu vou para a sala, endireitando um pouco mais e movendo os balões — de novo. Realmente não há lugar para colocá-los que não pareça estranho. Vou até a janela, afofo as cortinas um pouco antes de tentar fazê-las encaixar perfeitamente no chão. Eu o ouço rir atrás de mim.

— Não é engraçado — digo, com um toque de hostilidade na minha voz.

Ele se aproxima, envolvendo os braços em volta de mim por trás e balançando suavemente.

— É mais ou menos.

— Você ser charmoso não vai funcionar.

— Se eu tivesse mais tempo, aposto que funcionaria.

Balanço minha cabeça, negando, e a inclino de volta contra seu peito sólido e exalo.

— Você tem que ir ver Nate esta semana? — Connor pergunta.

— Sim. — Parece que tenho que ir todos os dias. A data do julgamento está chegando, e estamos repassando os detalhes e simulações de interrogatórios várias vezes. — Mal posso esperar para que isso acabe.

Ele beija o topo da minha cabeça.

— Eu também. Mas está quase acabando e então poderemos seguir em frente.

Eu gosto daquela ideia.

— Sim, se eu não tiver um ataque cardíaco depois de conhecer seus irmãos.

O peito de Connor vibra, e antes que eu possa me virar para castigá-lo por rir de mim, vejo poeira começando a subir na estrada. Imediatamente, saio de seus braços.

— Ellie, relaxe, eu prometo, meus irmãos vão te amar.

Não é só isso. Claro que é uma grande parte, mas eles sabem que eu sei. Eles estão aqui para falar comigo sobre isso, o que é... muita pressão. Quero que gostem de mim. Quero que essa família comece a se consertar um pouco.

Connor pega minha mão e a aperta.

— Eu gostaria que não tivesse que ser tão estressante. Quer dizer, eu conheci Declan, mas seus outros irmãos são famosos. Teria sido melhor se você não tivesse contado a todos como reagi quando você me contou.

— Eu sei, e sinto muito por isso, mas também disse a eles que você tem um coração enorme e claramente me ama. Quanto mais cedo acabarmos com isso, mais cedo eles vão te contar todos os malditos segredos que eu nunca quis que você soubesse sobre mim.

— Como seu medo absurdo de patos?

Suas sobrancelhas franzem.

— Patos são estranhos e têm olhos nas laterais da cabeça. Para não mencionar, eles apenas olham fixamente... para os lados.

Isso me faz rir, e sei que essa foi a intenção, mas é um pequeno alívio. Saímos para a varanda enquanto três homens descem de um jipe.

— Bem, bem, se Duckie não consertou o lugar — diz um dos irmãos Arrowood.

Connor o ignora e nos guia para onde todos estão começando a se reunir.

— Ei, imbecil! Ah, foi mal, ei, Jacob, esta é Ellie.

Jacob remove seus óculos de sol e sorri calorosamente para mim.

— Ellie, estou muito feliz em conhecê-la. Quero dizer a você o quanto todos nós sentimos muito.

Bem, isso foi rápido.

— Jacob, nossa, dê a ela um segundo. — Connor dá um tapa no braço do irmão.

— Não, eu agradeço por tirar isso do caminho logo. Obrigada — digo e olho para longe.

Apesar da cabeça raspada, Jacob é quase idêntico a Connor na aparência. Posso ver por que ele se deu tão bem em Hollywood.

— Este é Sean. — Connor faz um gesto. Sean não se parece em nada com Connor, exceto os olhos. Sydney não estava brincando quando disse que era um traço. Mesmo assim, seu cabelo está um pouco mais longo e um ou dois tons mais claro, mas ele não é menos bonito.

Sean se move em minha direção e me puxa para seus braços.

— Sinto muito, Ellie. Gostaria que estivéssemos conhecendo você quando desculpas não eram necessárias, mas é realmente um prazer conhecê-la.

Eu o abraço de volta e luto contra a nova onda de emoções que me atinge. Esses caras são todos incríveis. Como eles podem vir aqui, me receber e ser tão honrados está além de mim.

— Estou honestamente feliz em conhecê-lo — declaro, esfregando suas costas.

Ele se desvencilha de mim e então Connor olha para seu irmão mais velho.

— E você já conhece Declan.

— Lamento não ter contado quando estive aqui antes. Sinto muito por tudo isso. Você não tem ideia de como estamos felizes por Connor ter encontrado você e Hadley.

E agora não consigo me conter. Eu começo a chorar, sobrecarregada por tudo. A ansiedade que levou a isso foi quase demais, mas, agora que o momento chegou, sinto que posso respirar.

Connor imediatamente me pega em seus braços.

— O que diabos você fez, Dec?

— Eu não sei!

— Ele sempre faz as meninas chorarem — diz Sean ou Jacob. Não posso dizer porque meu rosto está enterrado contra o peito de Connor enquanto eu deixo tudo sair.

— É porque ela percebeu que ele é o mais feio de nós.

— Isso é verdade.

Eles brincam de um lado para outro, e eu sinto o peito de Connor ressoar.

— Ellie, baby, por que você está chorando?

— Porque eles são tão legais!

Todos eles riem, e eu agarro sua camisa e aperto com mais força contra ele para que eu possa esconder quão vermelho meu rosto deve estar.

— Eles não são nada legais, mas você aprenderá a amá-los com o tempo.

— Vamos, Ellie, temos muito mais a dizer e gostaríamos de conhecê-la — pede um deles, e toca minhas costas.

Eu suspiro e me afasto de Connor, porque não posso me esconder em seu peito para sempre e, bem, chorar raramente deixa uma garota bonita, todos provavelmente sabem disso.

Connor e eu nos viramos para subir os primeiros degraus, mas os três irmãos olham para a casa como se ela pudesse crescer dentes e comê-los.

— O que há de errado? — pergunto.

— Essa casa... não é fácil para nenhum de nós — responde Connor.

Eu imagino.

— Bem, eu prometo que protegerei todos vocês.

Todos eles sorriem o mesmo sorriso preguiçoso e atraente. Estou tão feliz por não ter sido uma adolescente que cresceu perto deles. Eles são todos incrivelmente gostosos, e eu aposto que são bons em conseguir o que querem.

Declan é o primeiro a dar um passo na minha direção.

— Dito isso, o que possivelmente podemos temer?

Connor sorri para mim, e posso sentir o rubor fresco pintando minhas bochechas.

Todos nós entramos e ouço um assobio atrás de mim.

— Nada como da última vez que estivemos aqui.

— Sim, nada parece o mesmo — acrescenta Connor.

Ele passou meses consertando a casa, o celeiro e os equipamentos da propriedade. Enquanto ele trabalhava do lado de fora, fiz minha parte para ajudar, limpando a casa inteira de cima a baixo e adicionando plantas e cortinas.

— Sinto muito que nós meio que dominamos a casa — digo, timidamente.

— Sean, você vai dormir no celeiro ou pode se aninhar com Jacob — Connor avisa, com uma risada. — É o quarto de Hadley até nos mudarmos.

Meus olhos se arregalam.

— Mudar?

— Nós discutiremos isso mais tarde. Primeiro, vamos todos conversar.

Não gosto de como isso soa, mas não estou prestes a discutir na frente de seus irmãos.

Pego uma jarra de limonada e biscoitos que fiz antes de me juntar a eles na mesa. Eu realmente fiz além do que deveria porque, embora eles possam estar aqui para se desculpar, eu não precisava disso. Quanto mais Connor compartilhava sobre sua vida dentro desta casa, menos eu me importava com qualquer coisa. Posso ter me casado com um homem abusivo, mas pelo menos poderia ir embora.

Eles não podiam.

— Eu gostaria de dizer algo primeiro, se estiver tudo bem para vocês?

Eles trocam um olhar, mas então Declan concorda.

— Claro.

— Eu nunca tive realmente uma família. Era filha única e, quando meus pais foram mortos, eu era jovem e fiz escolhas erradas. Bem, escolhas ruins na maioria das vezes. — Eu suspiro e atiro um pequeno sorriso para Connor. — Só pensei que vocês deveriam saber que, quando eu tinha dezoito anos, eu era uma estúpida. Quando tinha dezenove anos, ainda era estúpida. E, honestamente, até Connor voltar aqui, eu ainda era estúpida, só que desta vez estava fazendo escolhas estúpidas que afetaram minha filha também. O que quero dizer é que o que todos vocês fizeram foi errado, mas não tenho o direito de julgá-los. Seu pai, pelo que ouvi, era um homem horrível e aproveitou o amor que vocês quatro compartilham para se livrar dos problemas. E ele está fazendo isso agora mesmo, forçando vocês a permanecerem em um lugar que lhes causa tanta dor, e por isso, eu sinto muito.

— Ellie...

Levanto a mão para parar Declan.

— Não, sinto muito pelo que você suportou. Embora minha vida adulta tenha sido horrível, minha infância não foi. Então, eu gostaria de fazer um acordo.

Sean se recosta na cadeira com um sorriso.

— Um acordo?

Então me lembro do que Connor me contou sobre o juramento que trocaram.

— Não, retiro o que disse, quero fazer um juramento.

Os olhos de Declan disparam para os de Connor, e ele sorri.

— Você sabe que um juramento Arrowood é inquebrável.

— Foi o que me disseram.

— Bem — Jacob interrompe —, é inquebrável para alguns de nós.

— Espero que vocês o perdoem por quebrar aquela parte sobre amor e filhos. Estou realmente bem que isso não tenha dado certo.

Todos eles riem. Connor pega minha mão e a leva aos lábios, beijando a parte de trás dos meus dedos.

— Eu também.

Deus, eu amo esse homem. Encaro seus olhos e me perco. Ele me ama tão profundamente que dói imaginar como seria a vida se ele tivesse cumprido aquele voto. Eu não o teria comigo, e isso seria uma coisa trágica.

Alguém pigarreia.

— O juramento?

Porcaria.

— Sim. O juramento. Gostaria que todos vocês me dessem sua palavra de que me perdoarão por tudo o que fiz nos últimos oito anos e, por sua vez, terão a minha de que os perdoarei por tudo o que aconteceu oito anos atrás.

Declan junta as mãos na frente dele.

— Embora agradeça, acho que nossa dívida é um pouco maior.

— Por quê?

— Porque você perdeu seus pais, que eram boas pessoas. Você fez escolhas, que provavelmente não teria feito, por causa daquela noite.

— E você também. Todos vocês. Este é o meu único pedido. Eu gostaria que nós cinco fôssemos uma família. Quero que Hadley conheça seus tios e... espero que vocês a amem.

Sean sorri, se inclina para a frente e põe a mão nas minhas e nas de Connor.

— Eu juro perdoar.

Jacob segue, sua mão cobrindo a de seu irmão.

— Eu juro proteger essa família, por mais insana que seja.

A outra mão de Connor vai para o topo.

— Eu juro amar você.

Sean faz um barulho sufocado.

Declan é o único que ainda está parado. Ele observa Connor, e os dois parecem falar sem abrir a boca. Finalmente, Declan se inclina para a frente.

— Eu juro seguir em frente. Como uma família.

Neste momento, neste fragmento no tempo, está algo que nunca esquecerei. Aqui, de mãos dadas com esses homens que acabei de conhecer, me sinto em casa.

Todos eles fizeram o que pedi, e oro para que possamos todos encontrar o nosso caminho um para outro, não importa o quanto demore, mas sem nada pairando sobre nós.

Uma lágrima surge, não de tristeza, mas da beleza que tem nisso tudo. Todos os quatro irmãos Arrowood voltam seus olhares para mim.

— Oh, eu devo jurar também? — indago, e Connor pisca para mim com um sorriso. — Está bem então. Juro me livrar de todos os pecados do passado e fazer tudo o que vocês já disseram.

Depois de um segundo, todos eles removem as mãos e então Sean solta um suspiro pesado.

— Sabe, é melhor você se casar com essa garota, Connor, ou eu irei.

Meu coração acelera com a sugestão, então finjo que não ouvi e decido que vou passar pelo julgamento primeiro antes de me permitir sequer considerar isso como uma possibilidade.

Connor ri uma vez e depois encolhe os ombros.

— Um dia, vou quebrar o arco.

Sorrio para ele.

— E então talvez seu tiro acerte o alvo.

— Acho que já acertou.

— Eu também acho.

Só então a porta se abre, passos altos ecoam pelo corredor, e Hadley entra, derrapando ao parar quando vê todos na mesa. Eu a vejo observar a cena e, antes que eu possa fazer qualquer coisa, Connor cuida disso.

— Ei, Ligeirinha, você chegou um pouco mais cedo. Temos uma surpresa especial para o seu aniversário. Lembra quando eu disse que tinha três irmãos?

Ela concorda.

— Bem, eles estavam muito animados para serem seus tios e queriam conhecê-la.

— Tios?

Connor vai na direção dela.

— Sim, você já conheceu Declan. Ele é meu irmão mais velho.

Ele pisca para ela.

— Ele adora a casa da árvore — menciona Hadley.

— Você definitivamente deveria mostrar a ele novamente — Connor encoraja.

Então os outros irmãos vão até onde eles estão.

— O alto com o cabelo feio é seu tio Jacob. — Connor baixou a voz para um sussurro: — Ele se acha superespecial porque está na televisão.

— De jeito nenhum! — ela grita e acena para ele.

Antes que Connor possa apresentar Sean a ela, ele se agacha e lhe entrega um biscoito.

— Eu sou seu tio Sean. E sou o melhor de todos eles.

Seus olhos estreitam na guloseima açucarada em sua mão antes de sorrir.

— Eu gosto de você.

Connor envolve seu braço em volta dos meus ombros e ri.

— Você gosta dele agora, mas não o deixe saber de seus medos.

Hadley se aninha ao lado de Connor, sua timidez é algo que raramente vejo.

— Vocês estão todos aqui para o meu aniversário?

— Nós estamos — Jacob diz. — No carro, tenho o maior presente de todos para você.

Hadley olha para nós e depois para seus tios.

— Eu realmente gosto dos seus irmãos, papai.

E acho que foi Connor quem ganhou o melhor presente de todos.

Capítulo 39

Connor

Seguro a mão de Ellie enquanto nos sentamos no tribunal. A audiência acabou e estamos aguardando o veredito. Nate fez um trabalho excepcional pintando Kevin como um marido cruel que abusou de sua esposa e ameaçou Hadley.

Foi incrivelmente difícil ouvir Ellie recontar as vezes que ele bateu nela, como a usou e como a destruiu emocionalmente. Precisei de todo o meu esforço para não saltar do lugar e sufocá-lo eu mesmo.

Claro, foi ainda mais difícil ouvir seu advogado pintar Ellie como uma prostituta que estava tendo um caso comigo, mesmo que isso não seja nem remotamente perto da verdade. Hadley, sendo minha filha, pouco ajudou em nosso caso.

No entanto, todos nós falamos a verdade e, felizmente, Nate conseguiu que Hadley falasse com o juiz em privado em vez de submetê-la ao julgamento real.

— Você está pronta? — Nate pergunta de sua mesa.

Ellie faz o possível para sorrir.

— Eu estou... não tenho certeza, mas, independentemente, haverá uma ordem de restrição, certo?

— Sim, uma ordem de restrição permanente já foi concedida para você e Hadley.

Ela olha para mim e lhe dou um sorriso tranquilizador. É pouco consolo para ela, eu sei disso, mas nunca vou deixar aquele filho da puta chegar perto dela. Se ele quiser quebrar a lei, ficarei feliz em quebrar a cara dele. Porém, já existe uma placa de venda em sua propriedade, então duvido que algum dia o veremos novamente.

O julgamento exigiu muito de nós. Estávamos estressados, mas em casa fiz tudo o que pude para acalmar suas preocupações. Odeio vê-la nervosa e insegura, odiava ver que Kevin tinha a capacidade de continuar a machucá-la enquanto estava preso.

Os lábios de Nate formam uma linha fina.

— Gostaria de saber um pouco mais para que lado o júri está se inclinando, mas sinto que fizemos o melhor trabalho possível ao apresentar nosso caso.

Ellie concorda.

— Você foi ótimo, Nate. Obrigada.

— Se eu soubesse o que estava acontecendo antes, Ellie, teria feito algo.

Ele disse isso algumas semanas atrás, quando Ellie estava realmente revivendo seu passado com ele. O horror em seus olhos por quanto tempo durou era claro. Ela falou das vezes em que estiveram juntos e dos hematomas que escondeu e do quanto um simples abraço quase a fazia desmaiar. Achei que Nate fosse pirar quando descobriu que a razão de Ellie e Kevin terem cancelado um jantar era porque ela estava com um olho roxo.

Eu estava orgulhoso dela por não protegê-lo mais.

Ela estava fria e distante depois disso, parecendo se retrair para dentro de si mesma, mas isso não era nada comparado a como ela estava nos dias que antecederam o julgamento. Ela não conseguia comer ou dormir e, se conseguisse fechar os olhos por algumas horas, teria pesadelos que a deixavam gritando durante o sono.

Não foi até que Hadley começou a chorar que Ellie admitiu que era um problema. Sydney a encaminhou para um conselheiro e isso ajudou muito. Ela me incentivou a ir também, para lidar com meu passado, mas no momento... eu ainda não estou pronto. Estou feliz pela primeira vez na vida e não estou pronto para desenterrar coisas que enterrei.

Estou feliz que ela esteja recebendo ajuda, porque permitiu que ela se sentasse aqui, forte, sólida e sem medo. É um espetáculo para ser visto, isso é certo.

Ellie olha em volta.

— Onde está Sydney?

Ela está assinando a papelada que eu estava esperando, espero que esteja carregando uma escritura para mim, mas não digo isso a ela. Pretendo surpreendê-la esta noite.

— Nenhuma ideia.

Eu odeio mentir para ela, mas isso é segredo porque é um presente. Com certeza, ela vai entender.

— Achei que ela estaria aqui, pelo menos.

— Tenho certeza de que estará em breve.

Então, como se falar sobre ela a tivesse convocado, ela caminha pelas portas do tribunal. Seu rosto está impassível ao se aproximar. Ela se parece totalmente com uma advogada renomada e nada como a garota que perseguia Sean ao redor do lago com cobras porque ele tinha — e ainda tem — medo delas.

Então eu penso em como os próximos sete ou mais meses serão para ela. Declan volta em pouco mais de um mês, e Sydney basicamente exigiu que não falássemos ou mencionássemos isso.

— Ei, desculpe, fiquei presa no escritório.

— Não se preocupe. — Ellie tenta se animar, mas fica um pouco nervosa porque Kevin está olhando para ela.

Quero arrancar sua cabeça do pescoço. Em vez disso, sorrio porque, no final, ganhei. Tenho minha filha e Ellie e, se tudo correr bem, ele vai para a cadeia.

Alguns segundos depois, o juiz entra e todos nós nos levantamos. Ele se senta e todos esperam.

— O júri chegou a um veredito?

Ellie aperta minha mão com tanta força que me pergunto se ela quebra alguns ossos, mas eu a deixo se segurar em mim.

— Nós chegamos.

Eu me mantenho sob controle, sabendo que, aconteça o que acontecer, sem dúvida afetará nossa família. Ellie me disse que, se ele for solto, ela vai fazer as malas e partiremos com Hadley. Estou do outro lado e gostaria de permanecer e defender nossa posição. No entanto, essas duas meninas são meu mundo. Se elas quiserem ir embora, faremos três malas, não duas. Claro, cheguei a um acordo com meus irmãos para comprar um enorme lote da fazenda da minha família, mas eu sempre poderia vendê-lo de volta para meus irmãos — com sorte.

O juiz lê o papel e o devolve ao oficial de justiça.

— O que diz?

O presidente do júri se levanta e olha para o juiz.

— Nós, o júri, consideramos o réu, Kevin Walcott, "culpado".

E assim, Ellie relaxa e solta um soluço de alívio.

Ele nunca poderá machucá-la novamente.

— O que você acha, papai? — Hadley pergunta, segurando o desenho de uma casa de quatro andares com uma torre, um portão e um fosso ao redor. Não tenho certeza de quem diabos ela pensa que vai morar lá, mas é bom. — É um pouco pequeno.

Ela sorri.

— Eu sei, deveria ser maior! Poderíamos ter cavalos, porcos, cabras e galinhas por aqui. — Ela aponta para o outro prédio grande, que presumo ser um celeiro.

— Eu estava pensando algo assim. — Mostro a ela meu desenho.

É bem mais simples, uma casa modesta com varanda, muito parecida com esta.

— Isto é chato.

— Chato?

Hadley dá de ombros.

— Devíamos ter um palácio.

— Porque você é uma princesa?

— Exatamente!

Oh, Senhor, estou com tantos problemas.

— Bem, Princesa Hadley, vamos ter que chegar a um acordo.

Cada dia, Hadley e eu desenhamos casas diferentes. Ela não tem ideia do porquê ou o bom motivo. A garota é a pior guardiã de segredos do mundo. Ela adora saber as coisas e mal pode esperar para contar a todos que podem ouvir.

Portanto, acabei transformando isso em algo que fazemos. Tenho sete desenhos de Hadley e sete meus.

— O que vocês dois estão fazendo? — Ellie pergunta da porta.

Seu cabelo cai sobre os ombros, mal roçando a protuberância de seus seios perfeitos, e seus lábios macios estão voltados para cima. Basicamente, ela é de tirar o fôlego.

— Estamos desenhando casas!

Pior. Guardiã de segredos. De todas.

— Casas? Para quê?

Não era assim que eu queria contar a ela meu grande plano, mas estou aprendendo que a vida nunca vai de acordo com o que pensamos que será. A vida com Ellie e Hadley deu muitas voltas, mas todas elas me levaram a este momento.

Eu quero pedi-la em casamento, se eu pensasse por um segundo que ela estava pronta, eu me casaria com ela amanhã. Estou descobrindo que não importa muito que ela esteja pronta ou não.

O que importa é ter uma casa totalmente nossa e livre dos fantasmas das lembranças ruins.

Eu gostaria de derrubar essa aqui, mas isso será problema dos meus irmãos, não meu.

Eu me levanto do chão onde Hadley e eu estávamos pintando e pego os papéis.

— Qual você gosta? Acho que os meus são melhores, mas Hadley gosta deste.

Ellie os pega e parece ponderar cada um com cuidado.

— Entendo.

— Você gosta do meu, certo, mamãe?

— Hmmm. — O barulho de Ellie é pensativo e ela se move para a próxima.

— O meu é melhor do que o do papai!

— Ei! — resmungo para minha filha, de brincadeira. — Acho que fiz um bom trabalho.

Ela balança a cabeça, negando, e dá um tapinha nas minhas costas.

— Você foi bem, para um adulto.

— Caramba, valeu. Pensei que era seu favorito.

Ela ri.

— Você é! Mas eu vou ganhar!

Eu a pego em meus braços e beijo suas bochechas.

— De jeito nenhum, Ligeirinha. Eu vou ganhar.

Ellie pigarreou.

— Eu tomei minha decisão.

— Me ponha no chão, papai. — Hadley chuta os pés e ri.

— Sim, deve ser muito formal.

Ela me imita quando fico em posição de sentido, como se Ellie fosse minha comandante e eu estivesse recebendo ordens.

— Descansar, soldados. — Ellie faz uma saudação e eu gemo.

— Não somos soldados, estamos na marinha.

— Ok, tanto faz, marinheiros, pessoas que não sabem desenhar. — Ela pisca, e Hadley e eu empalidecemos em uma indignação fingida. — Decidi qual casa é a minha favorita.

Ela levanta o desenho que Hadley fez com o fosso e a fazenda inteira.

— Eu sabia! Você me deve sorvete!

Não me lembro de ter feito essa aposta.

— Quando eu disse isso?

— Você não disse — Hadley me informa. — Só acho que devo ganhar algum, já que sou a vencedora.

Acho que vamos ganhar outra coisa.

— Eu tenho outra ideia... — Vou até minha jaqueta e tiro os papéis escondidos no bolso interno. — E se fizéssemos outra coisa por um prêmio? Algo que todos nós podemos querer?

A atenção de Hadley é despertada, assim como a de Ellie.

— O que você está fazendo, Arrowood?

Eu sorrio e caminho até Ellie.

— Eu estava pensando que esta família tem um grande defeito.

— E qual é?

— Não temos casa própria.

Ellie nega com a cabeça, os lábios franzidos.

— Estamos morando em uma agora.

— Sim, mas meu irmão virá em breve, e isso me fez pensar, devemos ter um lugar que seja só para nós três. Alguns meses atrás, abordei Declan sobre isso. — Estendo a papelada.

— O que você fez?

— Apenas abra.

Ela o faz devagar, e seus olhos se arregalam ao ler o acordo.

— Você está comprando um terreno?

— Estou comprando terras para nós. Meus irmãos concordaram em me vender parte da fazenda Arrowood assim que ela puder ser vendida, e eu gostaria que construíssemos nela. A parte boa é que podemos realmente começar a construir antes da venda. Podemos ficar aqui enquanto tudo está sendo construído, mas tudo está pronto para começar, se você estiver.

Hadley dá um grito e segura meu braço.

— Podemos ter cabras?

Ela e os animais.

— Vamos ver se mamãe aceita a casa primeiro.

Então ela olha para o papel de trás, levando um minuto para examinar o esboço do arquiteto da casa que eu havia projetado.

— Isso é o que eu tinha desenhado. Eu estava pensando que, embora não tenha uma torre ou portões, seria ótimo para nós.

— Connor...

— Tem quatro quartos, varanda ao redor da casa toda e um escritório onde você pode trabalhar quando precisar. Eu estava pensando que poderíamos colocar...

Ellie agarra meu rosto, pressionando seus lábios nos meus, efetivamente me silenciando.

— Eca — Hadley reclama, e nós dois sorrimos contra os lábios um do outro.

— O que você acha?

— Acho que te amo e isso é perfeito.

Eu me inclino e puxo Hadley em meus braços e, em seguida, agarro Ellie.

— Isso é perfeito.

Ellie dá um beijo em cada um de nós.

— O que você acha, Hadley?

Ela agarra nossos pescoços e nos puxa para perto.

— Eu amo nossa família.

— Eu também, Ligeirinha.

— Nós três.

E tudo que tenho em meus braços é tudo que preciso.

Epílogo

Ellie

Dois meses depois.

— Lidar com esses empreiteiros está nos deixando loucos. Mas é um grande alívio a fazenda Walcott ter sido vendida e agora não preciso me preocupar com Kevin morando ao lado.

— Sim.

— Connor me levou para jantar ontem à noite, e eu juro, Syd, pensei que ele iria fazer o pedido.

— Uhum.

— Não sei se estou pronta, mas me pergunto o que mais preciso para estar pronta.

— Entendo.

Já faz uma hora que estamos sentadas aqui na casa da fazenda. Deveríamos estar almoçando juntas, já que Connor está no local da construção e Hadley está no acampamento, mas Syd está sendo rabugenta. Em vez de comer, ela fica mexendo a comida no prato e dando respostas monossilábicas.

Pego o guardanapo e jogo para ela.

— O que há com você?

— Estou bem.

Sei que ela não está, e tenho a sensação de que sei o que a está incomodando.

— Declan vem esta semana.

Os olhos de Sydney se iluminam pela primeira vez.

— Não quero falar sobre isso.

— Você nunca quer falar sobre isso, mas acho que deveria.

Não consigo imaginar que isso seja fácil para ela, e ela está fazendo o possível para fingir, mas o tempo acabou. Declan está livre nos próximos seis meses para que possa cumprir seu tempo na fazenda.

Os irmãos decidiram que, quando as condições do testamento estivessem cumpridas, eles dividiriam o terreno em quatro partes e, se alguém quisesse a sua, poderia ficar com ela, porém perderá todos os direitos sobre as outras três partes. Quando Declan, Sean e Jacob venderem o resto, eles vão dividir em três partes, já que Connor está com a parte dele.

A seção em que estamos construindo é perfeita. É o local favorito de Connor e onde fica a ridícula mansão na árvore de Hadley.

Ainda assim, não estamos nem perto de terminar a construção, já que eles iniciaram a obra há apenas um mês. Em vez de aceitar Declan como um colega de quarto, o que ele se recusou a sequer considerar, ele construiu uma espécie de casinha perto do celeiro, que agora está completamente terminada e funcional.

— Sinto muito, tenho muito em que pensar.

— Sei… tipo, Declan?

Ela me lança um olhar penetrante, o que tenho certeza que intimida algumas pessoas, mas não a mim.

— Preciso resolver algumas coisas.

Odeio que ela esteja claramente chateada.

— Syd, você sabe que pode me dizer qualquer coisa.

Ela respira fundo e desvia o olhar.

— Eu cometi um erro.

— Ok…

— Eu… estraguei tudo no fim de semana do aniversário de Hadley.

Oh, Deus. Tenho um mau pressentimento sobre isso.

— E?

— E eu fui uma idiota. Saí da festa porque não queria estar em lugar nenhum perto de Declan. Eu estava uma bagunça. Continuei chorando porque nossa música idiota tocou no rádio, então fui para a lagoa, porque é isso que garotas burras que ainda amam seus ex-namorados fazem. Eu fiquei lá, pensando nele, querendo que as coisas fossem diferentes.

— Syd…

Ela levanta a mão.

— Fica pior. Aparentemente, ele estava se sentindo da mesma maneira… nostálgico, e apareceu também.

Meu peito dói por ela, porque sei o quanto ela ainda o ama. Ele tem sido o cara. Aquele que ela não consegue superar, mas que ainda não quer de volta em sua vida.

Ele a machucou mais do que ela jamais admitirá.

— Por favor, me diga que você não fez…

— Ok, eu não vou te dizer.

Sim, é ruim.

— E agora?

Seus olhos se erguem para os meus e uma lágrima cai por sua bochecha.

— Agora, preciso fazer um teste.

Pego sua mão e decido confessar meu próprio medo.

— Eu também.

— Você está…?

— Eu não sei — digo rapidamente. — Mas minha menstruação está atrasada, e Connor e eu estávamos muito… ocupados e não nos importando.

Eu removi meu DIU e nós dois meio que percebemos que, se isso acontecer, é o que deve acontecer. Sempre quis ter mais filhos e ele é o único homem com quem quero ter uma família.

— Você tem um teste? — ela pergunta.

Peguei um pacote com alguns, porque sou uma daquelas pessoas malucas que vai precisar de, pelo menos, quatro testes para confirmar o que um deles diz.

Eu aceno e nós vamos para o banheiro. Entrego a ela, deixando-a ir primeiro, e então, é a minha vez.

Temos três minutos.

Ajusto o cronômetro e nos sentamos na sala de jantar.

— Não é como pensei que esse almoço seria, hein?

Balanço a cabeça, em negação.

— Não, mas… eu entendo.

— O que vou fazer se der positivo?

Lembro muito bem como me senti quando descobri que estava grávida de Hadley. Foi assustador. Eu não estava pronta para ser mãe, mas lá estava eu.

— Sei que você está com medo, provavelmente mais porque está sozinha, mas Declan é um bom homem. Ele não vai te fazer passar por isso sozinha.

— Ele não pode saber.

Agora, é a minha vez de ser pega de surpresa.

— Você tem que dizer a ele.

— Quando eu estiver pronta. Agora não. Me prometa, Ellie. Você tem que prometer que não vai contar a ele ou a Connor.

— Eu não posso mentir para Connor.

Ela nega com a cabeça e agarra minhas mãos.

— Você não entende...

O cronômetro dispara e nós duas congelamos.

— Não vou dizer nada a menos que ele pergunte.

Sydney solta um suspiro pesado e acena com a cabeça.

— Isso é o máximo que posso pedir. Com sorte, dará negativo e tudo isso será um pesadelo.

Espero que sim para ela também.

Nós duas nos levantamos e vamos ao banheiro para ver os resultados. Mais uma vez, fico do lado de fora, esperando Sydney sair, e faço uma oração, pedindo que isso aconteça da maneira que ambas queremos.

Mas antes que eu possa ver os resultados, Connor entra pela porta.

— Olá, baby. — Ele se aproxima e me dá um beijo.

— Oi.

— O que há de errado? — pergunta, porque é claro que estou distraída.

Eu balanço as pernas para a frente e para trás e mordo meu lábio.

— Errado? Não há nada de errado, só preciso usar o banheiro.

Então a porta se abre e Sydney sai trazendo os dois testes. Ela olha para mim e balança a cabeça, mas não tenho certeza do que isso significa. Então beija minha bochecha e estende o que suponho ser meu teste para mim.

Os olhos de Connor caem para o objeto inconfundível em minha mão.

Então ela se vira para ele e sorri.

— Vejo vocês amanhã. Preciso ir.

— Syd?

Há lágrimas em seus olhos, mas ela não diz nada. Apenas toca meu braço e se afasta.

Eu fico aqui, observando-a ir e segurando meu teste. Estou preocupada com ela.

— Ellie? — Connor diz. — Isso é?

Meu pulso dispara porque, se for positivo, tudo mudará. Não que nossa vida não esteja em constante evolução, mas um bebê vai amplificar tudo. Então eu penso, isso importa? Ele e eu nos amamos e sabíamos que essa era uma possibilidade definitiva. Não consigo imaginar minha vida com mais ninguém.

Ele já é um pai incrível e, desta vez, não será assustador. Eu o terei comigo a cada passo desse caminho.

— Minha menstruação está atrasada — eu explico. — Eu pensei que talvez eu pudesse estar grávida.

Ele sorri largamente, e agora eu realmente espero que o teste dê positivo. Levanto o objeto e meu mundo inteiro se torna um pouco mais brilhante.

— Estamos grávidos — digo, com lágrimas nos olhos.

Ele envolve seus braços em volta de mim e beija o lado do meu pescoço.

— Vamos ter outro bebê.

— Parece que sim — declaro, uma lágrima rolando pelo meu rosto. — Você está feliz?

Ele se afasta.

— Se eu estou feliz? Estou muito feliz! Vamos ter outro filho e, Deus me ajude, Ellie, vou me casar com você. Sei que você queria esperar, mas...

— Eu não quero esperar.

— O quê?

Pego seu rosto nas mãos.

— Eu te amo, Connor. Amo você mais do que qualquer mulher jamais amou um homem. Não preciso esperar para me casar com você. Eu não quero mais tempo. Já desperdiçamos o suficiente. Quero que tenhamos nossa família inteira e quero ser sua esposa.

Ele me beija e eu me esqueço de como respirar. Não tenho ideia de quanto tempo isso dura, mas nós dois começamos a nos despir.

Suas mãos descem pelo meu corpo, suaves e sensuais. Connor me beija profundamente e nos leva de volta ao nosso quarto.

Lentamente, ele puxa as alças do meu vestido para baixo, me observando ao fazer isso. Minhas mãos vão para sua camisa e eu a tiro. Eu amo seu corpo. Amo como meu corpo reage ao seu toque também.

Nós dois nos exploramos com nossas mãos. Ele roça o polegar em meu mamilo, fazendo com que ele endureça antes que sua boca abaixe e ele o chupe em sua boca quente. Eu gemo, saboreando o quão bom é e a gravidez apenas amplifica isso.

Ele continua a me deixar louca com sua boca e, em seguida, sua mão está no meu clitóris. Movimenta os dedos para a frente e para trás, fazendo com que minhas costas se curvem.

— Isso é tão bom — digo a ele.

— Eu sempre quero fazer com que seja bom para você.

E ele faz. Usa as mãos para me dar prazer ou demonstrar afeto, nunca com raiva. É tão diferente estar com ele. O sexo é inacreditável, e eu realmente não sei se tive um orgasmo de verdade depois de estar com ele.

Era como se meu corpo rejeitasse qualquer coisa que Kevin fizesse.

volte *para* mim

Quando você ama e confia em seu parceiro, é uma experiência diferente. Uma que estou feliz por poder compartilhar agora.

Ele me empurra mais alto, lambendo meu mamilo e movendo o dedo mais rápido. Eu começo a ofegar, meu orgasmo crescendo a cada segundo.

Minha cabeça balança de um lado para o outro enquanto construo meu ápice ainda mais. Chamo seu nome, implorando por mais e também para ele parar. Eu não aguento. É muito.

— Connor.

— Você é tão bonita. Eu te amo muito.

Ele coloca o polegar no meu clitóris e empurra para baixo, e pronto. Onda após onda de prazer me envolve. É tão bom que não quero que acabe. Ele tira de mim cada grama de prazer que meu corpo pode dar. Então ele está acima de mim.

Em um movimento rápido, Connor empurra para dentro de mim, nós dois gemendo com as sensações. Meu corpo o acolhe, amando como nos encaixamos bem. Deslizo os dedos por suas costas, e ele empurra novamente.

Nós fazemos amor. É macio e duro ao mesmo tempo. Ele nos vira para que eu fique por cima e suas mãos seguram meus quadris.

Eu o monto conforme ele guia o ritmo.

— Ellie, não consigo me segurar.

Adoro quando o faço enlouquecer. Há algo de poderoso em ser capaz de fazer isso com ele.

— Então não se segure — solto, esfregando com mais força.

— Eu te amo.

Giro os quadris e caio, trazendo meus lábios aos dele. E então ele termina.

Estamos ambos suados, deitados um ao lado do outro, nenhum dos dois realmente nos movendo. Isso foi intenso, fantástico e emocionante ao mesmo tempo. Ele se apoia no cotovelo, olhando para mim com um sorriso irônico.

— O quê?

— Eu te amo — repete Connor, sua mão se movendo para minha barriga. — E eu amo você.

— Nós te amamos mais.

— Não é possível.

Nós nos limpamos e depois voltamos para a cama, onde nos enroscamos. Ficamos apenas deitados, curtindo o silêncio e o calor um do outro.

— O que estava acontecendo com Syd? — Connor pergunta, quebrando o silêncio.

Penso em minha amiga e no que o movimento de cabeça significava.

— Acho que ela tem muito em que pensar.

— Meu irmão estava estranho ao telefone hoje quando a mencionei.

Sim, bem, os dois podem ter muito mais estranheza se o teste for positivo. No entanto, não sei se foi ou não, então não contar a ele não é exatamente mentir.

— Obrigada — digo, depois de um momento.

— Pelo quê?

— Por me amar. Por me dar uma família. Por me dar uma vida com a qual eu sempre sonhei.

Os lábios de Connor pressionam o topo da minha cabeça.

— Eu vou te dar o mundo, Ellie.

E eu sei que vai, porque ele já fez.

Fim

Obrigada por ler a história de Connor e Ellie. Espero que você os ame e outros *Irmãos Arrowood* tanto quanto eu.

A história de Declan e Sydney está chegando e tem muito coração e emoção em sua segunda chance de história de amor!

Agradecimentos

Para meu marido e filhos. Vocês se sacrificam muito para que eu possa continuar a viver meu sonho. Dias e noites em que estou ausente, mesmo quando estou aqui. Estou trabalhando nisso. Prometo. Eu os amo mais do que minha própria vida.

Meus leitores. Não posso agradecer o suficiente. Ainda me surpreende que vocês leiam minhas palavras. Vocês se tornaram parte do meu coração e alma.

Blogueiros: não acho que vocês entendam o que fazem pelo mundo dos livros. Não é um trabalho pelo qual vocês são pagos. É algo que vocês amam e fazem por causa disso. Obrigada do fundo do meu coração.

Minha leitora beta Melissa Saneholtz: querido Deus, não sei como você ainda fala comigo depois de todo o inferno que te fiz passar. Sua opinião e capacidade de entender minha mente, mesmo quando eu não entendo, me surpreende. Se não fosse por nossos telefonemas, não consigo imaginar onde estaria este livro. Obrigada por me ajudar a desemaranhar a teia do meu cérebro.

Minha assistente, Christy Peckham: quantas vezes uma pessoa pode ser demitida e continuar voltando? Acho que estamos ficando sem "vezes". Não, mas, de verdade, eu não poderia imaginar minha vida sem você. Você é um pé no saco, mas é por sua causa que eu não desmoronei.

Sommer Stein, por mais uma vez fazer essas capas perfeitas e ainda me amar depois que brigamos porque mudei de ideia um bilhão de vezes.

Melanie Harlow, obrigada por ser a bruxa boa em nossa dupla ou a Ethel para minha Lucy. Sua amizade significa muito para mim e adoro escrever com você. Eu me sinto tão abençoada por ter você em minha vida.

Bait, Stabby e Corinne Michaels Books — eu amo vocês mais do que jamais imaginarão.

Minha agente, Kimberly Brower, estou muito feliz por ter você em minha equipe. Obrigada por sua orientação e apoio.

Melissa Erickson, você é incrível. Eu amo você. Obrigada por sempre falar comigo sobre a borda que é muito alta.

Aos meus narradores, Andi Arndt e Zachary Webber, que dão vida a esses personagens e sempre conseguem fazer os audiobooks mais mágicos. Andi, sua amizade nestes últimos anos só cresceu e eu amo muito seu coração. Obrigada por sempre estar comigo. Por muitos mais shows e festas do pijama na neve.

Vi, Claire, Mandi, Amy, Kristy, Penelope, Kyla, Rachel, Tijan, Alessandra, Meghan, Laurelin, Kristen, Devney, Jessica, Carrie Ann, Kennedy, Lauren, Susan, Sarina, Beth, Julia e Natasha (meh). Obrigada por me manterem lutando para ser melhor e me amando incondicionalmente. Não há autoras-irmãs melhores do que todas vocês.

The GiftBox
EDITORA

A The Gift Box é uma editora brasileira, com publicações de autores nacionais e estrangeiros, que surgiu no mercado em janeiro de 2018. Nossos livros estão sempre entre os mais vendidos da Amazon e já receberam diversos destaques em blogs literários e na própria Amazon.

Somos uma empresa jovem, cheia de energia e paixão pela literatura de romance e queremos incentivar cada vez mais a leitura e o crescimento de nossos autores e parceiros.

Acompanhe a The Gift Box nas redes sociais para ficar por dentro de todas as novidades.

🏠 www.thegiftboxbr.com

f /thegiftboxbr.com

📷 @thegiftboxbr

🐦 @GiftBoxEditora

Impressão e acabamento

psi7 | book7
psi7.com.br | book7.com.br